Mississippi Driver

Lee Durkee

Mississippi Driver

roman

Traduit de l'anglais (États-Unis)
par Nicolas Richard

Flammarion

Titre original : *The Last Taxi Driver*
Éditeur original : Tin House Books, Portland, Oregon.

ISBN : 978-2-0802-0750-0

À tous les saints des industries de services.
Et à la mémoire du poète Hayden Carruth.

« Un mec prend un boulot, tu vois ? Et ce boulot… tu vois, eh bien, il se confond avec. Tu vois, comme… Tu fais un truc, tu deviens ce truc-là. Je fais le taxi depuis treize ans. Dix ans de nuit. Et je suis toujours pas proprio de mon bahut. Tu sais pourquoi ? Parce que j'ai pas envie. Ça doit être ce que je veux. Faire la nuit, conduire le bahut d'un autre. Tu me suis ? Je veux dire… on trouve un boulot, et on n'est plus que ça. Un gars vit à Brooklyn, un autre à Sutton Place. T'as un avocat. Un autre est médecin. Un autre meurt. Un autre va mieux. Des gens naissent, tu vois ? Moi, je t'envie, j'envie ta jeunesse. Allez, va tirer un coup, soûle-toi. Fais ce que tu veux. T'as pas le choix, de toute façon. Je veux dire, on est tous baisés. Plus ou moins, tu vois ? »

Sorcier, in *Taxi Driver*
de Martin Scorsese

« Ce n'est qu'une course. »

Bill Hicks

1

L'ANTI-EARL

Ils ne vous disent jamais pourquoi ils ont fait de la taule, uniquement qu'ils viennent de sortir. Celui-ci est beau gosse, un Blanc – dans les trente-cinq ans, quelques dents en moins, quelques tatouages de prison – et d'excellente humeur. Il tient un pack de douze de Bud Light quand il se glisse à l'arrière de la Town Car et m'annonce qu'il sort tout juste de la prison de Parchman, puis me donne le nom d'une rue dans la cité de Bethune Woods, dit que c'est la maison d'une ancienne copine.

— Mec, elle va être étonnée en me voyant, ajoute-t-il.

Nous sommes à la station Mobile près de l'échangeur Gentry ouest, attendant de nous fondre dans la circulation.

— Vous devriez peut-être lui passer d'abord un coup de fil ? je suggère en le regardant dans le rétroviseur.

— Mec, je connais même pas son numéro, ça fait tellement longtemps. Elle a certainement dû se marier et divorcer deux fois depuis.

Nous nous engageons sur la quatre voies et mettons le cap à l'est en direction de la plus grande des cinq cités, dont j'ignorais l'existence avant de devenir chauffeur de taxi. Ces cités sont réparties comme des lunes noires autour d'une planète blanche, et c'est mon boulot d'amener les gars qui bossent en cuisine jusqu'à la grand-place du centre-ville, ou ailleurs s'ils travaillent ailleurs, 20 dollars de frais pour un boulot qui leur rapporte peut-être 9 dollars de l'heure.

Nous sommes à la fin du printemps, en milieu d'après-midi, mais j'ai déjà l'impression que c'est l'été en passant sous Fordice Bridge à hauteur du campus. Je me demande au passage si Uber ne va pas me piquer toutes mes courses au départ des cités. Je n'ai jamais eu recours à un Uber et ne pige pas comment ça fonctionne, mais j'espère que quand ils débarqueront en ville le mois prochain – ce n'est plus une simple rumeur, c'est confirmé – ils éviteront les cités, comme c'est le cas de toutes les autres compagnies de taxis du coin.

Bethune Woods est une de nos plus chouettes cités, arborant une façade résidentielle avec les ralentisseurs les plus diaboliques de Gentry devant les sinistres enfilades de logements sociaux.

— La vache ! dit mon passager tandis que le plancher de la Lincoln racle presque un ralentisseur.

— On s'y habitue, je lui dis.

— La bagnole, elle t'appartient ?

— Nan, c'est celle de la boîte. Mais ils veulent bien que je la ramène chez moi. Enfin, ils veulent bien, tant que j'enquille mes soixante-dix heures.

— Soixante-dix heures ? Mec, ça paraît un peu dangereux, non ?

Je rigole et lui réponds :

— Je connais des gars qui en font quatre-vingt-dix.

Notre destination s'avère être une baraque bien déglinguée. On a volé la porte du garage et un monticule de jouets de gamins déborde dans l'allée jusqu'à former une véritable vague. Le gazon est un ray-grass d'un vert éclatant avec des trous là où du poison anti-fourmis a été pulvérisé. Un catalpa solitaire est soit crevé soit à floraison tardive. Pas de voiture. Toutes lumières éteintes.

— Mec, tu peux attendre ici une minute ? Je vais juste jeter un coup d'œil à l'intérieur.

Il laisse ses bières sur le plancher, va sonner à la porte et attend, se passe la main dans les cheveux pour les ramener en arrière, puis frappe, et attend encore un peu. Finalement, après avoir regardé dans ma direction, il entre tranquillement dans le garage, farfouille ici et là, puis ouvre la porte latérale et disparaît dans la maison.

Je reste assis au volant en me disant : *Tiens donc, je ne l'avais pas vue venir, celle-là,* et une fois de plus je me retrouve à m'interroger sur ce qui fait qu'on devient un complice. À quel moment cesse-t-on d'être chauffeur de taxi et commence-t-on à être le comparse qui conduit le véhicule permettant la fuite du coupable ? Mais je ne m'en vais pas, pas tout de suite. D'abord, parce que je n'ai pas été payé. Et puis en fait, il me plaît bien, ce gars. Il ressemble à une version défraîchie de mon copain Earl, qui gagne de la thune au golf en se faisant passer pour un branque dans les tournois amateurs avant de rafler la mise. Ce type ressemble à Earl en version taulard – le Earl riche et le Earl pauvre –, le Earl qui ne possède rien et a perdu quelques dents à

Parchman. Même année, même modèle, mais des destins opposés.

L'anti-Earl remonte dans le taxi avec un pack de six bouteilles de High Life chapardées à ajouter à sa collection sur le plancher.

— Mec, elle est même pas là. Ça t'embêterait de m'emmener sur la 243 ? Y a une autre nana que je connais. Je me rappelle pas le nom de la rue, mais je peux t'indiquer le chemin.

— Moi ça m'est égal, je suis payé au kilomètre, je lui dis, de façon à lui signaler que je l'emmène pas là-bas à l'œil.

Je devrais lui expliquer que c'est 2 dollars du kilomètre en dehors des limites de la ville, plus 2 dollars à chaque arrêt additionnel, mais au lieu de ça je me mets à lui parler de mon pote Earl.

— Lui aussi boit de la Bud Light. Qu'est-ce que vous vous ressemblez, tous les deux, c'est dingue. Quand je vous ai vu tout à l'heure, j'ai vraiment cru que c'était lui.

— Il joue au golf et il fait rien d'autre ?

— Ouais, je crois bien. Il remporte tous les tournois locaux – ils appellent ça des *scrambles* – et il ne s'entraîne même pas. Je ne suis même pas sûr que ça lui plaise vraiment, le golf.

— C'est comme ça qu'il est devenu riche, en jouant au golf ?

— Non, il est friqué de naissance.

— On se ressemble à ce point-là ?

— Comme des jumeaux, je réponds (et puis je me dis intérieurement : *Enfin bon, à l'exception de ce tatouage qui représente le grand État du Mississippi*).

— Et il habite où, ce gars ?

J'hésite, avant de lui répondre :

— Par là-bas, sur la 40.

— T'as dit qu'il s'appelait comment ?

— Earl... ? Earl Jones... ?

Je suis mauvais menteur. On dirait toujours que je pose une question.

— Tu crois que sa femme me prendrait pour lui ?

Je m'abstiens de tout commentaire. La femme d'Earl est mon amie Kyla, qui n'est pas du genre à se faire mener en bateau. On s'engage sur la 243 à hauteur du Soul Food Stop et on erre dans une espèce de banlieue résidentielle du côté d'un collège public. C'est une maison bien plus chouette, cette fois, mais avec une allée de garage en pente qui fait qu'une fois de plus la Lincoln racle le sol. Comme je l'ai dit, on s'y fait. Il frappe à la porte d'entrée, se repasse la main dans les cheveux, puis prend une clé sous le paillasson et entre dans la maison. Ce coup-ci, il ressort avec une bouteille de vin rouge entamée et rebouchée, et une orange.

— Maggie non plus est pas à la maison, me dit-il, et quelques instants plus tard, j'entends le bruit sonore du bouchon qu'il enlève de la bouteille. Mec, putain, ça fait un bail que je me suis pas tapé un gorgeon de vin. D'ailleurs, c'est pas le seul truc que je me suis pas tapé depuis un bail.

— S'il vous plaît, n'épluchez pas l'orange à l'intérieur, je lui demande.

— Non non msieu, me répond-il de la voix qu'il utilisait pour s'adresser aux matons en prison, j'imagine.

Je suis en train de l'emmener chez une troisième nana qu'il connaît au moment où on se fait doubler par une Chevy décapotable de 1957 d'un bleu œuf de moineau.

— Wow ! je m'exclame.

Avant de conduire un taxi, je ne m'étais jamais intéressé aux voitures. Maintenant je les préfère à la plupart des êtres humains.

— C'est elle ! s'écrie-t-il. C'est la Chevy de Maggie – rattrape-la !

J'écrase la pédale d'accélérateur de la Lincoln branlante, vingt ans d'âge. Au bout de dix minutes et vingt litres d'essence, on la rattrape, et à cet instant précis, la Chevy entre dans une station-service, et il s'avère que la blonde platine au volant est accompagnée d'un type avec la plus grosse tête chauve que j'aie jamais vue. Son bras costaud reposant sur la portière du côté passager est couvert de tatouages de gangster japonais, comme une manche s'arrêtant à hauteur du poignet.

— Putain. Mec, fichons le camp d'ici.

L'anti-Earl observe un silence lugubre pendant quelques kilomètres, puis reprend du poil de la bête et veut quand même aller chez une autre nana. Je lui dis que je ne l'y emmènerai que s'il me promet qu'il ne volera rien sur place. En tout il a quatre ex-copines. Soit ça, soit il repère juste des baraques pour revenir ensuite les cambrioler. Aucune de ces femmes n'est chez elle. Il finit par me demander de le ramener à la première maison, celle dans la cité, et je lui demande 20 dollars – tarif spécial sortie de taule – et le laisse assis dans une chaise longue devant le garage sans porte, à boire du vin, l'air heureux. C'est la vision qu'elle aura en rentrant ce soir avec ses enfants.

Tandis que je m'éloigne, il se fend d'un sourire et brandit en l'air sa bouteille de vin. Je m'apprête à klaxonner mais me rappelle que mon klaxon ne marche pas. Alors je le salue d'un geste de la main avant de me souvenir que les vitres sont teintées. Mais je lui fais tout de même un signe de la main.

2

Boules puantes

Passez-moi l'expression, comme aiment tant dire mes clients, mais qu'est-ce que ça pue, parfois ! Vous seriez surpris par les odeurs qui s'engouffrent dans mon taxi. Le nombre de mauvaises odeurs, pets, émanations, renvois, haleines fétides, puanteurs corporelles et autres remugles – des relents qui défient toute description –, celle que j'aime le moins étant la pestilence genre algue putride des gobelets dans lesquels les *frat boys* – les gamins des fraternités étudiantes – crachent leur salive quand ils chiquent du tabac. Sous le siège conducteur de ma Town Car, j'ai toujours une grosse bouteille de spray assainissant Ozium et une plus mince de désodorisant Febreze Aloha. J'ai une plaquette senteur pin en forme de Yeti qui se balance, guillerette, à mon rétroviseur central, sous une autre parfumée à la menthe à l'effigie de Shakespeare, d'après le *Portrait de Chandos* qui se trouve à la National Portrait Gallery. Au-dessus de Shakespeare flotte une soucoupe volante style Bob Lazar, avec des extraterrestres Zéta-Réticuliens senteur wintergreen, ou gaulthérie, qui épient par les hublots. Mon taxi est envahi de tout un bric-à-brac digne d'un mont-de-piété de ces désodorisants et assainisseurs d'air de piètre qualité vendus aux caisses des supermarchés, censés tenir une semaine dans votre véhicule, soit en fait une journée dans la vie d'un chauffeur de taxi de la société Mississippi All Saints.

Je suis garé sur la grand-place, face à l'Oasis Diner, et je repense à l'anti-Earl, je me dis qu'on a peut-être tous un sosie bon à rien ou fortuné, et que c'est peut-être ainsi que le monde s'équilibre et que la vie sur Terre est équitable. Est-il possible que Earl-le-riche et Earl-le-pauvre soient en un sens un seul et même être ayant été divisé en deux ou en deux cents personnes ? J'essaye constamment de trouver des théories selon lesquelles la vie serait juste, même si bien sûr ce n'est pas le cas. S'il y a une chose que ce boulot consistant à rouler entre douze et quinze heures d'affilée m'a apprise, c'est que la vie est injuste.

Assez vite je me surprends à parler de nouveau à haute voix – ce qui m'arrive fréquemment ces temps-ci, même quand j'ai des clients à l'arrière – alors je ferme mon clapet et hausse les épaules à l'attention de la caméra disposée dans la voiture. *Qui t'a dit que la vie était juste, gamin ?* Cette question me parvient à travers la voix bourrue de mon défunt père quand il était saoul. Mon père adorait me poser cette question. Chaque fois que je me plaignais de quoi que ce soit, j'avais droit à cette question. Et maintenant, quarante ans plus tard, dans un taxi dont je ne suis pas le propriétaire, garé en attendant que le standard m'envoie chercher mon prochain client, j'ai l'impression que cette notion d'équité rend les hommes dingues. Peut-être les femmes se rendent-elles compte plus tôt que la vie n'est pas juste. Les hommes en revanche se cramponnent à cette idée de justice. On assassine, on va en prison, on se pend pour ça. Les petits garçons en particulier vénèrent la justice et l'équité.

Il est à présent 17 heures et il ne me reste plus que soixante minutes d'injustice avant de terminer ma journée. Malgré l'heure tardive, le capot noir de la Town Car frémit comme de l'asphalte en fusion. On pourrait croire que je me suis mis à lire un livre de poche, mais en réalité je comate, les lettres glissent sur la page, jusqu'à ce que le tintement caractéristique d'un texto me tire de ma torpeur. C'est Horace, mon superviseur, qui me demande d'aller chercher un collègue, un autre chauffeur de taxi – Zeke – et de l'emmener au garage sur Ross Barnett Road.

Il n'y a guère que All Saints qui recourt aux textos pour distribuer les courses. Toutes les autres compagnies du secteur – nous sommes une dizaine, et toutes sont très différentes les unes des autres – utilisent encore la traditionnelle radio, mais Stella, la fervente catholique qui a monté la société All Saints il y a trente ans après avoir eu, comme Fatima, une révélation divine, est devenue parano, craignant que les autres boîtes ne nous piquent nos clients, si bien que désormais nous fonctionnons par textos, ce qui signifie que nous passons notre temps à taper des messages en pleine circulation.

Avant d'aller chercher Zeke, je passe par la maison pour faire un tour aux chiottes. J'occupe un de ces bungalows où étaient jadis logés les domestiques. Tout un tas de *frat boys* habitent dans la grande baraque en face. Ils ont des drapeaux sudistes aux fenêtres et se garent toujours à mon emplacement ou bien bloquent l'accès à mon garage avec leurs SUV géants achetés par papa pour les récompenser d'avoir à peine obtenu la moyenne dans leurs lycées privés chics pratiquant la ségrégation.

À ma grande non-surprise, je trouve ma copine Miko endormie sur le lit – c'est à peu près tout ce qu'elle fait ces temps-ci. Elle souffre de dépression, une maladie qui lui pompe l'âme et me rend inerte moi aussi chaque fois que je suis à son contact. C'est une poétesse, ou en tout cas elle l'était, talentueuse qui plus est, alors j'imagine qu'elle a droit à une certaine dose de mélancolie, mais maintenant ça devient absurde. Parfois je me dis que c'est grâce à sa léthargie qu'elle reste si belle, paraissant plus jeune que jamais, alors que moi au contraire je vieillis à vue d'œil. Il faut absolument que j'arrive à virer Miko de chez moi et de ma vie – ses pensées suicidaires s'insinuent dans mes rêves, la nuit – mais elle n'a pas un rond, elle est sans ressources, elle n'a que moi au monde.

Je passe devant le lit sur la pointe des pieds pour aller aux W.-C. Les toilettes auraient bien besoin d'être nettoyées, tout comme la fenêtre à côté. Debout en train de pisser, je me mets par réflexe à chercher la biche à trois pattes qui hante le ravin derrière la maison. Elle s'appelle Maya, doit avoir à peu près six mois et si rien dans sa démarche n'est gracieux, elle dégage néanmoins une grande dignité et elle m'adore. Le matin, elle regarde mes fenêtres jusqu'à ce que je sorte et lui jette mes fraises du petit déjeuner. J'ai compté jusqu'à quatorze cerfs dans mon jardin, et presque autant de marmottes. Quand les herbes sont hautes, j'ai droit à des renards roux. Mon chat Bandit les poursuit, ou fait semblant.

Aujourd'hui, je repère Maya et son moignon qui pendouille à demi tapie dans le kudzu. Il est difficile de s'apitoyer sur son propre sort quand on a sous les yeux une biche à trois pattes. Je suppose qu'elle a été percutée par une voiture, mais il est possible que ce soit un chien qui l'ait attaquée ou un *frat boy* bourré qui se soit amusé à lui tirer une balle dans la jambe. Ou peut-être est-elle née ainsi. Tout en regardant la biche qui clopine – elle n'a plus ses taches de Bambi –, j'essaye de la percevoir dépourvu de tout sentiment d'attraction ou de révulsion, conformément aux préceptes du Bouddha, afin, si l'on peut dire, de m'imprégner de sa dignité, sans faire une fixette sur la laideur de son moignon ou la tristesse de son destin. Je me suis remis à lire les livres de Miko sur le bouddhisme dernièrement, dans l'idée d'arrêter de faire des doigts d'honneur à tout le monde. Jusqu'à maintenant, ça n'a pas trop marché. En fait, ça va de mal en pis.

En ressortant, je m'arrête pour étudier Miko, me demandant si elle fait semblant de dormir ou pas, mais comment le savoir ? Elle me tourne le dos, elle est nue et ses longs cheveux noirs sont étalés en travers de ses frêles épaules sur le matelas. Je remonte dans mon taxi et file vers Choctaw Drive pour passer prendre Zeke. Je réfléchis encore à la question de savoir si la vie est juste ou pas. Je pense que pour la considérer juste et équitable il faudrait encore être descendu sur Terre de notre propre gré, comme un jeu vidéo auquel on aurait stupidement décidé de jouer. C'est soit ça, soit la Terre est une espèce de maison de redressement et on a fait une grosse, grosse bêtise pour être envoyé là.

Zeke, le chauffeur que je vais chercher, doit avoir à peu près la quarantaine et parfois il fait monter sa fille avec lui dans le taxi, la nuit. Elle a dix ans et doit l'aider considérablement pour les pourboires. Sa fille est d'ailleurs l'unique raison pour laquelle on donnerait un pourboire à Zeke, qui ressemble à l'Unabomber en version rouquine et porte des tee-shirts de superhéros aux couleurs vives qui dégoulinent sur sa bedaine comme de l'huile.

J'entre dans la résidence Choctaw Ridge pour le prendre et l'emmener au garage. L'allée est bordée de bennes à ordures qui débordent, à l'aplomb desquelles des vautours tournent en cercle, haut dans le ciel. À l'instant où Zeke entre dans mon taxi sa puanteur me foudroie comme un taser. C'est comme se faire électrocuter par de la pisse de chat. Des larmes commencent à dégouliner le long de mes joues. Au bout d'une minute de souffrance, je parviens à me racler la gorge, je déglutis péniblement et demande à Zeke ce qui a été réparé sur son van. Parvenir à ce que Stella accepte qu'un véhicule aille en réparation suppose un long processus de lobbying, une ou deux expériences de mort imminente et quelques menaces de démission proférées en hurlant.

— Les freins, grogne Zeke.

— Les freins ? Sans déconner. Ça fait des mois que je la supplie de faire réparer les miens, mec... et je travaille pour Stella depuis bien plus longtemps que toi. Tiens, écoute un peu.

J'appuie sur la pédale, qui s'enfonce au plancher et se met obligeamment à trembler.

— Avant et arrière, dis-je fièrement.

— Pas de bol, mon vieux. Hé, tu viens vraiment du Vermont ?

L'indicatif régional de mon téléphone portable est toujours le 802, ce qui me vaut de me faire chambrer copieusement par les péquenots.

— Nan, j'ai juste élevé un môme là-bas. Dix-huit ans, mon gars. Dix-huit putain d'hivers. J'ai failli y rester. Je suis originaire du sud du Mississippi. Hattiesburg.

— Tu viens de Tough City ?

— Ouais, mais c'est seulement quand je me suis installé ici que j'ai appris que Hattiesburg était surnommée Tough City.

— Sûr que tu parles pas comme les gens de là-bas. Tu chiales ou quoi ?

— Non, je réponds, tâchant de lui épargner la vérité sur son odeur corporelle. C'est juste, tu sais, des allergies.

Zeke n'arrête pas de me regarder d'un drôle d'air. Ses yeux pétillent d'un éclat que je prends d'abord pour une jovialité de Père Noël. Ce sont la barbe et les lunettes à la John Lennon qui créent cette illusion, mais je me rends soudain compte que ce n'est pas un regard jovial, mais menaçant. Ou peut-être est-ce l'éclat de la démence, des diatribes secrètes et des bombes bricolées. Pourquoi ce taré a-t-il eu droit à une réparation de ses freins et pas moi ? Tous les gars de l'équipe de jour sont persuadés que Stella préfère les gars de l'équipe de nuit. Je résiste à la tentation de passer un coup de fil à la patronne et de lui dire ce que je pense de tout ça. Dans ma tête, je m'imagine chaque jour démissionner avec panache – je suis un peu le Cicéron de la démission – mais dans la vraie vie je ne démissionne pas parce que j'ai désespérément besoin de ce boulot. J'ai 2 000 dollars sur mon compte et un appartement minable dans le Vermont, que personne ne veut me racheter. J'ai cinquante-cinq balais et je me ronge les sangs pour l'avenir. La retraite ? De ce que je peux en dire, c'est cette Town Car, ma retraite.

— Profite bien de tes freins, lui dis-je d'un air irrité tandis que nous nous arrêtons dans un crissement accompagné d'une trépidation devant Jim Warren Automobile. La dernière fois que la Town Car a été vidangée ici, je me suis fait piquer mon cric dans le coffre, et je n'ai toujours pas réussi à convaincre Stella de m'en racheter un neuf.

Pas de cric, pas de klaxon, pas de freins. Ce n'est pas juste.

Zeke ouvre la portière, montre du doigt mon lot de plaquettes désodorisantes et demande :

— C'est le Yeti ?

— Ouais. Senteur pin.

— Je l'ai vu, une fois, déclare-t-il et il sort en claquant la portière, sans m'en dire davantage.

— Ah ouais ?... et quoi, vous avez assassiné des chats ensemble ? je lui crie une fois qu'il est hors de portée.

Après quoi j'attrape sous mon siège l'Ozium dans une main, le Febreze dans l'autre et je me lance dans la désinfection de la Lincoln, tel John Wayne dans *Une bible et un fusil.* « Sa pauvre fille », je me répète. Et le monde en cet instant me semble peuplé de grandes hardes de cerfs à trois pattes claudiquant à l'infini à travers bois.

3

Courses à l'hôpital

Stella se plaît à dire que les chauffeurs de taxi de l'équipe de jour sont le tissu qui fait que la ville reste unie, que nous sommes aussi importants que n'importe quel service public, et parfois je me dis qu'elle a raison. Alors que l'équipe de nuit trimballe des mêlées d'étudiantes vomissant leurs amphètes et empoche deux fois plus que nous, l'équipe de jour accompagne des citoyens au travail, pour la plupart des Noirs employés dans le tertiaire. Nous amenons les boiteux et les estropiés faire leurs courses à l'hypermarché Kroger et leur portons leurs provisions en haut de l'escalier pour un pourboire d'1 dollar. Nous libérons des citoyens modèles qui ont réussi à se faire payer leur caution par des officines spécialisées pour garantir leur liberté conditionnelle et les conduisons en douce à la fourrière, derrière le concessionnaire Toyota. Nous livrons des cigarettes à des riches et servons d'aides aux personnes âgées – ça va de l'assistance technique pour ceux qui n'arrivent pas à pisser tout seuls jusqu'à sortir leurs poubelles, en passant par la recherche de leur animal de compagnie fugitif, j'ai tout fait. Nous sommes l'ambulance du pauvre et aussi le prêtre du pauvre, c'est triste à dire mais notre taxi est le confessionnal où les gens expriment leurs pires frousses et tous leurs préjugés.

All Saints, l'une des plus anciennes compagnies de taxis en ville, est sous contrat avec l'hôpital local, si bien que quand quelqu'un d'hyper pauvre – et là nous sommes dans l'État le plus désastreux d'Amérique, le tiers-monde, par endroits – sort de l'hôpital, All Saints le ramène chez lui – habituellement dans le Delta – et le prix de notre course est ajouté à leur facture qui sera finalement payée, j'imagine, par le contribuable. Le seul point positif avec ces courses jusqu'au lit de mort, c'est que Stella facture le kilométrage aller et retour. Une infirmière pour qui j'ai le béguin m'en a fait la remarque une fois et j'ai ri en lui assurant que le moindre sou que j'empochais avec les courses au départ de l'hôpital était durement gagné. Elle a réfléchi avant de me dire : « Ouais, je vous crois. On vous refile tous les cas sociaux, hein ? »

Les *cas sociaux*. Le terme n'est pas joli-joli mais pas faux non plus. Les désespérés constituent le gros de la clientèle des taxis. Les gens au bout du rouleau titubent et finissent par y échouer.

Ma toute première course au départ de l'hôpital – il y a presque deux ans, je venais juste de me faire virer de l'université –, j'ai fait monter un type ayant passé la cinquantaine, un Blanc, qui avait dit au téléphone à son dentiste qu'il se tirerait une balle dans la tête si on ne lui prescrivait pas un antidouleur plus fort. Le dentiste l'avait signalé à la police, qui avait envoyé une voiture de patrouille. Les deux agents avaient expliqué au gars qu'ils pouvaient l'accompagner à l'hôpital, sinon ils appelleraient une ambulance qui lui coûterait cher, et ils le feraient monter dans l'ambulance de gré ou de force. En pleine rage de dents, le gars avait dit aux flics que cette histoire de se tirer une balle était une blague et qu'il n'était pas question qu'il mette les pieds à l'hosto. L'ambulance était arrivée, les flics l'avaient obligé à monter dedans et il avait passé la journée au service psychiatrie à subir un interrogatoire sur ses tendances suicidaires.

Je suis venu le chercher le soir, il faisait nuit et il tombait un crachin lugubre de début d'hiver.

— Il me semble tout de même qu'on devrait pouvoir se foutre en l'air si on en a envie, a-t-il dit depuis la banquette arrière, furibard.

J'étais d'accord. J'ai répondu :

— Ouais, c'est un peu le droit humain le plus fondamental qui soit, hein ! – choisir de crever en faisant un ultime doigt d'honneur.

Je ne lui ai pas parlé de mon père ni de mon grand-père, ni du fait que chez nous c'est un truc de famille, le suicide. Au lieu de ça, je lui ai demandé si l'hôpital lui avait donné des antidouleurs. Parfois, en guise de pourboire, les clients vous refilent des cachetons.

— Putain, non. De l'ibuprofène, c'est tout ce qu'ils m'ont filé. Dites, à propos, ça vous embête pas qu'on fasse une petite halte par un magasin d'alcool, et peut-être de m'avancer une bouteille de whisky ? Je vous rembourse dès qu'on arrive chez moi.

J'ai réfléchi à sa proposition.

— Désolé, mon vieux. Je peux pas.

— Ouais, je vous en veux pas.

Nous sommes restés silencieux un moment jusqu'à ce que je m'arrête devant son garage, et il a dit : « Je me demande si mon plateau-repas est encore mangeable. »

Comme beaucoup d'hommes le font, il s'est penché en avant pour me serrer la main avant de sortir. Et ce soir-là, en sombrant dans un sommeil qui serait jalonné de rêves de pourboires fantômes, de ralentisseurs fantômes et de cerf fantôme traversant mon pare-brise, j'ai imaginé ce type se faisant réchauffer son plateau-repas – le goût des barquettes en plastique, le steak Salisbury gluant, les petits pois ratatinés, les patates comme du ciment mouillé – tâchant de déterminer si, effectivement, tout cela était encore mangeable.

Le temps de faire disparaître l'odeur de Zeke, c'est pratiquement la fin de mon service. Je me gare sur la grand-place et fixe l'horloge numérique, et pourtant je sais que ça porte la poisse. Et évidemment, ça ne manque pas : à 17 h 59, un appel retentit dans mon oreillette.

— Bonne nouvelle, dit Stella. J'ai une double course pour toi.

— Une double ? je réponds, sans prendre la peine de cacher mon irritation. Mais…

— Mais rien du tout, m'sieu. Tu es le suivant sur la liste alors ne rechigne pas. Tu rends tout le monde dingue à force de te plaindre constamment. Tu devrais me remercier. C'est une course à l'hôpital. Double kilométrage, moitié moins d'essence, *baby*.

Au lieu de la remercier, je lui adresse une bonne dose d'un silence glacial. Peu de choses sont plus cruelles que la course à l'hosto en toute fin de journée, et Stella le sait pertinemment. Tous les chauffeurs de taxi détestent les clients que l'on va chercher à l'hôpital parce que Stella ne nous paiera que quand l'hôpital aura réglé la note, ce qui peut prendre des mois et, si vous n'êtes pas vigilant, elle peut soit oublier de vous régler soit vous régler une somme inférieure et attendre de voir si vous vous en rendez compte.

J'ai envie de lui dire que c'est injuste, mais au lieu de ça je demande :

— Urgences ou entrée principale ?

— Entrée principale, mon cher, répond-elle de la voix maternelle qu'elle emploie une fois qu'elle a obtenu ce qu'elle voulait.

Je manque de lui raccrocher au nez mais je me ravise.

— Zeke m'a dit que ses freins avaient été réparés, m'entends-je dire, ce qui m'effraie.

J'ai peur que toutes mes frustrations rejaillissent en un flux continu d'insultes.

— C'est parce que cet imbécile a encore eu un accident.

— Ah. Donc c'est ça qu'il faut que je fasse, Stella, me faire tuer pour avoir des freins neufs ?

— Parlons des freins demain. Pour l'heure, dépêche-toi d'aller à l'hôpital avant que je me mette en colère. La journée a été bonne, alors ne fous pas tout en l'air.

Sur ce, elle me raccroche au nez.

Je lui fais un doigt d'honneur. Sauf si je précise le contraire, de manière générale, je suis toujours en train de faire un doigt d'honneur à quelqu'un.

Cinq minutes plus tard, je me gare dans l'enceinte de l'hôpital, me munis de mon facturier et j'entre. Chloé, l'infirmière qui me plaît bien, travaille exclusivement aux Urgences, mais je ne peux m'empêcher de regarder tout autour pour voir si elle n'est pas dans les parages – j'en pince grave pour Chloé. J'estime le nombre de kilomètres, remplis les formulaires, obtiens la signature du chef de service, je photographie les factures pour garder une trace et savoir avec certitude de combien Stella m'arnaque. Une fois que c'est fait, je retourne en boudant à mon taxi et j'attends l'arrivée de mes deux passagers.

Je mets du Beethoven – j'ai tendance à commencer et à finir la journée avec ses sonates pour piano – puis je m'octroie une taf de mon vapo-stylo à l'effigie de Snoop Dog et souffle la fumée blanche direct sur la caméra fixée dans la voiture qui constamment m'épie, et j'imagine cette fumée émergeant dans la salle de séjour de Stella, où elle est assise à mater chacun de mes mouvements comme dans un soap opera qui s'intitulerait *Amour, Gloire et Taxi*. Je suis encore en train de zyeuter la caméra quand deux brancardiers apparaissent, poussant chacun côte à côte les fauteuils roulants de mes deux passagers. L'un est noir, l'autre blanc, et il est difficile de savoir lequel chavirera en premier sur ma banquette arrière. Croyez-moi, ces patients ne sortent pas de l'hosto parce qu'ils sont guéris, ils sortent parce que personne ne paiera la facture. De manière générale, c'est à moi de les mener vers leur mort. En ce sens, je suis comme Charon, le nocher ébouriffé qui fait traverser le Styx aux âmes des morts.

Charon se tient là, gardien du morne rivage
Dieu sordide au long menton que ravage
une longueur de barbe, ébouriffée, impure ;
Ses yeux, creux fourneaux en feu ;
Une ceinture, crasseuse de graisse, ceint son obscène parure.

Dès que mes passagers ont attaché leur ceinture, je me retourne et les observe. J'essaye de voir si je vais être capable de les sortir de ma voiture et de les porter en haut de je ne sais quel escalier. En l'occurrence, je devrais pouvoir les lever tous les deux en même temps, un sous chaque aile. Ces types sont desséchés comme de vieux champignons que l'on pourrait réduire en poussière d'un coup de pied. Ni l'un ni l'autre n'a de bagage. Le Noir, qui semble avoir au moins cent ans, porte encore sa blouse d'hôpital et hoche à peine la tête quand je le salue. J'en conclus que c'est sans doute celui qui mourra le premier. Le Blanc au long visage, en revanche, est pressé de papoter et m'informe sans tarder qu'il est fermier et qu'il a survécu à sept opérations chirurgicales au cours des cinq dernières années. « Ça doit être un record », hurle-t-il à la manière des gens à moitié sourds. Il doit avoir dans les quatre-vingt-cinq ans, son visage semble être en caoutchouc, et il se fend d'un rictus de harpie en remontant sa chemise pour me montrer toutes ses cicatrices que je n'ai pas envie de voir. Pendant ce temps, l'autre, le plus vieux, regarde partout dans le taxi, comme s'il suivait du regard le vol d'une guêpe. Que regarde-t-il ? Des fantômes probablement.

J'emmène le Noir à Clarksdale, mais d'abord je vais déposer le fermier quelque part sur la Route 9. Quand je lui demande son adresse, il dit qu'il n'y en a pas, mais qu'il m'indiquera le chemin.

— Ma caravane est du côté de Terza Road. Vous savez où ça se trouve ?

— Je sais où tout se trouve, lui dis-je.

Question musique, je sélectionne la *Sonate numéro 13 en mi bémol*, un morceau qui souffre d'une triste et belle schizophrénie, toutes ses ambiances et ses mouvements sont farouchement différents et pourtant ils se mêlent à la perfection – presque comme si Beethoven lui-même s'était laissé posséder par des démons successifs pendant la composition de la sonate. Je monte le son pour ne pas avoir à faire la conversation au fermier, je roule vingt bornes sur une route de campagne flanquée de jeunes pousses de coton. Le fermier finit par me montrer un champ en jachère, nous nous engageons sur un chemin pour tracteurs à travers les hautes herbes – des herbes plus hautes que mon taxi – et au bout de dix minutes de grincements et de gémissements, nous arrivons à une caravane rouillée. J'ouvre le cadenas avec la clé qu'il m'a donnée puis retourne à la voiture le chercher, je passe un bras sous son aisselle et l'aide à claudiquer jusqu'à des marches en parpaing, j'ouvre la porte, la pièce est sombre, elle contient une chaise en métal. Ça sent la pommade Vicks VapoRub. Un tas de sauterelles sautent dans le rai de lumière que j'ai fait entrer en ouvrant la porte. Après avoir assis le fermier sur la chaise, je regarde autour de moi et lui demande s'il a quelqu'un pour s'occuper de lui. Une sauterelle atterrit sur sa joue et je la chasse d'un geste. Une autre atterrit dans mon cou et je l'écrase.

— Comment allez-vous manger, monsieur ? je demande.

Je sais qu'il va rester coincé sur cette chaise, dans cette chaleur atroce, jusqu'à ce que quelqu'un d'autre arrive. Comment fera-t-il pour aller aux toilettes ? Y a-t-il des toilettes ? Tout ce que je distingue dans l'obscurité, c'est un plan de travail riquiqui avec un réchaud à gaz et un petit ouvre-boîte de l'armée.

— Qui est-ce qui s'occupe de vous ? je hurle à l'oreille du sourd.

Il me répond en hurlant que son frère habite pas loin. Deux autres sauterelles ont atterri dans ses cheveux blancs – l'une d'elle remonte la rivière rose de peau qui partage ses cheveux. Je hoche la tête, regarde à nouveau autour de moi, puis je hausse les épaules et lui serre la main en lui disant : « OK, bonne chance », et je le laisse assis dans la pénombre de ce four, je repars au milieu des herbes hautes dans ma Lincoln gémissante aux aimants fleur-de-lis collés sur les flancs.

C'est seulement au moment où j'émerge du champ que je songe à appeler l'hôpital. Ils me promettent d'appeler son frère et de s'enquérir de la situation. Et voilà pour le vieux sourd aux sept cicatrices.

Le soleil est en train de se coucher, je me dirige sans attendre vers Clarksdale, berceau du Delta Blues Museum et patrie de Morgan Freeman, mais en traversant à vive allure Batesville, je pense plutôt aux gangs, aux Bloods, aux Crips et aux Vice Lords. Le paysage s'aplanit, la couleur semble déserter chaque chose, on dirait un anti-Oz. D'habitude, j'adore conduire dans le Delta. L'impression d'avoir traversé un océan et atterri sur un nouveau continent avec de nouvelles lois. Nombre de ces lois ont manifestement été imposées par les gangs des trafiquants de drogue. Le Delta a la réputation d'être peu fréquenté par les forces de l'ordre. Ici les flics sont considérés comme une anomalie.

La Town Car s'engage dans King Street à la tombée du jour. Il m'apparaît, et ce n'est pas la première fois, que la Lincoln se fond dans le décor beaucoup mieux que moi. Ma cagnotte, une boîte en métal avec mon carnet de courses fixé sur le dessus, repose sur le siège, contenant à peu près 160 dollars. Je trouve l'adresse et m'arrête.

Tandis que je soulève le vieil homme pour le sortir de la voiture, sa blouse d'hôpital se défait et il se retrouve soudain nu dans la lueur balbutiante du lampadaire. Pendant ce temps, une douzaine de gamins noirs, munis de grandes bouteilles en verre de bière forte, s'approchent de nous. Ça sent pas bon. Pas bon du tout. Je tente de récupérer sa blouse tombée par terre au moment où une femme arrive à ma rescousse en me disant : « C'est bon, je m'occupe de lui. Restez pas là, monsieur », et je saute fissa au volant, appuie sur l'accélérateur et exécute immédiatement une embardée pour éviter deux adolescents qui se sont mis devant ma calandre. Ça se reproduit : de plus en plus de jeunes jaillissent de l'obscurité pour empêcher ma fuite. Je slalome entre eux et prends la première à gauche dans un crissement de pneus.

Les logements sociaux du Delta consistent pour l'essentiel en de minuscules maisons de briques devant lesquelles des pitbulls ou des chiens de chasse sont enchaînés aux pare-chocs d'épaves de voitures. « La vache », je me répète encore et encore tandis que les battements de mon cœur ralentissent et que les maisons continuent de défiler. Mais en même temps, je n'échangerais contre rien au monde. Sérieux, c'est mieux que de rentrer à pied du campus avec une pile de dissertations à moitié racistes à corriger. À certains égards je suis content d'avoir été viré de l'université, même si je ne suis pas fier de la manière dont ça s'est passé. Je préférerais mourir dans le Delta, je pense, plutôt que passer ma vie à expliquer l'usage du complément d'objet direct à des *frat boys* maculés de pisse.

Pendant le trajet du retour, je commence à me demander si ces gamins là-bas étaient véritablement membres d'un gang. Certainement pas. Mais voilà encore un truc qui arrive avec ce boulot : les préjugés idiots s'entassent sur la banquette arrière avec les antidépresseurs et les extensions capillaires. Vous entendez bien assez de baratin raciste et vous finissez par croire que n'importe quel môme noir tenant une grande bouteille de bière forte est un membre de gang, un Vice Lord ou je ne sais quoi. Vous vous jurez de ne pas croire à ces préjugés, mais ils ne cessent de s'accumuler. Vous faites le serment de ne plus piquer de crise au volant, sauf que la caméra n'arrête pas d'en enregistrer de nouvelles. Et pratiquement chaque jour vous apprenez que votre gentillesse a ses limites.

Je suis un oiseau rare, un bouddhiste du Mississippi, et j'ai cru jadis être un bon bouddhiste, du moins un bouddhiste décent, jusqu'à prendre ce boulot. Maintenant, je sais ce qu'il en est. Je suis le pire bouddhiste au monde. Et le fantôme d'une jeune fille à qui je n'ai pas témoigné assez de bonté est l'une des raisons pour lesquelles je sais que je suis un bouddhiste atroce. Lorsque la lumière devient rasante, notamment au crépuscule, je peux l'apercevoir dans mon rétroviseur, avec son look gothique, pleurant, inconsolable, dégoulinante de mascara.

La fille qui hantera à jamais mon taxi avait une vingtaine d'années et à peu près tout perdu quelques instants avant d'être poussée sur ma banquette arrière par les shérifs adjoints. Le standard m'avait donné l'adresse d'un client à aller chercher à huit kilomètres au nord de l'agglomération et je m'étais arrêté devant une maison où quatre voitures de flics étaient déjà garées, gyrophares bleus presque invisibles dans le soleil du Mississippi. Quatre shérifs adjoints s'étaient approchés, avec cette jeune fille blanche qui pleurait, la morve au nez, et tenait dans ses bras un bébé noir, lui aussi en pleurs et morveux, et qui, de surcroît, hurlait. Les flics l'ont fait entrer de force à l'arrière de mon taxi et m'ont donné l'ordre de l'emmener sur-le-champ sinon ils allaient l'arrêter, elle aussi. On aurait dit qu'ils la détestaient d'avoir eu un bébé noir, mais pas au point de les envoyer tous deux en prison. J'ai hésité, regardé la fille dans mon rétro pour la première fois, ne sachant pas qu'elle y resterait éternellement, puis j'ai baissé l'unique vitre automatique encore en état de marche et ai dit à l'adjoint que nous avions besoin d'un rehausseur pour le bébé.

Il m'a foudroyé du regard en me rétorquant :

— Foutez le camp. Maintenant.

— Ils ont rien voulu que je prenne… même pas des couches, s'est écriée la nana.

— Je suis désolé, m'sieu l'agent, ai-je dit, il nous faut un rehausseur, c'est la loi.

Se rendant peut-être compte que ce que je venais de dire avait été enregistré par ma caméra, les flics ont discuté entre eux, et l'un des plus jeunes a été renvoyé dans la maison, où je ne sais combien de types étaient assis au sol de leur labo de fabrication de méthamphétamine, menottés. Il en est ressorti avec un rehausseur en si mauvais état qu'au moment où j'ai installé le machin sur la banquette arrière je m'attendais à moitié à ce qu'un rat en sorte, puis je suis parti avec le bébé qui hurlait et une des bagnoles de police qui nous a suivis sur huit bornes, juste histoire de faire chier le monde.

Le bébé avait de toute évidence besoin d'une couche propre, mais il aurait été malpoli de sortir le spray d'Ozium. Nous sommes passés devant la cité de

Creekside, à Gentry, dont tous les bâtiments avaient été condamnés quelques semaines plus tôt, pour arriver à une petite maison au bout d'un chemin de terre rouge. La nana, qui me devait alors une vingtaine de dollars, m'a tendu 6 dollars en billets froissés morveux et s'est mise à compter les pièces qu'elle avait dans un sachet en plastique grisâtre à zip. Elle a fini par me tendre la totalité du sachet plein de morve. Je lui ai rendu ses pièces mais j'ai gardé les billets. Voilà ce qui me mine depuis ce jour-là. Non mais, putain, qu'est-ce qui m'est passé par la tête ? Elle venait juste de tout perdre et je ne lui ai même pas offert la course ? Quel être humain peut être à ce point mesquin ?

Il n'y avait personne dans cette maison quand je suis reparti. Je n'avais pas demandé s'il y avait un autre endroit où je pouvais la conduire. Non, au lieu d'être charitable avec cette môme, j'avais empoché ses derniers billets et je l'avais plantée sur le porche d'une baraque vide, avec dans les bras un bébé affamé et une couche puante. J'aurais pu lui acheter des couches, bon sang. Ça ne m'aurait pas tué. J'aurais pu leur acheter des provisions.

Mais la semaine avait été tellement longue, j'avais si peu dormi que je ne m'étais même pas rendu compte que j'avais été un connard. Jusqu'à ce que, quelques jours plus tard, je raconte l'histoire du coup de filet au labo de meth à mon copain Vance, lequel m'a interrompu au moment où j'en étais à la gamine me tendant les billets humides de morve. Se mettant à ma place, Vance a dit : « Gardez-les, madame, pfffff. » Comme s'il savait, étant mon ami, que jamais je n'aurais envisagé d'accepter ces billets. Sauf que moi je les avais empochés. Et j'avais tellement honte que je n'ai pas contredit Vance, je lui ai laissé croire que je n'avais pas accepté cet argent qui aurait servi à nourrir le bébé. Sauf que je l'avais accepté, j'avais empoché les billets trempés de morve, et là, face à la foi que mon ami mettait en moi, je me voyais au grand jour, tel que j'étais réellement : la vision d'une âme ressemblant à la photo d'identité d'un camé à la meth m'apparut.

La prochaine fois, je ferai mieux, m'étais-je promis ce soir-là. *La prochaine fois, je ferai preuve de plus de bonté.*

Cette promesse me revient à l'esprit maintenant que j'approche à nouveau de Terza Road, je lève le pied de l'accélérateur et envisage d'aller prendre des nouvelles du vieux fermier que j'ai abandonné dans la chaleur suffocante de sa caravane. Et si son frère n'est pas venu le voir ? Je dois pouvoir retrouver le chemin pour tracteurs en me mettant en pleins phares. Je sens la présence du fantôme de la gamine sur la banquette arrière, elle m'observe tandis que mon taxi ralentit quelques secondes avant d'accélérer à nouveau. Navré, fille fantôme, mais la seule chose que j'ai en tête, là, c'est de savoir quelle boisson je vais me concocter avant de comater sur mon canapé pour rêver de pneus crevés, d'automobilistes qui te collent au cul et d'auto-stoppeur à trois yeux. La journée est déjà bien avancée et mes réserves de bonté sont à sec. Au moment où je passe à la hauteur du chemin de terre, je ne peux m'empêcher d'imaginer le vieux dans la pénombre de sa caravane. Si ça se trouve, à l'heure qu'il est, c'est son squelette qui est assis sur la chaise. Si ça se trouve, les sauterelles ont eu raison de lui.

4

LE CRÉTIN DE FILS

Ça me prend un peu la tête parce que là, pendant qu'on cause, je suis en train de louper ma catastrophe culturelle préférée : le Tonight Show *avec Jay Leno. Je ne sais plus où donner de la tête, mec. Chaque soir c'est le grabuge total dès que l'émission commence. Avec mes potes, on fait des paris pour essayer de deviner à quel épisode exactement, et avec quel invité Jay-le-VRP-des-chips-Doritos finira par se fourrer un canon de 9 mm dans la bouche et se faire sauter le caisson… Grands dieux, qu'ai-je fait de ma vie ? BOUM ! Sa cervelle gicle, formant un paon comme le logo NBC sur le mur derrière lui – parce qu'il aura su rester corporate jusqu'au bout. Voilà comment ça se passe, messieurs-dames. Si vous participez à une publicité, vous êtes rayé une fois pour toutes des registres artistiques. Fin de l'histoire, pigé ? Vous avez prouvé que vous n'étiez qu'un misérable peigne-cul de VRP, un gigolo dans la grande partouze capitaliste, et si vous faites une publicité, votre tête est mise à prix, tout ce que vous dites est suspect, chaque mot qui sort de votre bouche est une fiente qui tombe dans mon verre. Vendre des Doritos à la téloche… Tu gagnes pas assez, espèce de gigolo ?*

Maintenant, il faut en plus que tu vendes des Doritos à l'Amérique bovine ? « Salut tout le monde, je m'appelle Jay Leno. Est-ce qu'il y en a qui se souviennent de l'époque où j'étais drôle ? Tenez, mangez des Doritos. C'est tellement bon. »

Bill Hicks, cité ci-dessus, est enterré dans le Mississippi, un État qu'il détestait, j'en suis sûr, même si c'est de là que venaient ses deux parents, et à ce titre il est des nôtres – ou du moins, on en a la garde. Je pense beaucoup aux sketches de Hicks – peut-être trop, je suis atteint de troubles obsessionnels compulsifs, entre autres – et bizarrement, je pense aussi à sa tombe, que j'imagine à l'abandon, jonchée de mégots de cigarettes, avec quelques soucoupes volantes clignotant au-dessus, dans le ciel, et quelques magazines cochons soufflés par le vent entre les pierres tombales. Hicks est enterré parmi les proches de ma mère dans le comté de Greene, et j'éprouve cet étrange désir d'aller visiter sa tombe et de lui laisser un paquet de Marlboro rouges.

Je suis à mi-chemin du Delta et je pense à Hicks, plus jeune que moi de deux mois et pourtant mort depuis vingt-cinq ans, lorsque l'oreillette retentit à l'intérieur de mon cerveau, et je sais que c'est Stella, qui m'appelle pratiquement sur tous les trajets de retour et fait de moi son psychanalyste favori. Comment décrire ces coups de fil ? Typiquement c'est un méli-mélo à tendance suicidaire et paranoïaque concernant son business (sa dernière inquiétude en date est que Uber nous pique les contacts de nos clients, mais elle soupçonne aussi qu'il y ait un rapport entre ma crevaison d'il y a quelques jours et celle d'un autre conducteur la semaine dernière ; elle a fait le rapprochement et en conclut que ce doit être un coup de Rock Away Taxi, une entreprise concurrente montée par un de ses anciens employés, qui sabote nos véhicules). La discussion s'achève en récriminations à l'encontre de ses chauffeurs : Danny facture des sommes colossales pour ses allers-retours, Zeke exige d'être payé en liquide, Kirby a allègrement proposé à une jeune doctorante de participer à un plan à trois avec sa femme et lui, Sam continue à faire des avances à toute femme noire qui met les pieds dans son taxi ; s'ensuit une liste de commissions que je dois me taper pour elle dans la semaine – faire faire un double de clés, passer dans des bleds alentour récupérer de l'argent qu'on lui doit, et c'est moi qui paye l'essence bien entendu – ; s'ensuivent toutes sortes d'explications justifiant que le montant de mon dernier chèque paraisse inférieur à ce qu'il devrait être ; s'ensuivent quelques laïus d'auto-apitoiement et de menaces diverses façon diva de vendre l'entreprise et de laisser tous ses chauffeurs sur le carreau ; s'ensuivent des explications sur le fait que tous les chauffeurs qu'elle a embauchés récemment ont démissionné ; s'ensuit sa longue lamentation de mère sur les difficultés qu'elle a eues à élever son taulard de fils Tony qui, avant sa récente arrestation à Gentry, s'était réfugié dans le Mississippi après un deal de drogue ayant foiré à Kansas City, au terme duquel le pauvre biquet s'était fait poignarder à la cuisse et aux fesses.

De ce que je peux en dire, mon rôle dans ces conversations – qui durent en général une demi-heure – est de faire de temps à autre une remarque qui est immédiatement contredite (d'où l'image que j'ai de Stella toujours pète-sec, en train de fumer le cigare). Quoi que je dise, nan, je me goure complètement, en fait c'est tout le contraire, si bien qu'au fur et à mesure de la discussion, j'en dis de moins en moins, ce qui n'écourte pas pour autant son monologue d'une seule minute. Elle teste ses divagations sur moi, je suis le cobaye de Stella, tout comme je fais office de cobaye pour les tarés racistes qui, mauvais comme les Borg de *Star Trek*, fréquentent mon taxi.

Stella, peut-être convient-il ici que je le signale, est tenue de ne pas quitter son canapé depuis qu'elle s'est cassé la jambe quand un cerf a traversé son pare-brise alors qu'elle revenait du Massachusetts. C'est juste après cet accident qu'elle a eu sa première ordonnance pour des opiacés et qu'elle s'est rendu compte que le mélange avec l'alcool était épatant.

À la fin de la discussion d'aujourd'hui, je raccroche, épuisé, et j'ouvre une autre cannette de Red Bull pour rester éveillé. Mon taxi devrait être sponsorisé par Red Bull, comme les voitures de course et les casse-cou qui planent en combinaisons ailées. Tout en sirotant ma savoureuse boisson énergisante, dont je brandis l'étiquette devant la caméra de la voiture, je repense à ce que Stella vient de dire, en particulier à la question qu'elle a posée juste avant qu'on raccroche. L'air de ne pas y toucher, elle a demandé si j'avais eu des nouvelles de Tony, dernièrement.

— Tony, dernièrement, tu l'as vu ? Tu as des nouvelles ?

— Tony ? avais-je répété – et mon cœur s'était serré rien qu'en entendant le nom de son fils –, je croyais qu'il était assigné à… je croyais qu'il était retourné à Kansas City ?

— Oui oui. Je me demandais juste. On ne se parle pas – pas depuis la dernière fois que je l'ai viré – et je sais qu'il t'a toujours apprécié. Il a dit que vous étiez amis.

— Amis ?

— Bon, fais-moi signe si tu as de ses nouvelles, d'accord ? Il faut que je raccroche – il y a des gens qui appellent.

Sur ce, elle avait raccroché.

« Amis ? avais-je répété. Il a dit qu'on était… amis ?! »

Que je vous décrive son crétin de fils. Il a beau avoir dans les trente-cinq ans et être père de trois enfants qu'il a eus d'une femme douée d'une patience à toute épreuve, qu'il désigne comme étant « la-mère-de-mes-enfants », il n'est pas adulte. Tony fait son mètre quatre-vingt-huit, avec une coupe de flic, rasé sur les côtés, et une touffe noire sur le dessus. Comme un dadais de chimpanzé anormalement grand, animal auquel il ressemble beaucoup, il est musculeux, avec de longs bras, de longues jambes et presque pas de tronc, on le dirait composé uniquement de membres. Ses fringues s'inspirent de la tenue de prison, et il utilise souvent l'expression *my nigga* quand il se réfère à moi, qui ai vingt ans de plus que lui et suis tout aussi blanc.

La première fois que j'ai rencontré Tony, c'était dans un taxi conduit par Horace. Horace doit faire dans les cent soixante kilos, ce qui est d'autant plus remarquable qu'il n'a que quatre dents. Pour maintenir ce ratio poids/dents il est obligé de boulotter en permanence. En tant que superviseur, Horace distribue les courses les après-midi où nous ne sommes que tous les deux, et c'est le moment de la journée où il va me refiler toutes les demandes merdiques – tous les tarés certifiés, les filous, les voyous ou les schlingos – alors que lui reste assis dans son SUV à attendre les courses lucratives pour se mettre en branle, genre les groupes de cinq personnes à aller chercher. Il me refilera joyeusement cinq ou six courses d'affilée alors que lui suçotera entre ses quatre ratiches les ailes de poulet qu'il y a dans son seau en polystyrène.

Nous étions dans le Suburban d'Horace, Stella avait convoqué tous les taxis de la boîte le jour où j'ai fait la connaissance de Tony. Conformément à un plan fomenté par Stella, Horace était passé prendre Tony sous je ne sais quel prétexte fallacieux, l'obligeant à participer à la réunion. Pendant tout le trajet, ils s'étaient pris la tête à ce sujet, et moi, sur la banquette arrière, j'avais observé la scène avec un mélange de révulsion et de fascination, tandis que Tony se fourrait sans interruption les doigts dans le nez. De toute ma vie, je n'avais jamais vu quelqu'un dégager une telle stupidité. J'ignorais alors qu'il était le fils de Stella, je pensais qu'il n'était qu'un chauffeur parmi d'autres, tout ce que je savais avec certitude c'est que pendant dix minutes non-stop il n'avait pas arrêté de se curer le nez, jusqu'à ce qu'Horace fasse les présentations – c'est Tony, le fils de Stella –, à ce moment-là, Tony avait enfin retiré les doigts de son blair pour me tendre la main.

— Tony, s'était-il présenté.

Au cours des mois qui ont suivi, Tony est devenu le fléau de mon existence. Rétrospectivement, je ne sais pas comment j'ai fait pour survivre à sa présence dans mon taxi pendant des journées entières. Ai-je jamais été plus heureux que le matin où l'on m'a informé qu'il avait été arrêté et renvoyé à Kansas City pour attendre de passer en jugement ? En entendant la nouvelle, j'ai dansé avec ma tasse de café dans toute la salle de séjour. Je ne savais pas encore pour quel motif il s'était fait arrêter, mais j'espérais que ce serait un truc grave, qui lui vaudrait perpette, sans possibilité de sortie conditionnelle.

« Amis ? » je répète à nouveau.

Stella elle-même m'avait mis en garde au sujet de Tony. Le jour où elle m'avait conduit au tribunal pour aller chercher ma carte professionnelle, elle avait dit comme ça : « À propos, certains matins c'est mon fils Tony qui répartit les courses. C'est un crétin. »

Ce matin-là, Stella – la soixantaine, je dirais – avait coiffé ses cheveux noirs et sa frange à la manière des danseurs de jitterbug. Elle conduisait à toute vitesse en direction du centre-ville au volant d'une Camaro bleue qui ressemblait à un muscle de grenouille géant en métal. Chaque fois que je suis au contact de Stella je me surprends à l'apprécier. C'est la Stella-au-téléphone que je n'aime pas, la Stella cheffe d'entreprise, la Stella manipulatrice, la Stella menteuse, la Stella ivre ou avec la gueule de bois, celle qui se fout tout le temps de moi en me demandant de faire des détours pour lui rendre tel ou tel service alors que mes suspensions sont usées jusqu'à la corde, que mes freins pourrissent, la Stella qui commet toutes ces erreurs de la banque en sa faveur.

Comme promis, son crétin de fils a tenté quelques matins de centraliser et de distribuer les courses, mais la fainéantise innée de Tony combinée à son tempérament détestable lui valait de se faire renvoyer à peu près une fois par mois. Tous les chauffeurs se réjouissaient chaque fois que Stella virait Tony, sauf qu'invariablement elle le réembauchait le mois suivant. À mes débuts, quand j'ai commencé à faire chauffeur pour All Saints, Tony assurait la répartition des courses depuis Kansas City, mais il s'est ensuite fait poignarder au cours d'un deal de drogue, et il s'est planqué à Gentry chez sa maman. Je ne savais d'ailleurs pas qu'il se planquait. Aucun des chauffeurs ne savait que Tony était en cavale. Enfin... Horace était peut-être au courant (il cache bien son jeu), mais moi absolument pas. Si j'avais su que Tony était recherché, jamais je ne l'aurais accompagné dans ses achats de dope.

Tout en tâchant d'échapper aux autorités, terré chez sa maman, il m'appelait chaque matin, exigeant que je lui apporte des cigarettes ou que je l'amène ici ou là. Il m'a toujours dit qu'il me paierait plus tard, ou de mettre le prix de la course sur son compte, mais Stella n'a jamais raqué. (Stella se faisait joyeusement complice de Tony en arnaquant ses chauffeurs.) J'ai dû me fader Tony tous les jours, parfois pendant des heures. Des mois durant j'ai repoussé le moment où j'allais lui annoncer qu'on arrêtait les frais. J'avais besoin de ce boulot, et il me semblait qu'il était plus facile de se faire martyriser que de se retrouver en conflit avec le fils de la patronne.

Comme nombre de crétins, Tony aimait donner des conseils, un flux constant de recommandations qu'il me distillait tandis que je le conduisais dans les diverses cités qui gravitaient autour de Gentry, puis j'attendais en laissant tourner le moteur au volant de ma Town Car reconnaissable entre toutes. Les voisins arrosant leurs jardins où tout pousse dans des boîtes de conserve me regardaient d'un œil torve pendant que j'étais là à me dire *Magne-toi, crétin, magne-toi.* Histoire de bien aggraver son cas, Tony, un après-midi au cours d'une de ces virées, avait reconnu devant la caméra de ma voiture qu'il achetait de la drogue. Après avoir officiellement fait cette déclaration, il a passé un coup de fil au dealer devant chez qui nous étions garés.

— Non, je suis le Blanc, le Tony blanc, a-t-il rectifié. Le Blanc avec Lil'Kane, tu te souviens ? Le proprio de l'entreprise de taxis ? Regarde à la fenêtre, tu me reconnaîtras.

Il a descendu la vitre côté passager, la seule en état de marche, et a regardé fixement la maison, un peu comme Kilroy, le bonhomme du fameux graffiti, jusqu'à ce que le téléphone sonne à nouveau et qu'il entre dans la baraque. J'ai attendu en pestant pendant vingt minutes jusqu'à ce que Tony revienne au pas de course.

— Allez, on fout le camp, a-t-il dit.

Je ne me suis pas fait prier, regardant derrière pour voir si on était suivis.

— C'est fini, Tony, lui ai-je dit une fois que nous étions suffisamment loin de la cité. Je ne participe plus à ces conneries.

Sauf que Tony a compris de travers – comme c'est souvent le cas avec les crétins. Il a cru que j'avais les jetons d'aller dans les cités (alors que j'y étais constamment fourré, avec ou sans lui.) Aussi a-t-il pris sur lui de m'asséner un petit exposé sur les droits civiques au cours duquel il s'est fait fort de m'informer que les Noirs étaient des gens comme nous. Le laïus avait beau être splendide, j'ai néanmoins dû l'interrompre.

— Tony, je n'ai pas peur des Noirs, j'ai peur des flics. Nous sommes de toute évidence en train de procéder à un achat de drogue – tout le monde dans ce quartier est au courant. Le nom de l'entreprise de ta mère est inscrit en gros sur les flancs de cette bagnole, ce qui signifie qu'elle peut être confisquée lors d'une arrestation, autant dire que je n'aurais plus de boulot, et comme tu as déjà reconnu avoir acheté de la drogue devant ma caméra, on pourrait se faire arrêter tous les deux. Ce qui fait de moi – euh, comment dit-on ? – un complice. Sérieusement, mec, putain !

Sur le coup, il était tellement estomaqué que je lui tienne tête qu'il n'a pas pu réagir. Une expression de stupidité a envahi son visage comme dans les dessins animés.

— Cette caméra marche même pas, a-t-il grommelé au bout d'un moment.

J'ai regardé la caméra en ravalant un afflux d'émotion. J'avais l'impression d'être un pèlerin à qui on annonçait la mort de Dieu.

— Marche pas ? Qu'est-ce que tu me racontes, comment ça, elle marche pas ?

— Je crois que ma mère m'avait demandé de la réparer, celle-là.

Changeant habilement de sujet, Tony m'a expliqué que c'était lui initialement qui avait obligé Stella à installer les caméras. Il s'attribuait toujours les mérites de ce que Stella pouvait accomplir et adorait répéter que ce serait autre chose une fois qu'il aurait repris l'affaire. Et effectivement, ce serait autre chose. Par exemple, pour commencer, tout le monde, sans exception, démissionnerait.

— Ne change pas de sujet, Tony. On parle de tes achats de drogue. J'en ai marre de ces conneries. Trouve-toi quelqu'un d'autre pour faire le chauffeur.

— C'est que de l'herbe, mec. Faut vraiment que tu apprennes à te détendre.

Ça, c'est vrai, en fait. Il faut vraiment que j'apprenne à me détendre.

— De l'herbe ? ai-je répondu au lieu de me détendre. Alors comment se fait-il que je ne sente jamais l'odeur de l'herbe ? Je la connais cette odeur, je la sens tout le temps sur mes clients, mais là je peux te dire que je ne sens rien.

— Tu veux que je te montre ?

— Ouais, montre-moi ça, tiens ! Montre bien à la caméra en faisant un grand sourire.

J'étais sûr que ce n'était pas de l'herbe. Et je doutais que ce soit de l'héroïne. J'avais récemment travaillé pour un accro à l'héro, et Tony me paraissait trop méticuleusement pugnace pour carburer à l'héro. Et puis il ne bavait pas. Cocaïne, alors ? Tony avait-il les moyens de tourner à la coke ? Non, ce devait être de la meth.

— Alors, montre-moi l'herbe, Tony.

— Laisse tomber. Allez, roule.

J'ai relevé le pied de la pédale de frein.

— Où va-t-on maintenant ? J'ai des clients à aller chercher.

— Va les chercher. Je resterai dans ton tacot jusqu'à ce que tu les aies tous déposés.

C'est ce qu'il faisait systématiquement, il restait dans mon taxi, parfois pendant des heures, et ça me tapait sur le système. Vingt minutes plus tard, nous étions passés prendre Althea à la clinique où elle faisait sa dialyse et ramenions cette vieille grenouille de bénitier chez elle – Althea me demandait toujours de faire d'abord halte au Wendy's avant que je la ramène à sa cité de Laurel Loop. Un matin, alors que nous traversions sa cité ensemble, nous avions repéré un cul-de-jatte tombé de son fauteuil roulant, et nous nous y étions mis à deux pour le réinstaller sur son fauteuil. Althea aimait bien être dans mon taxi et m'encourageait à faire monter d'autres clients avant de la déposer. Vingt minutes en compagnie de Tony lui avaient fait passer cette envie une fois pour toutes.

Althea était à l'arrière quand Tony avait commencé à me parler de ce qui était arrivé à un de ses copains en prison. L'histoire était sordide, mais c'était la façon dont il la racontait, avec admiration et une sorte de vénération infantile, qui rendait la scène flippante. Plusieurs mois plus tard, en apprenant que Tony s'était fait arrêter chez sa mère, cette histoire est la première chose qui m'est venue à l'esprit, mais lorsqu'il l'avait racontée, ce qui m'avait le plus horrifié, c'était d'imaginer Althea sur la banquette arrière, en train d'écouter.

Dans l'histoire que Tony nous avait déballée cet après-midi-là, un de ses amis avait été envoyé à Rikers et s'était fait casser la gueule dans la salle de douches au point de se faire décrocher la mâchoire. Alors qu'il gisait sur le carrelage, les autres prisonniers s'étaient mis en file indienne pour le violer par la bouche. Cette partie, le viol, Tony l'avait détaillée avec une grande délectation. Voilà le genre d'histoires dont Tony nous faisait part pendant qu'on faisait la queue au Wendy's en attendant le cheeseburger au bacon post-dialyse d'Althea. Je ne voyais pas exactement ce que Tony trouvait de si admirable dans cette histoire, mais il était manifestement ravi de la raconter et, tout en l'écoutant, je n'arrêtais pas de me dire : *Gros, c'est la direction que tu prends, cette salle de douches.*

« Amis ? » dis-je une dernière fois au milieu d'une série de bâillements.

Beethoven m'endort, alors je passe à Big K.R.I.T. et soudain je me rappelle quelque chose qui, dans le cerveau de primate de Tony, pourrait être considéré comme un acte d'amitié entre nous. Il avait commencé à sortir avec une femme de Gentry – qu'il avait rencontrée sur Internet – et ce qui était remarquable avec Cheryl, c'est qu'elle paraissait normale et séduisante, et était la maman de deux chouettes gamins – et pourtant elle sortait avec Tony qui aurait aussi bien pu avoir *Thug Life* tatoué sur le front avec une faute d'orthographe. Un soir, alors que Stella n'était pas en ville, Tony avait invité Cheryl à la maison, il allait lui préparer un dîner et tenter de la séduire. Il avait fallu que je l'emmène à l'hypermarché Kroger acheter à manger. Ensuite, Tony m'avait demandé de l'accompagner chez le caviste pour l'aider à choisir une bouteille de vin, ce que j'avais fait. Le lendemain, Tony avait jugé nécessaire de me dire à quel point la soirée avait été une réussite car il avait baisé Cheryl sur le tapis de la salle de séjour de sa mère, histoire qu'il avait achevée par ces mots : « Ce qui craint, c'est que j'avais qu'une seule capote, alors il a fallu la réutiliser plusieurs fois. »

Était-ce à ce moment-là que nous étions devenus amis ?! Ou avions-nous sympathisé lorsque je l'avais aidé à acheter la bouteille de vin grâce à laquelle il avait tiré son coup ? Était-ce cela qui l'avait décidé à devenir mon diabolique acolyte ? Chaque jour il montait avec moi dans le taxi, et c'était devenu tellement insupportable que je m'apprêtais à démissionner. Tony avait même commencé à prendre place dans mon taxi au cours des trajets fantômes que je faisais en rêve. Y a-t-il une différence entre la haine et la répugnance ? Je dirais que oui, mais s'il n'y en a pas, alors je détestais vraiment Tony. Chaque fois que mon téléphone sonnait, je me disais *Oh mon Dieu, pourvu que ce ne soit pas Tony.* Puis il s'était fait arrêter et une lumineuse porte de joie s'était ouverte dans mon cœur et j'avais commencé à apprécier mon boulot.

Mon Dieu, faites qu'il aille en prison à perpétuité…

Je dévie un peu sur la droite et roule sur les trucs en relief qui délimitent le bord de la route, ce qui me réveille en me faisant sursauter, puis je termine ce qui restait du Red Bull et mets Big K.R.I.T. à fond, mais au moment où ma main effleure le bouton de volume – je suis à la lisière de la ville, là où commencent les lampadaires – je vois Tony – ou en tout cas je crois le voir. Est-ce vraiment Tony ou plutôt une espèce d'hallucination due à la taurine ? Le Tony que je vois, ou ne vois pas, est en train de faire du stop sur le bas-côté, et dans mon imagination nos yeux se croisent à la seconde où je passe devant lui, après quoi je vérifie dans le rétroviseur pour m'assurer que ce n'était pas lui.

« Non, je supplie le dieu des rétroviseurs. De grâce, pas Tony. Donnez-moi n'importe quel autre monstre. »

5

Contemplation des étoiles

Après avoir terminé mon troisième cycle à l'université de Syracuse, dans l'État de New York, je suis retourné à Fayetteville, dans l'Arkansas, le seul endroit où j'aie jamais été heureux. Une fois là-bas, j'ai trouvé un boulot de barman et me suis installé dans une cabane de chasseur perchée sur une colline loin du centre-ville. Les samedis soir, je grimpais sur le toit de ma cabane pour regarder l'équipe des Razorbacks jouer dans la vallée en contrebas. Bien souvent, je partageais la vue avec toute une bande d'opossums, de ratons laveurs et de chats sauvages. Ces bestioles luttaient et baisaient pour faire de mon grenier leur territoire et de temps en temps l'un d'entre eux tombait comme électrocuté à travers le papier d'emballage dont je m'étais servi pour colmater les trous dans le plafond. Il y avait constamment des couleuvres dans mon séjour – que je capturais et enfermais dans des sacs en papier – et chaque soir, dès la nuit tombée, des centaines d'araignées sauteuses émergeaient du plancher. Plus tard, vraisemblablement quand j'étais endormi, des araignées grosses comme des tarentules portant des poches d'œufs blancs envahissaient les murs, tandis que des congrégations de veuves noires luisantes s'agglutinaient au-dessus des embrasures des portes à l'intérieur de nuages de gaze filandreuse.

Après mon premier mois de vie rustique, quand le rut des animaux au-dessus de ma tête est devenu bruyant au point de m'empêcher de dormir, j'ai emprunté un fusil de chasse calibre 12 à mon ami Zach, et j'ai fait le guet dans le jardin dans l'espoir d'assassiner l'opossum qui m'épiait depuis le trou laissé par une tuile manquante sur le toit chaque fois que je faisais cuire de la viande. J'en étais à la troisième nuit de mon tour de garde quand le possum est apparu, se dirigeant tranquillement vers le bois. J'ai tout d'abord cru que c'était le clair de lune qui conférait à l'animal cette blancheur spectrale, mais en m'approchant derrière lui pour brandir mon fusil, il m'a plutôt eu l'air d'être un possum albinos. Je suis resté planté là, effrayé à l'idée de presser la détente. Je savais qu'un coup de feu à cette heure tardive flanquerait une trouille pas possible au vieux qui habitait la cabane en contrebas. Et puis, de ma vie, je n'avais jamais tiré avec une arme à feu sur quoi que ce soit.

Pendant que j'hésitais, le possum s'est retourné et s'est mis à s'avancer vers moi sans se presser, au point qu'il a fallu que je me serve du fusil pour le repousser. Le bestiau a alors refait demi-tour et s'est éloigné vers le bois. Juste avant qu'il atteigne la limite des arbres, j'ai tiré. Le coup assourdissant a tranché la créature en deux, mais la tête et les pattes de devant ont continué à avancer. Le fusil à la main, sentant la douleur dans mon épaule et observant la moitié du possum tranché, éclairé par la lune, progresser dans la pénombre herbeuse, j'ai eu l'impression de m'être réinventé.

Quelques jours plus tard, mon ami Zach et moi étions sur le toit de ma cabane en train de regarder l'équipe des Razorbacks jouer dans la vallée en contrebas et je racontais à Zach le jour où j'avais affreusement assassiné un opossum – pas celui que j'avais tué au fusil, un autre. Bon, je faisais surtout ça pour que Zach arrête de penser à Alma, la fille cajun qui avait brisé son cœur cajun. Je n'avais jamais vu quelqu'un d'aussi éperdument amoureux que Zach. C'est un poète et j'imagine que ça fait partie des risques du métier.

— J'ai une drôle d'histoire de sorcière à te raconter, Zach, ai-je dit, essayant de le détourner de l'idée de se suicider en sautant du toit.

— Je l'aime, cette fille, mec. Même si elle m'a refilé une maladie vénérienne, a-t-il soupiré avant d'ajouter : On devrait avancer en diagonale, là !

Zach avait été le quarterback de l'équipe du lycée à Mamou. En première, il était tombé amoureux d'une nana de quatorze ans, la seule blonde de l'histoire de la ville apparemment. Alma était belle comme un mannequin et… à peu près aussi fidèle qu'un mannequin. Avant leur récente rupture, Zach, à vingt-cinq ans, n'avait jamais bu une gorgée d'alcool, mais quelques jours après qu'Alma s'était tirée en Californie avec son nouvel amoureux, Zach se torchait à la tequila et tirait sur des joints avec moi. Sa silhouette de solitaire malheureux avec ses longs et magnifiques cheveux noirs se découpait sur le ciel piqueté d'étoiles, avec en toile de fond le grondement de l'échangeur se mêlant au mugissement du stade, et il avait l'air du gentil challenger d'un combat de catch. Comme Alma, Zach était une anomalie génétique, né dans une famille où, d'une génération sur l'autre, l'on était en surpoids et sujet aux cancers, une famille inaccoutumée à une progéniture d'une beauté surnaturelle.

— Une vraie sorcière, ai-je insisté.

— Une ensorceleuse ?

— Ouais. Enfin bon, une sorcière. Et je te parle pas d'une sorcière bidon genre *New Age*. Je te parle d'une sorcière qui jette des sorts qui bousillent tout.

— Elle m'a volé ma carte de crédit. Et s'en est servie pour acheter 200 dollars de lingerie française pour ce salopard qui m'a refilé sa chtouille. Mais je l'aime encore, cette fille. C'est plus fort que moi. Faut qu'on arrête de se déplacer en latéral !

Zach et moi étions devenus amis à la fac. À cette époque, j'étais dingue d'Alma, à tel point que quand je me suis retrouvé à Syracuse, je suis allé jusqu'à me dégoter une copine qui lui ressemblait plus ou moins. Leslie était censée me rejoindre dans l'Arkansas une fois qu'elle aurait décroché son diplôme, mais j'avais passé une après-midi entière à rédiger la lettre de rupture que je voulais lui adresser. Je n'ai jamais été bon pour les relations à long terme, et comment voulez-vous changer un tel trait de personnalité ? Comment se forcer à être attiré sexuellement par quelqu'un avec qui vous avez déjà couché des centaines de fois alors que le monde entier est peuplé de femmes superbes se déplaçant à moitié nues, avec qui vous n'avez jamais couché ? Je me demandais parfois si j'avais déjà aimé, vraiment aimé. Une chose était sûre, jamais une peine de cœur ne m'avait rendu aussi malheureux que Zach l'était ce soir-là.

Cela n'allait pas tarder à changer, mais ce soir-là, sur le toit, j'étais loin de m'en douter.

— Tu sais comment j'ai rencontré cette sorcière ? ai-je dit à Zach. Avec mon pote Michael Gullet, on était dans un bar. Tu l'as jamais rencontré, Michael. C'est, comment dire, comme toi, un poète dandy, mais encore plus narcissique. Quand on allait à la pêche, il nouait les deux pans de sa chemise sur ses abdos. Enfin bref, Michael était un mec bien, quand il n'avait pas picolé. Autrement dit jamais. Quand il avait bu, c'était un type infect, infect – genre, le pire ivrogne de la terre. Un cauchemar. Donc un soir, on était tous les deux dans un bar, je sais plus quel bar. J'y avais jamais mis les pieds. Michael voulait qu'on aille là-bas. C'est moi qui avais pris le volant parce que Michael avait déjà écopé d'une douzaine d'amendes pour conduite en état d'ivresse, et une fois qu'on est arrivés sur place, j'ai fini par baratiner une gonzesse, je me foutais gentiment de sa gueule parce qu'elle avait du noir à lèvres, du vernis à ongles noir et m'avait dit qu'elle était une sorcière, une sorcière de la route. Non, attends, pas une sorcière de la route, une sorcière des voitures.

— Une sorcière des voitures, a répété Zach d'une voix blanche, qui m'a fait comprendre qu'il avait l'esprit ailleurs et qu'il souffrait atrocement.

— Exact. Parce que tous les sortilèges qu'elle lançait bousillaient les voitures des gens. Donc pendant que je suis en train de discuter avec cette sorcière des voitures – vraiment super belle –, je crois qu'elle s'appelait Mayfern – ou alors c'était la fille qui était avec elle –, et que je me fous un peu de sa gueule, du fait qu'elle se prétende sorcière des voitures, pendant que je suis en train de faire ça, Michael est à l'autre bout du bar, il fait des grands gestes pour attirer mon attention sans que Mayfern le remarque. On dirait qu'il est en train de guider un avion au sol, il me fait signe d'aller aux toilettes, il a l'air de vraiment flipper. Et moi j'essaye de l'ignorer parce que, bon, tu vois, je suis en train de baratiner la sorcière super bonne. Passe-moi ça, tu veux bien ?

— Mayfern, a répété Zach tout en me tendant la bouteille de tequila à moitié vide qu'on avait ouverte juste avant le coup d'envoi.

— C'est ça. Mayfern. Donc je finis par aller aux toilettes, où m'attend Michael, il sue à grosses gouttes, il me dit qu'il faut qu'on se tire d'ici. « Surtout, n'adresse pas la parole à cette meuf, il me dit, elle est dangereuse, mec, *putain c'est une vraie sorcière !* » Il est, genre, paniqué.

— Mayfern, a répété Zach encore une fois.

— Ouais. Manifestement il y avait un passif entre Mayfern et Michael, et de toute évidence les pouvoirs de Mayfern le faisaient flipper. Moi, je voulais ramener Mayfern à la maison, et voir un peu le truc, alors j'ai envoyé chier Michael et je suis retourné au bar et j'ai taillé le bout de gras avec Mayfern, continué à la charrier, toujours en me foutant gentiment de son histoire de sorcière des bagnoles, je lui ai dit : « Sérieux ? C'est quoi, comme genre de sorcière, ça ? » Je disais pas ça méchamment, plutôt pour la draguer, plus ou moins, mais apparemment je commençais à lui taper sur les nerfs – va comprendre – et pendant tout ce temps, alors que je lui tape sur les nerfs, Michael est toujours à l'autre bout du bar, en face de nous, et il fait des grimaces genre film d'horreur. Je l'avais jamais vu effrayé par quoi que ce soit, mais bon, peu importe, j'étais saoul, qu'est-ce que ça peut faire, hein ? Passe la bouteille.

— C'est toi qui l'as.

— Je sais que c'est moi qui l'ai. C'était une allusion littéraire... Joseph Conrad... Qu'est-ce que j'ai fait de mon briquet ?

— Sur tes genoux.

— Ah. Tiens-moi ça.

J'ai rallumé le joint, soufflé la fumée tandis que la foule en contrebas acclamait une avancée de plus de dix yards d'un Razorback, et j'ai poursuivi :

— À un moment donné, j'ai vraiment dû lui prendre la tête, à Mayfern – ça n'a plus fait aucun doute un peu plus tard –, elle s'énerve, profère de vagues menaces à propos de ma voiture, je ricane, et un peu plus tard, on fiche le camp, Michael et moi. Au départ, Michael veut même pas monter dans ma Datsun, parce qu'il sait qu'on a eu affaire à une sorcière des voitures. Et une fois qu'on est dedans, il m'oblige à ne pas dépasser le trente kilomètres à l'heure, et il se met à m'engueuler. Je finis par le déposer chez lui, il claque la portière – pas du tout son genre, mais enfin bon –, je roule jusque chez moi – pas d'accident, pas d'amende pour conduite en état d'ivresse –, je me gare devant le garage, je rentre, et je m'endors comme une masse.

— Et ton possum, à quel moment il intervient ?

— On y arrive, Zach, au possum. On y arrive. Le lendemain matin, je me réveille avec une gueule de bois carabinée, je me fais un café au radar, je sors avec ma tasse, je m'assois sur les marches de devant, je suis assis là, à souffler sur mon café, et je commence à entendre une espèce de grondement, comme un long gémissement de fantôme, et bon sang je te jure, il y a une espèce d'animal – un putain d'opossum, Zach – à moitié écrasé sous le pneu avant de ma Datsun. J'avais même pas remarqué l'opossum sur le coup, mais de toute évidence, j'avais roulé dessus la veille au soir en m'arrêtant devant le garage. Alors je me dis : « Ouais, Mayfern, fais chier ! » Sauf que Mayfern, c'est juste le début, mec. Tiens, tire là-dessus, tu te sentiras mieux.

— Non, je crois pas, a-t-il répondu en prenant quand même le joint.

Après avoir arrêté de tousser, il a demandé :

— C'était un opossum albinos ?

— Non. Un normal, mon premier possum, et il se trouve, bon Dieu, qu'ils ont des crocs incroyables, comme les vipères, quand ils te crachent dessus, c'est comme si on avait foutu le feu à un chat, et cet opossum avait des veines et de la merde qui lui sortaient par la bouche, vu qu'il s'était fait écraser l'arrière-train, mais il était encore, comment dire, tout à fait vivant et extrêmement énervé. Et moi je sais pas quoi faire de lui. Il faut que je mette un terme à ses souffrances, mais comment ? À ce moment-là, je repère une pelle sur le porche de mon voisin, et je me dis : « Ah, je vais lui porter le coup de grâce avec la pelle. » Donc j'entre discrétos chez le voisin, je lui pique sa pelle – le voisin me déteste déjà parce que mon chat n'arrête pas d'attaquer son môme, n'achète jamais un chat dans une animalerie, c'est tous des psychopathes –, je retourne dans mon jardin et j'abats la pelle sur la tête du possum. Il est, genre, 7 heures du matin, d'accord ? Mon café est encore en train de refroidir sur les marches, et me voilà en train d'écrabouiller ce pauvre possum avec une pelle, et à chaque coup que je lui porte, il devient dingue. Cet enfoiré veut pas mourir. J'abats ma pelle vingt-cinq fois de suite, je vise les divers endroits mortels qu'on apprend au judo, mais ça change rien, si ce n'est que ses sifflements deviennent de plus en plus sataniques. Je commence à avoir les bras qui fatiguent, je suis sur le point de vomir, et tout en étant là à donner mes coups de pelle, je m'imagine aussi plus ou moins épié par le voisin qui peut pas m'encadrer, de la fenêtre de sa cuisine. Finalement, je laisse tomber, je m'appuie sur la pelle, haletant. Ma cervelle bat comme un cœur géant, mais d'un coup je pense à un truc auquel j'aurais dû penser bien plus tôt, je devrais juste remonter dans la voiture et finir d'écraser cette satanée bestiole. C'est la voiture qui l'achèvera.

— Oh, oh. Cette bagnole est salement envoûtée, non ?

— Je n'ai pas le choix. J'ai la pire gueule de bois au monde. Je trouve mes clés et je finis d'écraser le possum. Sauf que le truc, c'est qu'il était déjà écrasé dans cet axe, si bien que le fait d'avancer ne fait pas plus de dégâts. Je sors de la voiture, je regarde, et le possum se met à me hurler dessus, genre, « ESPÈCE D'ENCULÉ LAISSE-MOI TRANQUILLE ! » genre, « QU'EST-CE QUE JE T'AI FAIT ? » Alors je remonte dans la voiture, je lui roule à nouveau dessus, je ressors, et c'est la même chose – « TA MÈRE SUCE DES BITES EN ENFER ! » –, au bout d'un moment, j'ai dû rouler sur le possum au moins quatre fois, je lui ai écrasé toutes les parties du corps à part la tête, mais cette tête est encore vivante et elle hurle au meurtre sanglant, et finalement, je sais pas, je suis vaincu, je renonce, je sors de la voiture – tout tremblant – et je fais la pire chose que j'aie jamais faite de ma vie. J'ai une telle gueule de bois, mais bon c'est toujours pas une excuse pour ce que j'ai fait ensuite. Mec, bois ça, sinon je vais tout finir. On est une équipe, Zach, comme les Razorbacks.

Il a pris une gorgée de tequila qu'il a avalée en faisant la grimace.

— Qu'est-ce que tu as fait qui était si moche ? a-t-il demandé après avoir fini de frissonner.

— Hein ? Oh, mon Dieu, ce que j'ai fait.

Je me suis interrompu pour rallumer le joint avant de poursuivre :

— Tiens, on échange. Ce que j'ai fait c'est que je me suis servi de la pelle pour ramasser le possum. On aurait dit un pancake de sang avec une tête de possum qui dépassait, mais elle me sifflait encore dessus quand j'ai traversé la rue jusqu'à une résidence pour balancer le tout dans leur benne à ordures. Donc le pauvre possum était maintenant en train d'agoniser tout seul dans un caveau d'ordures puantes. Mec, j'avais honte d'avoir fait une chose pareille. J'aurais dû lui rouler sur la tête, mais j'avais pas pu. Chaque fois que j'avais essayé, j'avais été pris d'une espèce de fièvre du possum. C'est pas une cigarette, Zach, pince-le bien à l'extrémité.

— Donc Mayfern t'avait jeté un sort.

Il m'a passé le joint et je lui ai passé la bouteille.

— Exactement. Faut pas plaisanter avec Mayfern. J'ai compris la leçon, putain.

— C'est vraiment la pire chose que tu aies jamais faite ?

— Hein ?

— Tu as dit que c'était la pire chose que tu avais jamais faite.

— Oh. Non. Bien sûr que non.

— Alors c'est quoi, la pire chose que tu aies jamais faite ?

— La pire ? Ouh là là.

J'ai tiré sur le joint et l'ai étudié avant de répondre :

— Ma foi, Zach, je vais te le dire. À un moment donné, j'avais une petite copine que tout le monde aimait et admirait, une nana lumineuse, et puis un jour je lui ai refilé la chtouille, je lui ai piqué sa carte de crédit pour acheter à une autre meuf que je tringlais tout un stock de lingerie Victoria's Secret. Voilà.

Il a pris le joint et quelques instants plus tard a soufflé la fumée en direction des étoiles.

— Je l'aime, cette fille, mec, a-t-il chuchoté. Elle doit être à Hollywood à l'heure qu'il est, en train de sucer une bite devant une caméra vidéo, portant les sous-vêtements qu'elle a achetés avec ma carte de crédit, pour pouvoir payer le loyer de ce trou du cul qui m'a refilé la chaude-pisse. Mais j'y peux rien. Je l'aime encore.

Je l'ai observé un moment, comme si j'essayais de comprendre un spécimen d'une autre espèce.

— Zach, on devrait peut-être y retourner maintenant, dans ce bar. Ce qu'il te faut vraiment, c'est peut-être une nuit avec Mayfern.

— Pas question que je fraye avec une ensorceleuse.

— Tu changeras peut-être d'avis en la voyant. Elle était vraiment sexy. Son noir à lèvres, super excitant. J'ai jamais couché avec une sorcière. Enfin, avec des gentilles sorcières, oui – ou en tout cas des femmes qui se disaient telles – mais pas, tu vois, avec une sorcière capable de te jeter un mauvais sort. Elle doit être du genre à faire des incantations de malade, ça doit être génial.

La foule du stade s'est mise à huer quelque chose qu'on ne voyait pas.

— C'était vraiment un possum albinos ? a demandé Zach. Celui que tu as buté avec le fusil de 12 ?

— Tu sais bien que oui. Tu as vu son corps. Ses corps.

— Oui, mais il avait juste l'air blanc sale.

— C'était un possum albinos, je te jure. Tu aurais vu ses yeux roses, ça donnait la chair de poule.

Mais je ne crois pas que Zach ait entendu ce que je venais de dire. Il fixait le ciel, espérant certainement apercevoir une étoile filante pour pouvoir faire un vœu, le vœu qu'Alma lui revienne, pour pouvoir le faire souffrir horriblement et éternellement. J'ai contemplé les étoiles moi aussi et je me suis mis à chercher des ovnis. Depuis que j'étais môme, à l'époque où la fameuse soucoupe volante avait atterri à Pascagoula et kidnappé deux pêcheurs, c'était mon obsession, je cherchais des ovnis. Mayfern et moi avions même discuté ovnis ce soir-là. Elle m'avait dit que des extraterrestres gris n'arrêtaient pas de la kidnapper pour lui voler ses ovaires. Et c'est à ça que je pensais pendant que Zach cherchait une étoile filante, j'imaginais Mayfern venant me chercher en soucoupe volante et on baisait comme des bêtes pendant qu'elle se lançait dans de grandes incantations, sous les yeux d'extraterrestres à tête d'œuf réunis en cercle autour de nous.

— Je l'aime, cette fille, mec.

Ça m'a fait sursauter. L'espace d'un instant, j'avais oublié où j'étais.

— Écoute, Zach, tu peux voir les choses comme ça, lui ai-je dit. Repense à l'histoire que je viens de te raconter. La sorcière des voitures et le possum, pas l'albinos, l'autre. Tu peux voir cette histoire comme une allégorie.

— Une allégorie ?

— Ouais. Dans cette allégorie, Alma c'est moi, d'accord ? Je représente Alma. Je suis Alma avec une pelle. Maintenant, devine qui tu es, toi.

Il a plissé les yeux, on aurait dit qu'il épiait quelque chose se déroulant au loin, et il a chuchoté :

— Je suis le possum.

— Exactement, Zach. Je suis Alma et toi tu es le possum.

À cet instant, j'ai aperçu l'étoile filante que Zach avait espérée et je lui ai dérobé son vœu. J'ai fait le vœu que Leslie me largue avant que je sois obligé de la larguer, mais ce que j'avais réellement en tête en prononçant intérieurement ce vœu, c'était de faire l'amour avec Mayfern dans une soucoupe volante, ses longs cheveux blonds, ses ongles noirs me labourant le dos devant les extraterrestres prenant des notes.

Zach continuait à scruter le ciel tandis que les Razorbacks tentaient un long coup de pied désespéré pour revenir au score. J'apercevais le botteur mais pas les poteaux. À la façon dont le public est devenu immédiatement silencieux, j'ai su que le ballon n'était pas passé entre les poteaux.

— Et Mayfern, elle est quoi, alors ? a demandé Zach.

— Hein ?

— Si c'est une allégorie, il faut bien que Mayfern soit aussi quelque chose. Sinon c'est pas une allégorie.

— Ah oui.

J'ai réfléchi à sa remarque avant de dire :

— Mayfern, c'est Dieu, Zach.

— Dieu ?

— Ouais. Je suis presque sûr que Mayfern, c'est Dieu.

Zach a réfléchi à ce que je venais de dire puis, au bout d'un moment, il a secoué la tête et a chuchoté :

— Je l'aime encore, cette fille, mec. J'y peux rien.

Tout a été calme après cela, et pendant un très long moment nous avons tous deux continué à contempler les étoiles, mais pour des raisons différentes. Moi je pensais surtout à Mayfern, mais de temps en temps je jetais un œil à Zach. J'étais médusé de voir à quel point il était bouleversé. Il ne faisait pas semblant, son chagrin était authentique, et à mon propre modeste niveau, j'éprouvais une certaine jalousie devant sa capacité à souffrir d'amour, du coup j'ai repensé à la lettre que j'avais écrite plus tôt le même jour à Leslie, et maintenant j'hésitais à lui envoyer. En fin de compte, je n'ai pas rompu avec Leslie – j'ai constamment repoussé le moment de le faire – et quand elle m'a rendu visite à Noël, au lieu de rompre pour de bon, je l'ai accidentellement mise enceinte, et nous avons fini par nous installer dans sa ville natale du Vermont, où elle a demandé le divorce au bout de trois ans de mariage, m'accusant de n'être qu'un misérable connard embourbé dans une dépression saisonnière. Après notre divorce, j'ai réussi à rester à Burlington jusqu'à ce que mon fils termine le lycée sans me jeter tête la première du haut d'une piste noire de malheur, mais pendant toute cette période ç'a été moins une, et même maintenant, je ne sais pas comment j'ai survécu.

6

Le taxi de Moondog

Le lendemain matin, je commence la journée avec l'Ozium, Beethoven et du café, je reste assis une heure dans mon taxi garé sur la grand-place, à regarder de très jolies femmes se rendant nonchalamment au boulot et, après m'être retiré une tique de cerf de la nuque, je me demande ce qui est arrivé à ma libido. Après avoir retiré une tique, j'ai tendance à regarder les femmes machinalement, et non sans nostalgie. Le désir sexuel me manque. Le désir sexuel t'attire des ennuis, bien sûr, mais c'est génial pour tuer le temps, et comme les affaires sont plutôt calmes, je passe des heures à regarder avec mélancolie à travers les vitres. Il se met à pleuvoir, juste assez pour rendre flous les visages et les silhouettes. S'il pleut vraiment méchamment, le toit de ma Town Car fuit et de l'eau me tombera directement sur la tête (et nulle part ailleurs dans le taxi), mais pour l'heure, ce n'est qu'un crachin et non pas les trombes d'eau qui feront que j'aurai le crâne trempé. Les femmes qui passent ressemblent à des reflets de femmes vues dans des flaques d'eau.

Miko dormait, ou faisait semblant de dormir quand je suis rentré hier soir, et elle dormait encore, ou faisait semblant, quand je suis parti bosser ce matin. Elle aurait été réveillée, ça n'aurait pas non plus déclenché des feux d'artifice. Des fois, je me dis que c'est sa faible libido qui a infecté la mienne – peut-être que ça n'a rien à voir avec la tique. Il faut vraiment que je la vire de chez moi, à la fois pour elle et pour moi, mais ça fait maintenant des années que je repousse à plus tard, et ça devient chaque jour de plus en plus impossible. Entre nous, ce n'est plus une relation amoureuse. Nous sommes à peine des colocataires. Nous sommes des fantômes venus de dimensions différentes, chacun empiétant sur l'existence de l'autre et ne se matérialisant dans sa vie que pour lui hurler et lui cracher dessus avant de disparaître à nouveau. De tous les genres de solitude que j'ai endurés, celui-ci est de loin le pire, sans la moindre consolation que peut apporter la solitude, et la sensation persistante que même l'air que tu absorbes te désapprouve.

Quant à nos disputes, c'est toujours choquant de voir le coup de fouet qu'elles lui procurent, comme si durant ses hibernations elle accumulait des griefs et formulait les théories les plus étranges sur mon psychisme, et ensuite, boum, dès que j'ai dit ce qu'il ne fallait pas, c'est comme si j'avais appuyé sur la détente. Ses théories me concernant sont incroyablement erronées – la plupart incompréhensibles – mais d'un autre côté, elle est juste assez télépathe pour savoir comment me blesser.

« Arrête avec ta télépathie ! » lui a hurlé mon fantôme, pas plus tard que la semaine dernière. À quoi le fantôme de Miko a répondu : « Arrête d'être transparent ! »

Ma première course ce matin, ce sont deux camées à la meth au Down-n-Out, mieux connu sous l'appellation Rebel Motel (les locaux prononcent « rebel » en accentuant la deuxième syllabe pour que ça rime avec « motel » et que ça sonne cool). Le Rebel est célèbre pour ses meurtres et ses suicides, mais aussi pour les expos éphémères de peintres locaux qui investissent les chambres semblables à des cellules et montrent leurs natures mortes à des hipsters. C'est le début de la matinée, je me gare sur le parking tandis que le soleil se faufile entre les nuages. Le Rebel est orné de fausses tuiles mexicaines et son parking est une réplique de cour mexicaine traditionnelle. Toutes les portes sont peintes de couleurs différentes, mais le soleil les a tellement délavées qu'il est facile de ne pas le remarquer. Chaque fois que j'attends sur le parking – et nous sommes souvent appelés au Rebel – je ne peux m'empêcher d'imaginer une scène de fusillade au motel dans un western spaghetti.

Mais aujourd'hui, je n'ai pas à attendre. Elles devaient me guetter par le judas de la chambre à la porte rouge délavé. Les femmes qui carburent à la meth se ressemblent toujours à mes yeux, des jumelles émaciées qui se seraient habillées dans le noir avec des fringues de vide-grenier. L'une a un tee-shirt tie and dye et un jean, l'autre un tee-shirt Harley Davidson sur un collant en lycra, leurs cheveux gris-noir coiffés en deux queues-de-cheval identiques. La première me dit immédiatement qu'elles sont harcelées par un type qui est à la fois le mari de l'une et le fils de l'autre et qu'elles quittent la ville dans deux jours pour échapper à une mort certaine entre les mains de ce gars.

— Jase nous tuera, c'est sûr, fanfaronne-t-elle. C'est pour ça qu'EverSaved nous accueille dans son foyer à Memphis.

Elle se tait un instant, puis ajoute :

— On traverse une période difficile.

Je hoche la tête, évitant de croiser leur regard dans le rétroviseur, parce que je sais pertinemment où mène leur laïus : négocier à la baisse le prix de la course. Elles jouent la carte de la misère. Sachant cela, je conduis en fermant mon clapet, sur mes gardes. Il s'agit d'une course pour aller chercher des cigarettes, avec une halte au McDonald's. Tous les chauffeurs de taxi détestent les arrêts, surtout les arrêts fast-food. Une halte n'est facturée que 2 dollars, c'est la réglementation municipale, et parfois tu dois faire un détour de plusieurs kilomètres, puis poireauter dix minutes à gâcher de l'essence.

Les clients me demandent toujours comment sont payés les chauffeurs de taxi. Avec un coup d'œil nerveux à la caméra qui enregistre ma vie, je leur dis que les taxis fonctionnent exactement comme fonctionnait avant le métayage, et je vais parfois jusqu'à citer Harry Crews décrivant le fonctionnement de la ferme cultivée « à partage » : « Le métayage veut dire que le propriétaire fournit la terre, l'engrais, les graines, les mulets, le harnais, les charrues, et à la fin de l'année il garde la moitié de la récolte. » Avec les taxis, l'entreprise fournit la voiture, le gros entretien, la licence, l'assurance, les téléphones, les dessous-de-table et le standard pour la répartition des courses. Les chauffeurs ont à leur charge le carburant, le petit entretien et, la moisson venue, refilent la moitié de la recette. La plupart des chauffeurs de Stella travaillent au moins soixante heures par semaine et n'ont ni compte en banque ni assurance maladie, ils n'ont jamais pris de vacances et nombre d'entre eux n'ont plus que trois ou quatre dents dans la bouche. (S'il y a une chose d'incontestablement évidente à propos de All Saints Taxis, c'est que nos frais dentaires ne sont pas pris en charge.) Et si un chauffeur fait une chute ou se blesse, il l'a dans le baba. Il a beau être un employé selon pratiquement toutes les acceptions du terme, il est légalement ce qu'on appelle un entrepreneur indépendant, ce qui signifie que l'entreprise peut se débarrasser de lui à tout instant. Par conséquent, lorsqu'un chauffeur fait monter deux junkies dans son taxi au Rebel Motel, il sait pertinemment qu'il suffit d'un simple accident pour qu'il devienne leur voisin de palier.

Notre première halte est une boutique de station-service qui ne fait pas la promo Lucky, deux-paquets-pour-le-prix-d'un, dont mes défoncées à la meth ont désespérément besoin. Alors il faut maintenant qu'on aille à une station Mobile qui se trouve à plus de cinq kilomètres dans la direction opposée. « J'aurais juré que c'est Chevron qui faisait cette promo », se plaint l'une des deux. Elles continuent à me complimenter sur la bonne odeur qu'il y a dans ma voiture, que cette clim est formidable. « Je pourrais carrément m'assoupir ici. » Elles me disent qu'elles me trouvent super beau, que je dois tout le temps me faire draguer par les femmes, non ? (Eh bien, non.) Elles essayent de m'amadouer. Les accros à la meth se livrant à leur petit jeu habituel.

À la station Mobile, Lycra noir (la belle-mère) reste dans la voiture pendant que Tie and Dye court à l'intérieur, leur théorie étant qu'elles diviseront par deux leur probabilité de se faire assassiner si l'une d'entre elles reste cachée derrière mes vitres teintées. Pendant ce temps, je me dis : *Dieu, si tu existes, de grâce fais en sorte que ces deux femmes ne provoquent pas ma mort.* Je me mets en garde contre la tentation d'intervenir. Tu ne les connais pas. Et puis de toute façon, quel preux chevalier à la con irait se prendre une balle de flingue pour une junkie qui doit se traîner je ne sais combien de maladies ? Je reste assis au volant, m'exerçant à l'apathie tout en imaginant un meurtre ayant lieu sur le capot de la Town Car.

Depuis l'année dernière je conduis la Lincoln ébène de 1995, que j'appelle parfois « la Veuve noire » les jours où j'ai l'impression d'avoir été mangé tout cru. À peu près tous les gens en ville surnomment ma bagnole « le taxi de Moondog » – Matt Moondowski avait été le premier chauffeur à la conduire avant que Stella le licencie pour vol, ou trafic de drogue, ou les deux, ou ni l'un ni l'autre, et bref, j'en ai hérité. Longue de plus de cinq mètres cinquante, la Lincoln est une des berlines les plus longues jamais sorties des usines de Detroit. C'est un véhicule magnifique : moteur V8, intérieur cuir, suspension pneumatique, tableau de bord numérique, avec un téléphone à la Austin Powers incrusté dans l'accoudoir. Tous les autres chauffeurs en ville conduisent des minivans ou des SUV androgynes, genre pavillons de deux étages sur roulettes, mais All Saints a besoin d'une berline aux lignes pures, surbaissée pour le transport des personnes âgées, des estropiés et des rupins. Le seul reproche que je ferais à la Town Car, hormis les freins spongieux et les pneus lisses, hormis les joints à rotules tellement rincés qu'à tout instant un pneu pourrait se faire la belle, hormis le toit qui fuit, les sempiternels grincements et le plancher qui menace toujours de racler le sol, c'est que le klaxon ne fonctionne pas. Le klaxon ne marchait pas quand Stella a acheté la voiture il y a deux ans, avec cent soixante mille kilomètres au compteur, et il ne fonctionne toujours pas aujourd'hui, avec trois cent trente-six mille kilomètres, et j'aurai beau relancer Stella aussi souvent que je voudrai, le klaxon ne fonctionnera jamais. Je me suis déjà fait percuter de plein fouet sur le côté par une étudiante à ruban dans les cheveux qui jouait à Pokémon Go. Tard le soir, en m'endormant, je repense souvent à cette collision, le côté action au ralenti, et personne-ne-t'entend-crier.

Et pourtant, chaque fois que je me plains du klaxon défectueux auprès de Stella, elle me répond qu'un bon conducteur n'a pas besoin de klaxon. Et d'une certaine manière, elle a raison. Un bon klaxon, tout comme une libido débordante, peut vous attirer des emmerdes : une balle dans la peau, un coup de matraque, un coup de poing dans la gueule ou un télescopage malveillant. Le fait de ne pas en avoir m'a beaucoup appris. Grâce à cela, je me suis amélioré. C'est vrai qu'un bon conducteur n'a pas besoin de klaxon, jusqu'au moment où il est sur le point de se faire propulser à travers le pare-brise vers le Grand Inconnu. C'est dans ces situations qu'ils sont bien commodes, les klaxons.

— On part à Memphis dans deux jours, me dit Lycra noir depuis la banquette arrière. Sauf si Jason nous retrouve avant. Il est complètement taré, ce garçon. Revenu d'Irak avec une fièvre post-traumatique et s'est retrouvé à la prison de Parchman pour avoir fendu le crâne de Cindy avec son casque de moto. Maintenant qu'il est sorti, il parle tout le temps dans des langues inconnues.

Elle émet une série de gargouillis inintelligibles pour imiter la démence de son fils. Après quoi elle ajoute :

— Croyez-moi, c'est pas Jésus touché par la grâce, ce garçon.

Je hoche à nouveau la tête mais me garde bien de répondre. À quoi bon ? Dans vingt minutes je ne les aurai plus sur le dos. C'est toute la beauté du métier. Ça peut virer au bizarre, ça peut schlinguer grave, mais bientôt les passagers ne seront plus là. Et habituellement je suis sympa. J'aime bien mon boulot. Ça me plaît pas mal d'interagir avec d'autres vies, même brièvement. Sauf quand des camées à la meth essayent de m'embrouiller.

Quand nous arrivons au McDonald's, je leur signale que la vitre arrière est bloquée, alors il va falloir qu'elles aillent commander à l'intérieur, sauf qu'elles ne veulent pas prendre le risque. C'est bien plus sûr de se faire servir dans la voiture, insistent-elles.

— S'il nous voit ici, il nous bute, c'est sûr.

— Et ce garçon adore son McDo.

— Je me demande qui il butera en premier. Toi, probablement, Cindy, hein ?

— Mon cul oui, il fracassera en premier celle qu'il verra en premier, et tu le sais très bien, ma grande – passez-moi l'expression.

— C'est pas moi qui l'ai brûlé.

— Mais c'était ton idée. C'est toi qui as dit qu'en lui mettant le feu on chasserait le diable qu'il avait en lui.

Je me mets dans la file et leur propose de commander pour elles.

— Hé, je vous préviens, c'est 2 dollars l'arrêt, plus 20 dollars l'aller-retour pour deux personnes. Mais si cette halte dure plus de dix minutes, alors il faudra que je commence à vous facturer 1 dollar la minute supplémentaire. J'ai des clients réguliers qui attendent pour aller au boulot.

Ça au moins c'est vrai. Les courses que je fais en journée, ce sont des habitués pour la plupart, autrement dit des gens qui ont structuré leur vie autour des trajets en taxi. Un mauvais chauffeur de jour peut être la cause de licenciements, de vies brisées. Après avoir annoncé les tarifs, je démarre bien ostensiblement l'application chronomètre de mon téléphone portable fixé sur son support. J'espère qu'elles vont renoncer à l'arrêt au McDo. Comme Stella, je consacre beaucoup d'énergie à mentir et à manipuler.

— Un dollar la minute ! Mais EverSaved nous a dit que c'était tarif unique.

EverSaved est une association créée à l'initiative d'une église locale, qui parfois cache certaines femmes pour qu'elles ne retombent pas aux mains de leurs harceleurs en les logeant dans les hôtels miteux. J'ai emmené au moins une dizaine de femmes au foyer EverSaved de Memphis, et donc, sans l'avoir voulu, je connais le triste sort qui attend ces junkies.

— Tout le monde a droit à un tarif forfaitaire, leur dis-je. C'est le règlement imposé par la municipalité. Faites-moi confiance, je perds de l'argent avec une course comme ça.

Nous débattons du prix. Je finis par céder et leur dis que je ferai la totalité de la course, arrêts compris et tout, pour 20 dollars. Tarif spécial accro-à-la-meth.

Il y a quatre véhicules devant nous dans la file d'attente, dont un minibus de paroissiens. Je pousse la clim à fond, il fait vingt-huit degrés dehors, il est 7 h 10 du matin, la Town Car pompe du carburant comme pas possible, un nouveau texto arrive toutes les deux, trois minutes, c'est l'heure où les gens partent au travail. Le dernier texto de Stella contient quatre mots mal orthographiés, deux corrections automatiques malencontreuses et un mélange arbitraire d'émoticônes, de lettres et de chiffres qui donnent à l'ensemble un côté vaguement égyptien. J'en conclus qu'elle doit avoir une gueule de bois carabinée. Tout en fixant son message, je commence à m'inquiéter que ce ne soit que le début d'une journée d'enfer. Avant de conduire un taxi, je n'avais jamais cru à l'astrologie, mais à présent je me retrouve souvent à me demander si les étoiles ne se pointent pas au boulot avec la même gueule de bois et autant de traviole que celle de Stella.

Superstition. Il y a quelques décennies, à l'époque où j'étais un jeune auteur prometteur avec une petite copine huppée de Brooklyn, avant de me retrouver un beau jour à sec devant la page blanche, et donc incapable de terminer le deuxième roman pour lequel j'avais déjà été payé, j'habitais au deuxième étage d'un immeuble du Lower East Side. Orchard Street, dans le vieux Bargain District, débordait de boutiques de valises et de commerçants qui criaient : « Bonnes affaires, de bonnes affaires à faire ! » Ces commerçants étaient persuadés que la première vente donnait le ton pour le reste de la journée. Et donc si le matin vous étiez le premier client à franchir le seuil, vous pouviez négocier une bonne ristourne. De même, j'ai tendance à considérer ma première course comme annonciatrice de la façon dont le reste de la journée va se passer, un indice sur les cartes auxquelles je vais avoir droit, le sort que les étoiles me réservent. Et là, j'ai l'impression que je vais écoper d'un jeu bien pourri, un full de junkies carburant à la meth, un brelan de bigots avec leurs gobelets pour recracher le jus de chique, des extraterrestres aux formes changeantes, d'ex-taulards suicidaires et des borgnes pervers vomissants.

Je risque un coup d'œil dans le rétro et demande :

— Hé, vous avez dit qu'il s'appelait comment ? Le gars qui vous harcèle ?

— Jason, répond gaiement Tie and Dye.

— Jason ? Comme dans le film d'horreur ?

— Ouais. Est-ce que c'est celui qui avait un masque de hockey ? veut savoir Lycra noir.

— Non, c'est celui qui jaillissait du lac, idiote. J'ai failli chier dans mon froc.

Je scrute le parking.

— Et il mange souvent au McDonald's, Jason ?

— Bah, à tous les repas.

— Ce garçon a été nourri toute son enfance au menu à 1 dollar de chez McDo.

— Hmm, je fais.

Une moto d'un noir brillant se place dans la file d'attente derrière nous, empêchant du même coup toute possibilité de fuite. Le motard n'arrête pas de donner de grands méchants coups d'accélérateur. Je ne vois pas bien sa bécane, mais rien qu'au son de mitrailleuse du moteur, je peux dire que c'est une Harley. Je mets mes fausses lunettes d'aviateur et je regarde fixement le meurtre imaginaire encore en cours sur mon capot. La file d'attente n'avance pas. Et donc je ne bouge pas. Pour essayer de me changer les idées et de penser à autre chose qu'à mon envie d'avancer de quelques centimètres, d'appuyer sur un klaxon mutique, j'ouvre mon application jeu d'échecs pour voir si mon fils m'a déjà mis en échec ou pas – ça fait des mois que je n'ai plus gagné contre lui – mais il n'a pas bougé ses pièces. Il dort encore dans le Vermont.

Encore trois voitures devant nous... Le minibus des paroissiens prend un temps fou.

« Allez, je murmure dans ma barbe pour la cent millième de millions de fois. Allez, enculé, avance, putain... »

Il existe un syndrome de La Tourette propre aux taxis, baptisé « l'invectivite du chauffeur de taxi ». Cette maladie fait que les chauffeurs circulent en appliquant au monde une sorte de correction automatique, proférant un flux de pensée truffé de grossièretés. Irascibles, susceptibles, un mollard de plaintes obscènes gluant sur nos langues, et pourtant, nous n'étions pas comme ça au départ. Non, c'est le boulot qui nous pourrit les méninges. Ce sont les gugusses dans leurs camions énormes qui ne se servent pas de leurs clignotants parce qu'ils considèrent que ça fait efféminé, ce sont les chauffeurs du dimanche et les piétons suicidaires, les interminables convois de chantiers en route pour aller construire encore plus d'immeubles afin que des soi-disant étudiants puissent gerber dedans. Tu fais un doigt d'honneur au feu rouge parce que tu sais qu'il n'est pas tout à fait inanimé – il est possédé, il y a un esprit malin piégé dans chaque feu rouge – et tu as beau prendre toutes les meilleures résolutions du monde, te voilà une fois de plus en train de taper sur ton volant, à maudire les incessantes provocations de la circulation. Et puis, tard le soir, incapable de trouver le sommeil, tu repenses à toutes les crises que tu as piquées devant la caméra installée à côté de ton rétroviseur, cet œil unique qui constamment observe ton âme. Tu ne comprends pas exactement comment fonctionne cette caméra – elle est reliée tu ne sais trop comment à une boîte en métal dans ton coffre –, de temps en temps, ton superviseur charge les informations dans une autre boîte qu'il a dans son coffre, et comme tu ne piges pas comment fonctionnent les choses, tu t'inquiètes que Stella puisse te voir quand ça lui chante, c'est peut-être ce qu'elle fait toute la journée, elle est peut-être en train de fumer un cigare tout en te regardant adresser un doigt d'honneur pour la centième fois à *L'Exorciste* déguisé en feu rouge, au croisement de Finch et de Coleman.

Le minibus des paroissiens commence à s'éloigner, mais le conducteur se rend compte qu'il n'a pas la totalité de sa commande, et il recule en appuyant sur son klaxon. Entre-temps, deux autres textos viennent s'ajouter aux autres. J'avais une course avec quatre passagers à la fois, ce qui est rare, ça m'aurait rapporté minimum 25 dollars, eh bien, ça me passe sous le nez. L'autre message veut savoir où je suis, bon sang. J'utilise la reconnaissance vocale pour répondre et faire culpabiliser les deux junkies, qu'elles comprennent bien qu'à cause d'elles d'honnêtes citoyens seront en retard au boulot. Je fais assez souvent ce genre de trucs. C'est le Puritain en moi que je déteste. Toujours coiffé de son chapeau noir, avec sa boucle de ceinturon carrée, tenant une dinde dans ses bras. Je le tuerais volontiers, ce petit bâtard, si je pouvais, mais comme il fait partie de mon pays, de ma psyché, ce pèlerin intérieur me possède comme il veut et me pousse à hurler contre tout ce qu'il déteste, après quoi il me réprimande pour les crises infantiles que je pique.

Ce matin, je m'en sors plutôt bien. Dans l'épisode du jour de ce film d'horreur perpétuel, le tueur en série ne jaillit pas d'un lac ni du guichet d'un drive-in de McDonald's. Et, à ma grande surprise, lorsque nous arrivons au parking du motel, les jumelles gothiques sortent un billet de 20 tout beau tout propre. Je leur rends quand même un billet de 5 et leur souhaite bonne chance pour Memphis.

— Hé, peut-être que c'est vous qui nous emmènerez au foyer de Memphis, dit Tie and Dye.

Je m'efforce de ne pas grincer des dents. Ledit foyer ressemble à un de ces bunkers dans lesquels ils entreposaient des munitions pendant la Première Guerre mondiale. J'ai même entendu des rumeurs comme quoi ce serait un bordel.

— Est-ce qu'on peut demander que ce soit vous ? s'enquiert-elle.

— Bien sûr, je lui réponds.

Elle me demande alors mon nom. J'ai beau être tenté de mentir, je lui dis la vérité :

— C'est Lou.

— Lou-le-Doux, dit Lycra noir en m'adressant un clin d'œil.

Sur ce, elles s'avancent vers leur porte rouge et me font au revoir de la main, comme des passagères du *Titanic*. Sans vouloir raconter ma vie, j'ai déjà été dans ces chambres et je me suis tenu penché au-dessus de ces lits à me demander combien de personnes s'étaient suicidées à l'autre bout du matelas. Je me force à sourire et leur fais signe à mon tour derrière les vitres teintées, tandis que leur porte se referme.

Et voilà, elles ont disparu.

7

Boulots de merde

Si j'étais riche, je trouverais le paradis le plus sombre sur Terre et construirais le plus grand télescope possible, je m'installerais dans un hamac et ne travaillerais plus jamais, mais je ne suis pas riche, alors à la place je continuerai à passer d'un boulot de merde à l'autre jusqu'à ma mort. Comme Stella avait déconné avec la paperasse, j'avais dû attendre des mois avant d'obtenir la licence de taxi à Gentry, et entre-temps j'avais déjà appris par cœur l'emplacement de tous les nids-de-poule de la ville. C'est la panique qui a présidé à ma préparation exagérée pour ce boulot de taxi. Pour la première fois de ma vie, j'avais commencé à me faire virer de job en job. Serveur dans un restaurant de sushis, je me suis fait licencier parce que j'étais à moitié sourd et sujet à des douleurs lancinantes dans le dos. J'ai géré un karaoké-club qui accueillait également des fiestas où les ados se peignaient le corps, et je me suis fait virer pour avoir refusé de prendre de l'héroïne avec le répugnant propriétaire. J'ai été embauché pour faire le planton le long des fossés sur la route à 2 heures du matin, scrutant l'intérieur des voitures avec des lunettes de vision nocturne afin de m'assurer que les passagers terrifiés avaient bien mis leur ceinture, et je me suis fait virer de ce boulot pour avoir un peu déconné avec la paperasse. J'ai fait passer illégalement, du sud de la Louisiane au nord du Mississippi, des légumes d'hiver dans un van à la cloison arrachée qui servait initialement au transport des prisonniers, et je me suis fait virer pour avoir hurlé des obscénités à mon patron à propos des seize heures de suite au volant. J'ai été prof vacataire dans une fac locale où les élèves de l'*alt right*, la droite réactionnaire et raciste, m'ont démoralisé mais j'ai tenu le coup pour accomplir mon rêve, qui était d'enseigner Shakespeare, activité pour laquelle je me suis révélé d'une incompétence crasse. J'avais le sentiment d'avoir été médiocre dans tous ces boulots. Il y avait eu des fois où j'aurais pu être plus appliqué. Quand j'étais avec mes lunettes de vision nocturne, par exemple, j'avais passé bien trop de temps à contempler les étoiles à la recherche d'ovnis.

Je suis garé sur la grand-place, en train de revivre tous les moments où je me suis fait virer, lorsque je reçois un texto me demandant de retourner à l'hôpital chercher un passager, aux Urgences cette fois-ci. Je roule lentement, c'est quasi comme si je demandais aux automobilistes de me coller au cul, les provoquant pour ensuite leur faire un doigt d'honneur. Je n'ai pas envie de retourner à l'hôpital. Ne serait-ce que parce que Chloé sera là, et pour l'instant je me sens trop farouche pour l'approcher. Qui aurait envie de sortir avec un chauffeur de taxi ? Même dans les films, les femmes ne tombent pas amoureuses de chauffeurs de taxi. Non, personne ne nous aime.

En attendant que me soit délivrée ma licence, j'avais commencé à circuler en ville sur ma Vespa, je m'arrêtais aux coins des rues pour dessiner des cartes. En début d'année j'avais percuté un arbre avec mon scooter, ce qui m'avait valu une quintuple fracture de la clavicule. Avec ma clavicule toute neuve, en titane, (on pouvait dénombrer les cinq vis à travers ma peau) je circulais sur mon deux-roues pétaradant dans les rues de Gentry, mémorisant le nom de tous les commerces, cités universitaires, maisons étudiantes, assos de jeunes filles et autres motels miteux. Durant ces sorties, j'imitais délibérément la méthode d'apprentissage des futurs chauffeurs de taxi à Londres, baptisée *Knowledge*, consistant à réciter l'emplacement de tous les commerces de la ville et l'itinéraire optimal pour s'y rendre, selon l'heure de la journée. Des techniques de mémorisation spécifiques avaient été élaborées pour réussir l'examen. Heureusement, il existe toute une tradition de techniques de mémorisation à Londres qui remonte à Shakespeare. À l'époque, il y avait des hommes capables de réciter le Nouveau Testament dans son intégralité. Et le plus drôle, à propos de cette technique utilisée pour arriver à retenir la vie de Jésus dans un lobe du cerveau humain, c'est que ce système était délibérément lubrique : un palais de la mémoire composé de scènes lascives, chaque détail licencieux déclenchant le suivant en un enchaînement de re-remémoration selon un effet domino, l'idée de fond étant que plus un détail est pornographique plus il est facile à retenir. Bientôt, toute ma ville est devenue une cartographie de scènes crues. Résultat : à peine avais-je commencé mon boulot depuis quelques semaines que déjà j'étais le chauffeur de taxi le plus rapide de tout Gentry.

Je laisse la voiture au point mort sans couper le contact et j'entre aux Urgences, je remplis les papiers, puis je reste là à repenser à toutes les salles d'attente d'hôpitaux où je me suis assoupi pendant des semaines d'affilée, voire des mois. Le coma, c'est un truc de famille chez nous. Et si Stella ne fait pas réparer mes freins, je suis convaincu que je serai le prochain sur la liste. Je m'imagine arrivant en ambulance, Chloé s'approche et m'adresse un sourire. Comme moi, elle est grande, mince, a de longs cheveux noirs et un long visage – nous pourrions être frère et sœur. Elle me fait un peu penser à la femme dans *Shining*, si ce n'est que Chloé est plus âgée et plus belle, ses grands yeux marron moins nerveux, son sourire plus sexy.

— Est-ce qu'ils vous ont dit qu'elle sort juste de prison ? me demande-t-elle.

Parfois, les détenus ayant des problèmes de santé ne peuvent être libérés que par l'intermédiaire de l'hôpital.

— Non. On me dit jamais rien. Elle était en taule pour quoi ?

— En la voyant vous comprendrez.

— Bon. Et où est-ce que je l'emmène ?

— Grampus Lake. Elle a un camping-car à elle, là-bas. Sauf que son mari, qui vient lui aussi de sortir de prison, est peut-être déjà installé dedans. Ils sont à moitié divorcés et se détestent, alors difficile de savoir ce qui va se passer quand vous arriverez sur place.

— Charmant. Autre chose qu'il vaudrait mieux que je sache ?

— Gardez un œil sur la caisse où vous mettez votre argent, mon grand.

— Ouais. Je la mets habituellement dans le coffre, quand je viens chercher un patient à l'hôpital.

— À ce point-là ?

— Non, pas toujours. C'est juste que ça fait un souci en moins.

— Je parie que vous devez en avoir, des histoires.

— Pas de quoi impressionner une infirmière qui travaille aux Urgences.

— Pas sûr, dit-elle en me décochant son sourire, ce qui ne manque jamais de me laisser baba, puis elle ajoute : On pourrait se raconter nos histoires d'horreur devant une bière, un de ces jours, voir lequel des deux a les pires.

Alors là, je ne m'y attendais pas. C'est indubitablement l'occasion de lui proposer d'aller boire un verre un de ces quatre, et évidemment je foire le coup en laissant un long silence s'installer avant de finir par articuler tant bien que mal :

— Les pires sont les meilleures.

Cette formule plane entre nous dans toute son absurdité, jusqu'à ce que Chloé lève son long bras et annonce :

— La voili la voilà. Miss Pamela.

Une femme extrêmement maigre, aux cheveux décolorés, est amenée en fauteuil roulant. J'observe Pamela un moment avant de chuchoter :

— On dirait une sorte d'extraterrestre dont on doit prendre soin.

Chloé éclate de rire et répond :

— J'aimerais autant qu'ils retournent sur leur planète.

Nous nous disons au revoir, je sors, m'en voulant à mort de ne pas avoir su saisir la perche qu'elle me tendait, l'occasion de l'inviter à boire un verre. Un brancardier installe ma passagère sur la banquette arrière. Pamela a de longs cheveux raides presque blancs, avec des reflets de la blonde qu'elle était avant de commencer à flirter avec la meth. Ses yeux vides sont bleu pâle, ses bras des brindilles, ses mains des serres, ses ongles rongés. Je lui donnerais cinquante ans, mais comment savoir avec ces gens-là, hein ?

— Je suis tellement contente d'avoir foutu le camp de là, dit-elle tandis que nous nous éloignons de l'hôpital. Passez-moi l'expression, putain.

— Grampus Lake, c'est bien ça ? je réponds de la voix que je réserve aux accros à la meth.

Le terrain de caravaning se trouve à une trentaine de kilomètres, donc environ 80 dollars, dont j'empocherai la moitié, moins l'essence, quand Stella se décidera à me payer.

— J'espère juste que mon camping-car est encore là. Mon ex-mari sait où je cache les clés.

Et déjà je sais que le camping-car ne sera plus là.

— Vous devriez peut-être l'appeler ? Il n'y a que cette course qui est gratuite.

— L'enfoiré décrochera pas. Si vous me passez l'expression. De toute façon, j'ai pas d'autre endroit où aller.

Pas d'autre endroit où aller. Où va-t-on quand on n'a pas d'autre endroit où aller ? Eh bien, on appelle un taxi.

— Hé, c'est le Yeti ?

— Ouais, senteur pin.

— J'en avais jamais vu.

Puis elle montre mon ovni désodorisant et ajoute :

— Ceux-là avant, j'en voyais partout.

Quand vous étiez sous meth ? ai-je envie de lui demander, mais je m'abstiens. À la place, je dis :

— J'en ai jamais vu en forme de soucoupe. Ceux que j'arrête pas de voir, c'est les triangulaires.

— Moi je connais que les soucoupes. Quand j'étais môme, elles me suivaient partout où j'allais. Hé, c'est Shakespeare ?

— Ouais, Shakespeare-menthe.

— Ah. J'ai toujours voulu le lire. Mais je le lirai jamais.

À la moitié du trajet on traverse un front orageux, le plafond se met à fuir et je me prends de l'eau sur le dessus du crâne.

— C'est un peu triste de voir que ça vous goutte dessus, fait remarquer Pamela.

Nous roulons jusqu'au lac de retenue et nous engageons dans une série de virages sous le barrage. Il y a des flaques partout, mais le soleil est de nouveau là et de la condensation s'évapore déjà de la route. Je pense encore à Chloé – mais je me dis aussi qu'il faut que je rompe avec Miko. Nous approchons de notre destination et Pamela se met à prier à voix haute : « De grâce, pourvu que mon camping-car soit encore là. De grâce, de grâce, de grâce, Jésus. » Et je sais, je sais pertinemment que le camping-car ne sera pas là.

Nous tournons et elle souffle à voix basse : « Oh mon Dieu, il est plus là. »

J'arrête la voiture et ferme les yeux un moment. *Bon sang, Jésus,* me dis-je, *putain, ça t'aurait tué de laisser son camping-car à cette pauvre femme ?*

Pamela passe la main à l'avant et se cramponne à mon bras droit. Elle me grimpe quasiment dessus. Je dois me retenir pour ne pas la repousser sèchement.

— Je vous en prie, monsieur, il faut qu'on tourne un peu dans les parages. Il le cache peut-être ailleurs.

Alors nous tournons dans les environs pendant une vingtaine de minutes. Puis nous roulons sur plusieurs routes de campagne où elle pense que le camping-car pourrait être planqué, mais évidemment il n'est nulle part. Je finis par m'arrêter sur le parking de El Pollo Loco. Juste derrière le restaurant se trouve une grande affiche pour un truc en rapport avec l'hépatite C.

— Pamela, je suis navré, mais je ne suis pas payé pour tout ça. Je crois bien qu'il faut que je vous ramène à l'hôpital. Sauf si vous voulez rester ici.

— S'il vous plaît, est-ce que vous pouvez me déposer à Pontotoc. Je vous en prie. J'ai rien.

— Pontotoc ? D'ici, il y en a pour 120 dollars. Qui va me payer pour ça ?

— Il y a un homme là-bas, il paiera. Je sais qu'il paiera. M. Calvin paiera. Il est agent de cautionnement, vous savez, il avance les cautions pour faire sortir les gens en liberté conditionnelle. Je vous promets qu'il paiera.

Jamais sans doute un bobard n'a-t-il été inventé aussi vite. J'essaye d'imaginer un type content de voir cette nana dévorée par la meth au point de raquer 120 dollars à la livraison.

— Il habite dans les bois, pas loin de la Route 9. Je vous en prie.

Pamela s'agrippe de nouveau à mon coude, m'attirant vers la banquette arrière telle une pieuvre en son repaire.

— J'ai pas d'autre endroit.

Un bref instant je me vois me faire détrousser dans les bois, du côté de la Route 9 par M. Calvin, qui dans ma rêverie ressemble au Désaxé dans *Les braves gens ne courent pas les rues.*

— Je crois bien qu'il va falloir que je vous ramène à l'hôpital.

— Si vous faites ça, ils me renverront en prison.

Je lui dis qu'ils ne peuvent pas, mais qu'est-ce que je connais à la justice pénale du nord du Mississippi ?

« Jésus, s'il te plaît, fais qu'il m'emmène à Pontotoc. S'il te plaît, Jésus, je t'en supplie. »

Elle supplie et implore et je ne me prononce pas franchement, lui laissant peut-être l'impression que je vais la conduire à Pontotoc, qui se trouve être dans la même direction que Gentry, et peut-être que sur les quinze premiers kilomètres je crois moi aussi l'emmener là où elle veut si désespérément aller. Mais non, il s'avère que je ne la conduis pas à Pontotoc. À mi-chemin entre Grampus Lake et Gentry, je franchis cette frontière au-delà de laquelle la gentillesse m'abandonne. Un brave type l'accompagnerait jusqu'aux bois de Pontotoc et se ferait descendre par M. Calvin et sa bande, mais les braves gens ne courent pas les rues et je ne suis qu'un des « saints » insensibles de Stella, sachant que la plupart sont armés jusqu'aux dents. Dès que nous arrivons à Gentry, je prends la bretelle de sortie et m'engage dans l'enceinte de l'hôpital, côté Urgences, et Pamela se met immédiatement à pleurer et à me supplier :

— Je vous en prie, s'il vous plaît, monsieur, vous aviez dit oui, vous avez promis, vous avez promis que vous me conduiriez à Pontoloc.

Je gare le taxi devant la porte vitrée coulissante des Urgences.

— Je ne peux pas. Je suis désolé. Si je fais ça, je me fais licencier.

C'est un mensonge. Stella a désespérément besoin de chauffeurs. Je pourrais sans doute disparaître pendant une semaine qu'elle me réembaucherait sur-le-champ.

— Au moins, raccompagnez-moi à l'intérieur. Ne les laissez pas me renvoyer en prison.

Je soupire et lui dis d'accord, j'entre et j'explique la situation aux infirmières, qui promettent que Pamela ne sera pas renvoyée en prison. S'il le faut, elles la laisseront même passer la nuit sur le canapé. « Mais ne lui dites pas qu'on vous a dit ça. » J'esquive Pamela en sortant et m'en vais sans dire au revoir. Je culpabilise pour ça aussi, mais la matinée a été longue et j'ai faim et je suis fatigué. Je remonte dans mon taxi, repars et instantanément je me sens mieux, maintenant que je n'ai plus Pamela sur le dos.

Sauf que bien sûr elle n'a pas disparu. Aucun d'entre eux ne disparaît. Ils sont toujours avec moi, tous mes junkies qui se déchirent à la meth, plus le gars reniflant son plateau-télé, le fermier au visage allongé couvert de sauterelles, le vieillard de cent ans dans sa tenue d'hôpital, la nana gothique, le bébé hurlant, ils sont tous entassés sur la banquette arrière de la Town Car, comme la photo d'une équipe de dingues que j'aperçois un bref instant chaque fois que je regarde dans le rétroviseur.

8

Cancer Max

Je passe de Beethoven à Sam Cooke et emmène un habitué à son travail, à l'usine Winchester, où ils fabriquent un certain type de balles pour armes à feu. Ensuite je conduis un serveur à Applebee's, qui sert un certain type de cuisine. Puis je vais chercher Leesha dans sa caravane pourrie du côté de la Route 5. Une fois dans ma voiture, Leesha parle sans arrêt au téléphone, s'adressant à quelqu'un qui ne dit pas un mot. Leesha est gérante d'un Burger King. Je m'engage sur le parking et j'attends qu'elle ait raccroché avant de lui demander si un gamin, un certain Orion, lui a envoyé sa candidature la semaine dernière.

— Il doit avoir dans les seize ans… Un visage tout en longueur… Il travaille au Popeyes…

— Ah ouais, je me souviens de ce môme. Paisible.

— Ouais. Orion est très calme, de prime abord. En tout cas il m'a dit qu'il avait postulé. Ça fait des mois que je l'emmène au Popeyes. C'est un bon petit gars. Sérieux. Ponctuel. Je l'aime bien. Je vous dis ça comme ça.

— Entendu. Je regarderai sa candidature.

Une fois qu'elle est partie, je gare le taxi et sors m'étirer. La banquette avant n'est pas du tout réglable et attise les douleurs dorsales qui ont mis un terme à ma carrière de serveur. Après avoir fait quelques étirements, je nettoie les tapis de sol avec leurs logos en croix de Jérusalem, et trouve un cachet d'Adderall à côté d'un comprimé vert en forme de petit sous-marin. Je mets le comprimé vert dans ma poche – j'irai plus tard sur Internet pour l'identifier – puis j'avale l'amphète avec une gorgée de Red Bull, prends mon livre de poche et m'installe dans l'Étrangleur de Boston.

L'Étrangleur de Boston, c'est le nom qu'on donne au siège arrière situé juste derrière celui du conducteur, parce que de là, n'importe quel imbécile peut vous passer sa ceinture autour du cou et vous piquer la caisse avant de balancer votre corps au milieu des enceintes cassées d'un drive-in abandonné. Tout en imaginant mon propre meurtre – chauffeur de taxi est un des boulots avec la plus haute probabilité de mort violente en Amérique – j'ouvre mon livre et essaye de lire, mais l'Adderall n'a pas encore commencé à faire effet et je n'arrive pas à me concentrer suffisamment pour que les lettres cessent de glisser sur la page. Tout est si calme quand le moteur est coupé que se produit le même effet sonore qu'avec les grillons : en tendant bien l'oreille, j'entends toujours les grillons.

Le livre de poche que je ne suis pas en train de lire s'intitule *Huit Étapes vers le bonheur* et parle des débuts du bouddhisme. J'espère que le livre peut m'aider à ne plus m'énerver contre la circulation. Bill Hicks avait baptisé son démon intérieur « le Jeune Bouc », et ma propre version de cette créature apparaît habituellement sur le coup de midi et s'empare du volant. Je n'en suis qu'au troisième chapitre, mais ce livre m'a déjà enseigné que presque tout ce que je croyais savoir du bouddhisme était erroné. Il se trouve en fait que le Bouddha d'origine – le gus s'appelait Gotama – n'avait rien à voir avec Dieu, ou avec les dieux, et considérait que les doctrines religieuses, les gourous, les cérémonies, les débats et les spéculations métaphysiques étaient de dangereuses distractions. Ce que nous appelons l'âme, Gotama le comparait à une rivière constamment en mouvement et disait de toutes les disputes humaines qu'elles étaient un « torrent d'opinions ».

Un torrent d'opinions. Ma foi, Gotama sait me parler, là. À vrai dire je suis un champ de bataille d'opinions survoltées se percutant les unes aux autres. Tandis que l'Adderall fait des étincelles dans mon cerveau, je commence à descendre dans les forêts de l'Inde ancienne jusqu'à ce que l'oreillette retentisse au beau milieu de ce décor, me collant une trouille pas possible. C'est Stella qui a une course pour moi, il faut que j'aille chercher un client à la clinique de désintox.

— Oh non, dis-je d'une voix destinée à inspirer de la pitié.

— Détends-toi, Lou. C'est la bonne clinique de désintox, celle à côté de l'établissement des maladies vénériennes.

— Ah, ouf. La dernière fois que je suis allé à la clinique chelou, le client m'a fait une reconnaissance de dette de 30 dollars. Il m'a dit qu'il venait de s'échapper en sautant par la fenêtre – on le retenait prisonnier – et il m'a promis qu'il me réglerait dès qu'il aurait récupéré son porte-monnaie.

— Ces 30 dollars, est-ce que tu les as inscrits sur ton carnet de courses ?

— Oui, j'ai inscrit les 30 dollars sur mon putain de carnet de courses. Vous aurez votre part, même si moi je me suis fait arnaquer.

— Ma foi, le type me paraissait normal. Pour quelqu'un sortant de cure.

Je mets de côté mon livre et prends la Route 5 direction la clinique, construite sur plusieurs niveaux à flanc de coteau au-dessus d'un parking. Quand j'arrive, l'escalier est bordé de part et d'autre de gens, la plupart en blouse d'hôpital. Il y a un type trapu coiffé d'un chapeau d'anniversaire bleu pointu, pantalon de survêtement noir et tee-shirt genre thermolactyl blanc, tenant un carton de pizza, il descend l'escalier en bois en serrant des mains et en donnant l'accolade ici et là. Beaucoup de bienveillance. Deux hommes apportent les bagages de l'homme, j'ouvre le coffre et y fourre les trois valises rafistolées avec du chatterton. Puis je jette un œil à mon application de jeu d'échecs et je roque pour repousser l'heure de ma défaite.

Mon client en est encore à serrer des paluches et à se faire étreindre par les uns et les autres. On dirait qu'ils lui disent un dernier au revoir avant le départ à la guerre. Lorsqu'il arrive enfin à mon taxi, il dépose sa pizza sur ma banquette arrière et s'installe à l'avant. L'odeur de chorizo cuit envahit l'habitacle et provoque les gargouillements de mon estomac. Ce type – j'apprends qu'il se prénomme Max – a des cheveux châtains bouclés et un visage poupin qui serait très beau s'il n'était pas criblé de milliers de cicatrices, comme des trous de plombs de carabine à air comprimé, une abondance de cicatrices de boutons de varicelle qu'il a dû goulûment gratter.

Je lui demande sa destination. Avant de répondre, il retire son chapeau d'anniversaire et l'observe. Il est bleu et scintillant, avec un jeton de poker vert collé sur le devant.

— Le, euh, comment ça s'appelle… Le Rebel Motel… Vous connaissez ?

— Oui, dis-je, c'est parti. J'y suis déjà allé une fois aujourd'hui.

— Ah ouais ? C'est comment ? Je vais devoir y rester jusqu'à ce que le médecin m'annonce que tout va bien.

J'hésite, puis je finis par lui dire :

— C'est pas trop mal. Au moins vous pourrez marcher jusqu'à la grand-place. Hé, c'était quoi cette pizza party ?

— Oh, une petite célébration. Trois mois sans drogue. Pfou, j'avais pas tenu si longtemps depuis des décennies. Je suis accro à l'héro depuis l'âge de treize ans.

— Treize ans ? Vous avez quel âge ?

— Quarante-deux, putain. Mais là – devinez quoi – ils viennent de m'annoncer que j'ai un cancer. Cancer du pancréas. Les médecins savent pas encore si c'est grave – en tout cas c'est ce qu'ils m'ont dit. Il faut que je reste au motel jusqu'à ce que les médecins aient les résultats de tous les examens. En plus, j'ai plus le droit de fumer.

— La vache. Je suis vraiment désolé de l'apprendre.

— Hé, des fois ça déconne, vous savez. Le plus drôle, c'est que j'étais tout content d'avoir décroché, et là, boum, niqué par le cancer.

— Je viens en chercher un paquet, des gens à leur sortie de cure, mais j'avais encore jamais vu quelqu'un ayant droit à une pizza party.

— Je crois qu'ils étaient embêtés pour moi. Je m'inquiète un peu à l'idée qu'ils sachent quelque chose que moi je ne saurais pas. Vous savez, à propos du cancer.

Je ne trouve rien à dire à cela. Finalement, je tousse et marmonne :

— D'habitude, les clients qui sortent de cure, ils me demandent de les emmener au premier magasin de vente d'alcool.

Un drôle d'air passe sur son visage et je me rends compte que je viens de lui donner une idée.

— Vraiment ? dit-il.

— Bon, enfin, pas toujours.

Il montre du doigt le bâtiment en brique, de plain-pied, en face de l'immeuble de l'administration où sont délivrées les cartes grises.

— Vous savez ce que c'est, ça ?

— Ça ? C'est le centre des maladies vénériennes. Faites-moi confiance, j'y emmène beaucoup de gens.

— Il a fallu que j'y aille la semaine dernière. J'ai attrapé un truc qu'ils appellent virus HPV – j'en avais jamais entendu parler. J'ai pas arrêté de dire à l'infirmière que ça faisait des années que j'avais plus couché avec personne, mais il se trouve qu'on peut conserver ce truc dans le sang pendant hyper longtemps, et ça ne se manifeste qu'au moment où vous êtes très malade ou ultrastressé. Quelques jours après avoir appris que j'avais un cancer, je me suis réveillé avec la bite comme une figue de Barbarie.

— Oh la vache.

— Ouais. Au début j'ai cru que c'était le cancer qui avait déclenché ça.

— Oh là là.

— Donc ils m'ont envoyé au centre pour maladies vénériennes, j'ai attendu trois heures, et trois femmes m'ont étendu sur une table en métal. Deux d'entre elles étaient de vrais chars d'assaut, mais la troisième c'était une jeune Noire super belle – vraiment hyper belle, dix-huit ans maximum –, elles ont enfilé les bons vieux gants en caoutchouc, m'ont enlevé mon slip et m'ont recouvert d'un drap en papier avec un trou par lequel elles ont fait passer ma bite, ensuite elles ont approché une espèce de loupe géante sur roulettes, la fille prend un minuscule compte-gouttes d'acide hydrochlorique et se met à déposer une goutte sur chacune de ces espèces de verrues et puis le long de ma biroute.

— Oh la vache, je répète.

Il y a un truc, chez moi, c'est que j'arrive à me représenter les choses de manière un peu trop réaliste.

— Elle en a eu pour plus d'une heure. C'était comme si les deux autres infirmières étaient là pour inspecter ce que faisait la minette noire. On aurait dit qu'elle passait un examen sur ma bite. Et pendant tout ce temps, j'avais l'impression d'avoir été kidnappé par des extraterrestres, dit-il en esquissant un geste en direction de mon désodorisant en forme de soucoupe volante. Mais, hé, je me plains pas, hein. Le lendemain j'avais plus que des points blancs. Trois jours plus tard, tout était revenu à la normale.

— Bah dites donc.

— Hé, c'est le Yeti ?

— Ouais. Senteur pin.

— Ah. Et l'ovni, quel parfum ?

— Gaulthérie, ou wintergreen. Enfin c'est ce qu'ils disent. Mais c'était un peu de l'arnaque. J'ai jamais rien senti. C'est plutôt décoratif, je dirais.

Il observe la soucoupe volante, comme s'il essayait de convoquer un souvenir depuis longtemps refoulé.

— La minette noire, elle était tellement belle. Elle aurait pu être une star du porno. Chaque fois que je la regardais, je redoutais de me mettre à bander. Et le produit qu'elle me mettait brûlait à mort – un vrai truc de sado-maso –, mais bon, au moins, j'ai pas eu la gaule heureusement. Et j'étais désolé pour elle, qu'elle soit obligée de faire ces conneries. Sérieux, c'est pas une vie, ça. Je préfère encore être un junkie qu'une infirmière dans un service de maladies vénériennes, qui passe ses journées à regarder des bites à travers une loupe géante. Sérieux, au moins avec la dope, il y a des à-côtés sympas.

Mon signe astrologique étant Balance, j'en suis encore à soupeser intérieurement les deux options – junkie ou infirmière en maladies vénériennes – quand Max me demande s'il y a des restaurants bon marché près du motel.

— Financièrement, je suis un peu short, c'est le moins qu'on puisse dire, ajoute-t-il.

Nous sommes en train de discuter restaus pas chers – et à ce sujet j'en connais un rayon – lorsque j'entre dans la cour du motel et me gare devant la cabine en Plexiglas qui fait office de réception, mais le propriétaire du motel n'est jamais là. Il est toujours à réparer quelque chose, retirer quelques cadavres, nettoyer le sang à la serpillière. Cancer Max appuie sur la sonnette pendant que je passe en revue les différentes chambres – les portes de différentes couleurs – à la recherche du vieux proprio vietnamien grincheux. Pas étonnant qu'il soit grincheux, n'empêche. Combien de fois faut-il passer la serpillière après un suicide pour que ça commence à vous saper le moral ? Le vieux hurle après tout le monde. Ça le met hors de lui quand vous ne comprenez pas ce qu'il raconte. Plus il est en rogne, moins il est facile à comprendre.

Entre-temps, repensant aux jumelles junkies, je regarde en direction de la porte rouge, pour voir s'il y a du sang qui coule en dessous ou un masque de hockey accroché à la poignée. Et c'est là que j'aperçois Tie and Dye qui fume une Lucky sur le trottoir, les yeux au ciel. Je suis son regard jusqu'à un nuage en forme de tombeau. Quand je baisse la tête, elle me fait un signe de la main. Je lui fais signe à mon tour, bien que caché derrière les vitres fumées.

— Vous avez des amies, ici, hein ? dit Max en remontant dans la voiture.

— J'en ai bien peur. Hé, vous allez peut-être devoir attendre quelques minutes si le propriétaire est en train de nettoyer une chambre, mais il finira par arriver. Il n'est jamais loin. C'est 50 dollars la nuit. Faites semblant de comprendre tout ce que dit le vieux, sinon il va se mettre à vous hurler dessus.

Je sors et commence à retirer les valises du coffre – ma Town Car a sans doute le coffre le plus spacieux de l'histoire de la berline américaine. Je les empile au pied de l'escalier en bois qui conduit à la réception. Je déteste devoir laisser Max au milieu de ses valises mais, pour autant que je sache, c'est ça, mon boulot : aider ceux qui sont dans le besoin puis les abandonner le plus vite possible. Il me donne dix billets froissés d'1 dollar, les compte soigneusement en les faisant passer de sa main à la mienne.

— Moi c'est Max, dit-il ensuite, et nous nous serrons la main.

Précisément à ce moment-là, j'aperçois le propriétaire qui avance dans notre direction en traînant les pieds, un petit balai à franges posé sur son épaule, comme un fusil à un défilé. Où qu'il mette les pieds, ce type, c'est la catastrophe. Dès qu'il ferme un œil, il se retrouve avec un lit maculé de sang. Le voyant approcher, je détourne la tête. J'ai peur qu'il me reconnaisse, qu'il se souvienne des quelques aventures alcoolisées pré-Miko que j'ai eues dans ce motel.

Je suis sur le point de m'échapper – j'ai des clients qui attendent, après tout – mais je me rends compte que Max est trop faible pour traverser le parking avec ses valises, alors j'attends qu'il se présente à la réception puis remets ses valises dans mon coffre et parcours les vingt mètres jusqu'à sa chambre, celle dont la porte est bleu ciel, et là je ressors ses bagages et les apporte dans sa chambre.

La chambre est relativement propre mais dégage une odeur de poignets tranchés.

Avant de partir, je lui parle des bénévoles d'EverSaved et lui suggère de les appeler.

— Il est possible qu'ils vous aident à payer la note du motel. Ils font plein de trucs dans ce genre.

Je lui explique qu'EverSaved finance la chambre des deux femmes qui sont là-bas, et je lui indique l'endroit, de l'autre côté de la cour – Tie and Dye n'est plus là – et je lui dis :

— Si vous allez frapper à la porte rouge, elles seront peut-être en mesure de vous en dire plus.

— Merci. Je ferai ça. Elles sont belles ?

— Non, c'est des camées à la meth.

— Depuis que j'ai arrêté l'héro, j'ai commencé à repenser aux femmes.

— Ouais, eh bien bonne chance, hein, mais à votre place je serais prudent avec ces deux-là. Elles se font harceler par un certain Jason, j'ajoute avant de lui serrer de nouveau la main.

En regagnant mon taxi, je remarque qu'un tract a été collé sur une des portières. C'est une pub pour l'expo éphémère que les hipsters locaux organisent périodiquement, annonçant que les chambres 10 à 15 seront ouvertes au public ce soir, avec une liste des peintres locaux qui présenteront leurs œuvres. Il y aura aussi un concert sur le parking.

Je remonte dans mon taxi et tout en faisant marche arrière j'aperçois un visage familier. C'est Tony – il se tient devant la chambre à la porte jaune décoloré, il est sur le point d'allumer une cigarette au moment où il remarque mon taxi, alors il fait vite volte-face et se replie à l'intérieur.

Nan mais… était-ce réellement Tony ? Je n'en suis pas certain. Est-il possible que je me sois trompé ? que j'aie commis la même erreur qu'hier soir quand je l'ai vu faire de l'auto-stop sur le bord de la route ? *Il est peut-être mort et je vois juste son fantôme*, me dis-je dans le but de me consoler. Et puis je me souviens que Stella m'a demandé hier de ses nouvelles, et soudain je sais que c'est lui. Il n'empêche, ça ne tient pas debout. Aux dernières nouvelles, Tony était en résidence surveillée à Kansas City, donc il n'existe aucun scénario favorable comportant une scène où il se terrerait au Rebel Motel. Oh bon Dieu. Pas Tony. Mon cœur se met à battre la chamade et je décide de ne pas y penser. Après tout, j'ai des clients qui attendent. D'habitude c'est calme à l'heure du déjeuner, mais aujourd'hui je n'arrête pas d'avoir des appels pénibles qui m'obligent à prendre l'autoroute pour aller d'un bout à l'autre de la ville. Et en attendant j'ai la dalle. J'ai l'impression de sentir encore l'odeur de pizza. Je fais deux courses sur le campus, vais ensuite chercher un gars noir qui s'est blessé à l'usine Winchester et que j'emmène aux Urgences. Il a la main enroulée dans une serviette blanche, mais ça n'a pas l'air de le chiffonner outre mesure.

— Vous savez qu'il y a une pizza, à l'arrière ? dit-il en sortant.

Ça n'a pas manqué : Cancer Max a oublié sa pizza. Vous vous demandez alors peut-être si je retourne au motel lui porter sa pizza. La réponse est non. Au lieu d'opter pour ce qu'il aurait été correct de faire, je suis assis sur le parking des Urgences et j'engouffre une tranche. Désolé, Msieu-en-train-de-mourir-du-cancer, mais avec moi c'est comme ça : tout ce qui est oublié dans mon taxi – à l'exception des téléphones portables et des portefeuilles – est considéré comme un pourboire. Les téléphones portables et les portefeuilles, nous sommes tenus de les déposer au commissariat – au plus tard à la fin de notre journée –, tout le reste, on le garde. C'est le pourboire que tu ne m'as pas filé, cancer-man, sauf qu'en fait, si, inconsciemment, amigo, tu m'as laissé cette pizza en guise de pourboire, moi qui ai sorti deux fois tes bagages de mon coffre après avoir dû supporter cette immonde histoire de verrues génitales qui me hantera à jamais.

Je croque une autre bouchée, mâche et avale. C'est une croûte fine, genre carton-pâte froid de chez Pizza Hut, qui a un goût de deuil.

9

Oscar le poulpe amoureux

Cette pizza, dites donc. Cette pizza ne m'a pas fait de cadeau. Allongé dans le cercueil noir de la banquette arrière, je soulève mon livre de poche au-dessus du carton Pizza Hut posé sur mon ventre et je rote. L'effet combiné de la taurine et de l'Adderall multiplie par cent le nombre de grillons sous mon crâne – plus de grillons que dans une boutique d'appâts – et je ne tarde pas à avoir l'impression d'être en train d'aspirer le contenu du livre dans ma cervelle gazouillante. En lisant, je suis étonné d'apprendre que le chemin du nirvana, tel que prescrit par le Bouddha originel, ne paraît pas particulièrement vertueux de nature. La notion de compassion n'entre pas trop en jeu – voilà qui me semble encourageant. En fait, la voie moyenne que prônait ce Gotama semblait moins relever de la religion que d'une espèce de programme en douze étapes pour arrêter la picole ou la dope. Mais en l'occurrence il s'agit de renoncer à la pensée conceptuelle. Le Bouddha décrit l'esprit humain comme un organe sensoriel comparable à une langue ou à un nez, si ce n'est que l'esprit ravit les objets physiques en les entassant à l'intérieur de concepts jusqu'à ce que ce que vous voyiez devant vous une espèce de mirage constitué d'opinions, de besoins, de préjugés, de peurs et de superstitions.

Il m'apparaît, alors que je m'interromps pour lâcher une série de rots comme autant de bulles émanant de la bouche d'un poisson, que, selon le Gotama, les feux tricolores ne seraient pas réellement possédés par des démons et que la seule raison pour laquelle je continue à leur adresser des doigts d'honneur et à insulter leurs mères, c'est que je personnifierais des objets mécaniques incapables de malveillance et projetterais sur eux des croyances religieuses. J'ai beau demeurer sceptique à propos de cette théorie, je poursuis ma lecture, désireux de m'ouvrir à la parole du Bouddha, jusqu'à ce qu'un texto retentisse.

Je lis sur l'écran de mon téléphone : « dis pas à mman que chu revnu. »

Immédiatement je sais que je devrais dire à Stella que Tony, son taulard de fils, est revenu à Gentry, sauf que j'ai le ventre plein d'acide bouillonnant et que je ne trouve pas l'énergie suffisante pour pénétrer à nouveau dans le tourbillon de Stella. À la place, je prends en charge deux ouvriers qui travaillent sur le chantier du nouvel hôpital sur Barbour Boulevard. L'un des deux saisit le moindre prétexte pour utiliser, ceci à quatre reprises, le terme insultant commençant par un « N » à propos d'Obama avant que je les dépose au Super 8. Comme d'habitude, je ferme mon clapet quand je transbahute ces racistes. Ils ont tous des flingues, j'imagine, alors je me cramponne à mon volant et je pleure intérieurement. Au moins, j'enchaîne une série de feux verts, ce qui paraît logique. Les démons des feux tricolores adorent ces bigots sectaires. Chaque fois que je fais monter un raciste dans mon taxi, j'ai droit à une enfilade de feux verts.

Je repense au Bouddha, et à sa naïveté, en passant prendre à la sortie de chez le coiffeur un gamin de la fac que j'emmène à Frat Row, le quartier des fraternités étudiantes.

— Hé, je vous connais, non ? me dit-il.

Je regarde dans le rétroviseur. Les *frat boys* se ressemblent tous à mes yeux. Tous la même mèche ondulée, cheveux délibérément plaqués, comme aplatis après le port d'une casquette. Nous autres, qui avons grandi dans le sud du Mississippi, détestons depuis toujours ces gosses de riches du nord de l'État, et je n'ai jamais tout à fait réussi à me départir de cette haine. C'est probablement ce que le Bouddha entendait par « concepts ». Je ne vois pas véritablement le gamin sur la banquette arrière, je vois les sales rupins que j'ai détestés toute mon enfance et mon adolescence.

— Vous avez pas été prof ici ? demande-t-il.

Merde. J'envisage de mentir mais je passe aux aveux.

— Ouais, je marmonne. Plus ou moins.

— Vous vous souvenez pas de moi ?

À contrecœur je jette à nouveau un coup d'œil dans le rétro.

— Non, mais je me rappellerai vos dissertations si vous m'en dites deux mots.

— Je suivais votre cours sur Shakespeare.

— C'est le seul cours que j'ai donné. Ensuite, je me suis fait virer.

— Vous étiez toujours tellement tendu. On avait l'impression qu'à tout instant vous alliez vous tirer de la classe en courant.

— Ouais, je suis né comme ça.

J'espère ne pas être en train de rougir. J'espère que Stella, qui adore dire à nos clients que je suis un professeur d'université à la retraite n'est pas en train de regarder cet épisode précis d'*Amour, Gloire et Taxi.*

Je tousse plusieurs fois avant d'admettre :

— J'avais toujours voulu enseigner Shakespeare, vous voyez ? Mais en fait, je n'étais pas un bon prof.

Il pourrait saisir l'occasion pour me contredire, mais non. Un ange passe.

— Vous arriviez pas à retenir les tirades. Vous savez, genre, au beau milieu d'un… je sais plus comment ça s'appelle, là…

— Un monologue.

— Ouais, c'est ça, en plein milieu du monologue, au meilleur passage, vous aviez un trou de mémoire. Genre, vous commenciez super bien, et puis là…

— Ouais. Désolé, mon vieux. Désolé d'avoir foiré Shakespeare pour vous dans cette vie. Mais vous devriez lui redonner une chance.

— Mec, je relirai jamais Shakespeare, jamais de ma vie. La seule raison pour laquelle je m'étais inscrit à ce cours, c'était le créneau horaire. D'ailleurs, c'est le premier jour que j'ai appris que c'était sur Shakespeare.

Je hoche la tête, m'abstiens de tout commentaire. Ce n'était même pas un vrai cours sur Shakespeare, c'était juste un cours obligatoire d'expression anglaise pour les étudiants de première année, où l'assistant pouvait choisir un thème pour la classe, et le thème que j'avais choisi était l'étude comparative de Shakespeare et du hip-hop. Je me disais que ça rendrait le truc intéressant. Sauf que le premier jour, je me suis rendu compte que tous les élèves de la classe détestaient le hip-hop. Ils n'écoutaient que de la country.

— Comment va votre fils ? demande-t-il.

— Mon fils ? Comme neuf. Merci de prendre de ses nouvelles.

— C'était vraiment la galère. Quand vous êtes revenu à Gentry – après son accident, je veux dire – vous étiez méconnaissable. Quand vous êtes entré dans la classe, j'ai cru que vous étiez un autre remplaçant.

— Ouais, ça m'étonne pas.

— Tout le monde compatissait.

— Merci, enfin bon…

— Vous étiez sous médocs, à votre retour, non ?

Là encore, j'envisage de mentir, mais je lui dis que non.

— J'avais juste souvent la gueule de bois.

— J'ai entendu dire que vous aviez été viré suite à une altercation avec un étudiant. Genre, bagarre à coups de poing.

— Ce n'est pas vrai. Enfin, ce n'était pas un étudiant avec qui je…

Ma phrase reste en suspens, je soupire avant d'ajouter :

— Quand j'avais votre âge, j'ai eu un prof génial qui enseignait Shakespeare. Ç'a changé ma vie. Je voulais que ça fasse la même chose pour vous tous. Mais ensuite tout est parti à…

— Le cours, ça allait, des fois.

Pour dissiper ce mensonge, il ajoute :

— Hé, c'est le Yeti ?

— Oui.

Je dépose le môme sur le campus et me rends au Walmart pour prendre de l'essence. Je me parle à voix haute en faisant le plein. Les gens s'en rendent compte mais je ne peux pas m'arrêter. Wow, je n'avais vraiment pas besoin de ça.

J'étais au milieu de mon unique semestre d'enseignement quand mon fils s'est fait percuter par un automobiliste en état d'ébriété, et est passé à travers le pare-brise. Quand ils m'ont appelé, ils m'ont dit d'apporter un costume pour les funérailles. J'ai passé les trois semaines suivantes à dormir dans la salle d'attente du service des soins intensifs, avec l'équivalent d'un demi-semestre de monologues de Shakespeare qui tournaient dans mon cerveau comme dans un tambour de machine à laver. Les médecins ne savaient pas du tout si Kevin allait se réveiller. Nous ne savions même pas si nous voulions qu'il vive. Il avait tellement de tubes qui lui sortaient de partout, tellement de plâtres et d'ecchymoses et d'incisions, ça me fichait en l'air de me tenir à son chevet, mais la grosse inquiétude, selon les médecins, c'était que son cerveau ait été sectionné, que le corps calleux, le centre nerveux qui relie les deux hémisphères du cerveau, ait été déchiré. Je ne pouvais pas m'empêcher de me parler à moi-même à l'intérieur de mon nid d'oreillers dans la salle d'attente. Je crois bien qu'après ça je n'ai plus vraiment cessé de me parler à voix haute. Une espèce de dialogue interne a pris le dessus et une sorte de maladie de Gilles de La Tourette s'est imposée, ce qui fait que je n'ai plus pu me retenir de balancer des bordées d'injures à des moments inopportuns. Assis dans mon coin de la salle d'attente, je marchandais, jurais et marmonnais jusqu'à remarquer quelqu'un qui me dévisageait, alors j'essayais d'arrêter, mais dix minutes plus tard je recommençais. Je ne pouvais m'empêcher d'adresser des doigts d'honneur à des fantômes. J'ai fini par être obligé de m'asseoir sur mes mains.

Kevin, qui avait vingt-deux ans à l'époque, a émergé de son coma dans une colère noire, ce n'était plus le garçon que j'avais aimé. Certains lobes se sont réactivés et d'autres pas. Les médecins ont dit qu'il faudrait attendre que les gonflements se résorbent avant d'en savoir plus, mais en tout cas son cerveau n'avait pas été endommagé. Ç'avait toujours été un gamin réservé, doux de nature – grand sourire, hyper poli – mais les lobes qui se sont réveillés en premier ont fait de lui un garçon sans la moindre autocensure, qui voulait uniquement s'enfuir de l'hôpital ou peloter les infirmières. Nous avions parfois l'impression d'avoir affaire au frère jumeau maléfique de mon fils, l'anti-Kev.

Ce qu'il voulait par-dessus tout, c'était décamper. Quelques jours après avoir repris connaissance, il s'est mis à arpenter les couloirs de l'hôpital, et moi je le suivais avec son pied à perfusion. Il se comportait comme un *frat boy* ivre. Même sa voix n'était plus la même. Ce n'était plus mon fils, et pourtant si. Je marchais derrière lui pendant des heures, tard le soir dans la pénombre des couloirs. L'hôpital ressemblait à un labyrinthe lugubre, on aurait dit la vie après la mort. Nous marchions tellement que j'en ai eu des douleurs terribles dans le dos, au point de devoir m'allonger au sol dans les couloirs pendant que Kev me lançait des regards noirs, pressé que je me relève pour pouvoir continuer à marcher.

Et puis un matin, tout a changé. Ce qui s'est passé, c'est que je lui ai acheté un grand gobelet de café dans une boulangerie des environs – il refusait de boire le jus de chaussette de l'hosto. Ses lobes de la mémoire à long terme ne s'étaient pas encore réveillés, et le médecin m'avait donné pour instruction de lui montrer des objets familiers qu'il serait susceptible de reconnaître. Et donc ce matin-là, nous buvions notre café et je lui ai tendu le portefeuille qu'il m'avait offert pour la fête des Pères, aux couleurs du Football Club de Barcelone.

— Tu reconnais ça ? lui ai-je demandé.

Il a observé le portefeuille un moment puis a souri en disant :

— Ouais. Je voulais t'offrir le portefeuille avec l'inscription *Bad Motherfucker*, mais maman n'a pas voulu.

Le temps de terminer son café, il était redevenu lui-même et on a parlé des films de Tarantino toute la matinée. C'était presque effrayant, la vitesse à laquelle il était redevenu lui-même. Si vous avez déjà vu un gratte-ciel s'allumer au crépuscule, c'est l'impression que ça donnait. Un étage s'allumait, puis un autre et ainsi de suite jusqu'en haut.

Je suis encore en train de me parler à moi-même en nettoyant mon pare-brise à la station-service. En partant, j'aperçois mon collègue Cecil garé sur le parking du Walmart, et je m'arrête à côté de lui. Cecil a un peu plus de soixante-dix ans mais il paraît plus jeune. C'est un Amérindien, un Sioux, qui s'est battu au Vietnam et souffre de stress post-traumatique, et pourtant c'est le

« saint » le plus décontracté de toute l'équipe de Stella. Il y a quelque chose d'enfantin chez Cecil. Il veut juste qu'on ne l'embête pas quand il regarde de la pornographie lesbienne dans son taxi, ça et puis transporter tranquillement des clients. Il est très poli, presque trop sage. Nous sommes alliés en ce monde qui menace la survie des taxis.

Mais aujourd'hui Cecil est furibard, après avoir été obligé d'aller chercher un client à l'hôpital. Il est convaincu que nous ne sommes pas du tout payés pour ces courses-là. Je ne suis pas d'accord. Je pense que nous finissons plus ou moins par être payés, à condition d'être suffisamment persévérants. Mais aucun de nous deux n'en est tout à fait sûr. Stella fait son beurre en misant sur nos mémoires défaillantes.

— Même quand elle te paye, elle te paye pas, grommelle Cecil.

— Exactement. Le superpouvoir de Stella, c'est qu'elle s'en fiche de se faire choper en flagrant délit d'arnaque. Pour elle tout ça c'est de l'eau qui coule sous les ponts. Elle n'est pas rancunière et pense que tu ne devrais pas l'être non plus. Mon ex-femme était pareille. On se disputait violemment et une heure plus tard elle me faisait : « Quoi ? Tu es encore en colère pour cette histoire ? »

Il réfléchit à cela un moment, puis dit :

— Stella est pas rancunière, sauf si tu vas bosser pour une autre entreprise de taxis. Alors là elle te déteste pour l'éternité.

Cecil est coiffé de sa casquette de camionneur de vétéran du Vietnam, comme d'habitude. Je suis quasi certain que cette casquette l'aide énormément pour les pourboires.

— Elle ne peut pas se permettre d'être rancunière, dis-je. Hé, tu sais quoi ? Ça craint mais je suis presque sûr d'avoir vu Tony au Rebel Motel. J'espère me tromper. Mais je suis presque sûr que c'était ce salopiot de Tony.

— Oh non. Je croyais qu'il était assigné à résidence à Kansas City.

— Moi aussi. Tu as su ce qu'il avait fait exactement, toi, Tony ?

— Non. C'est étrange. Un sale truc, probablement.

— J'ai entendu parler de trafic de drogue.

— Non, je pense que c'était pire que ça.

Je reste silencieux, au cas où Cecil voudrait ajouter quelque chose. Mon impression, c'est que tout le monde en sait plus que moi dans cette affaire mais que tout le monde se tait.

— Tu crois que je devrais le dire à Stella ? je lui demande.

— À ta place, je ne me mêlerais pas de tout ça.

— Bien. J'espérais que tu dirais ça.

— En fait, tu devrais peut-être lui en parler.

— Merde.

Cecil est sur le point de se tirer pour l'après-midi. En raison de son âge, il est l'un des rares chauffeurs à ne pas faire des journées interminablement longues. À peine est-il parti que je suis assailli d'appels. Comme nous sommes garés côte à côte, presque vitre contre vitre, Cecil me montre un Polaroid noir et blanc de sa famille et commence à me présenter toutes les personnes sur la photo, comment elles sont mortes, ce qu'elles ont fait et pourquoi il les aimait. Cecil est l'individu le plus honnête que j'aie jamais rencontré. Il faut que je fasse attention quand je lui parle parce qu'il prend tout au pied de la lettre. C'est le chauffeur le plus sensé de l'équipe, et peut-être aussi le moins sensé. Par exemple, dernièrement, il a oublié de couper le porno quand il avait des clients dans son taxi. Certains s'en sont plaint auprès de moi. Parmi eux, une femme de quatre-vingt-dix ans.

Avant de partir, je donne à Cecil les restes de pizza. Ç'a l'air de lui faire drôlement plaisir, et ça, c'est un autre truc que j'apprécie chez Cecil, le fait qu'il soit facilement satisfait. Quand je lui dis que je suis en retard pour Anna, il sourit et détourne le regard. La blague c'est que j'hérite de toutes les vieilles à cheveux bleus parce que j'ai la seule voiture assez basse pour qu'elles puissent monter dedans. Anna est la plus habituée de toutes les habituées – c'est aussi celle qui s'est plainte du porno de Cecil. Tous les autres disent qu'elle est ma « petite copine ». Ils trouvent ça hilarant parce que Anna est toute petite et un peu voûtée, avec un joli visage intelligent et une coiffure bouffante d'un blanc impressionnant, qu'elle doit se faire faire une fois par semaine au salon de coiffure Ashley Fly. En raison de sa nouvelle hanche en titane, elle est obligée d'aller trois fois par semaine chez le kiné à la clinique de Gentry. Elle a plein d'enfants et de petits-enfants, mais c'est moi qui l'accompagne partout, y compris chez le caviste pour sa grande bouteille hebdomadaire de bourbon Old Charter. Je ne lui facture pas l'arrêt alcool parce que je sais qu'elle ne veut pas que ses enfants – c'est eux qui règlent la note de taxi – découvrent cela sur le détail de la facture. Elle me donne la différence en pourboire. Anna est cool.

Je n'ai jamais rencontré ses enfants mais je sais que je ne les aime pas. Ils devraient emmener leur mère à l'église. Ils devraient l'accompagner faire ses courses. Anna est tellement petite qu'elle est obligée de demander à des inconnus de lui attraper les boîtes de conserve en hauteur dans les rayons. Elle ne tient pas bien sur ses jambes. Un jour il a fallu que je l'aide à se relever, elle s'était étalée par terre dans sa salle de séjour. Elle était plus gênée que blessée. Je l'ai portée jusqu'à ma banquette arrière et l'ai accompagnée aux Urgences.

Aujourd'hui, elle n'est pas prête quand j'arrive à son minuscule appartement, alors je l'attends à l'extérieur et j'envoie un texto à Stella : « J crois avoir vu Tony au reb motel ?? pas sûr que c t lui. C t ptêt un chimpanz qui fumait une clop. »

J'efface la dernière partie et lui envoie le texto.

L'heure tourne, maintenant j'ai peur qu'Anna soit morte. Ça arrive chaque fois qu'elle est en retard. Je suis terrifié à l'idée d'être celui qui trouvera le corps. Mais elle n'est pas morte, juste en retard. Je lui tiens la portière et attache sa ceinture, ce qui crée une étrange sorte d'intimité physique. Après la cavalcade d'aujourd'hui avec les junkies, être avec Anna me donne l'impression d'entrer dans un jardin de rocaille zen. Elle parle si doucement que je suis obligé de diablement me concentrer pour distinguer ce qu'elle dit, enfoncée sur la banquette arrière. Elle a un accent aristocratique du Sud que les gens riches du nord de l'État ont conservé. (C'est les miens, les gens du Sud, qui ont cet accent sirupeux idiot.) D'habitude, Anna et moi parlons livres, religion ou de l'élection à venir. Anna est méthodiste mais s'efforce d'être ouverte d'esprit, tout en suivant une doctrine qui décourage cela. C'est une démocrate pro-Clinton et une lectrice vorace, même si ses goûts la font plutôt pencher du côté de C.S. Lewis. Quand elle a appris que j'avais jadis publié un livre – c'est Stella qui lui a dit – j'ai été obligé de la supplier de ne pas l'acheter à la librairie locale.

— Non, je vous en prie, Anna, lui ai-je dit. Je suis un écrivain vraiment crade. J'assume complètement – le monde a besoin d'écrivains crades – mais je ne pense pas que C.S. Lewis apprécierait mon livre.

Le roman que j'ai publié il y a une vingtaine d'années, les gens d'ici s'en souviennent – s'ils s'en souviennent – en raison d'un chapitre où le personnage principal, un gamin de dix-sept ans, baise une pastèque. D'où la question littéraire qui m'est le plus fréquemment posée : « Hé, c'est pas vous le gars qui a écrit le livre à propos d'un marmot qui baise des pastèques ? » Ici encore, nous observons une preuve supplémentaire de la relation entre obscénité et mémoire.

J'étais horrifié à l'idée qu'Anna lise le bouquin et je l'ai suppliée de s'en abstenir, cependant elle l'a lu, en douce, et a prétendu qu'elle avait adoré.

— C'est tellement injuste que vous soyez chauffeur de taxi, a-t-elle dit. Si j'étais riche je serais votre mécène.

Ouais, Anna est cool. Elle est très digne et aime Jésus. Et je vois dans ses yeux qu'elle est peinée que je sois bouddhiste mais, en tant que démocrate pro-Clinton, elle sait qu'il vaut mieux ne pas aborder le sujet de mes inévitables turpitudes. Cependant, ça l'inquiète. Elle m'a demandé une fois si elle pouvait prier pour moi, et j'ai répondu bien sûr, Anna, bien volontiers.

— C'est votre séance d'acupuncture aujourd'hui ? je lui demande, une fois que nous sommes sur l'autoroute.

— Ce n'est pas de l'acupuncture, Lou, et vous le savez. C'est une thérapie appelée *dry needling*. Et oui, j'ai une séance aujourd'hui. Je suis toute contente.

— C'est de l'acupuncture, Anna.

— Comment le savez-vous ? Avez-vous déjà été traité à l'acupuncture ?

— Ouais. À l'époque où j'habitais dans le Vermont, pour de l'asthme déclenché par le climat froid. J'allais voir l'acupuncteur, il me demandait de me déshabiller et me criblait d'aiguilles, j'avais l'impression d'être un porc-épic, ensuite il me laissait tout seul sur la table, hérissé d'aiguilles, pendant une demi-heure, je restais allongé comme ça, je me sentais tout bizarre. Il me plantait même des aiguilles dans la figure, le long des sinus, et il en plantait toujours une sur la pointe de mon nez, que je ne pouvais pas m'empêcher de regarder.

— Ça vous a guéri de votre asthme ?

— Oui, je crois, mais je n'ai pas pu continuer à y aller. J'ai une phobie des aiguilles, j'avais l'impression de vivre ce genre de rêves diaboliques qui se répètent sans cesse, remplis d'aiguilles. Il me plantait des aiguilles dans les pieds, dans les sourcils. Ensuite, il faisait pivoter les aiguilles pour activer l'énergie, le qi. Et chaque fois qu'il en enfonçait une j'avais l'impression de me prendre une décharge électrique.

— C'est exactement ce qu'ils font au *dry needling*.

— Vous voyez, je vous avais dit que c'était de l'acupuncture avec un nom plus ronflant.

— Oh. J'ai failli oublier. J'ai un livre à vous rendre. Merci de me l'avoir prêté. Je l'ai terminé hier soir.

— Il vous a plu ?

— Oui, mais c'est interminable avant d'arriver à l'Exposition universelle proprement dite.

— Ouais, c'est le livre le plus sain que j'aie jamais aimé. Si quelqu'un m'avait raconté l'intrigue, jamais je ne l'aurais lu. Il y a quelque chose de tellement sain, dans ce livre, c'est du concentré.

— Exceptionnellement sain, en effet. À part, bon, le passage où le poulpe s'en prend à ces femmes.

— Ah, ouais. Comment s'appelle-t-il déjà ?

— Oscar. Oscar le Poulpe amoureux.

— C'est ça. Oscar. C'est mon passage préféré du livre. En fait, c'est peut-être mon passage préféré en littérature. Doctorow est le meilleur auteur crade au monde parce qu'il vous installe dans un univers parfaitement sain, et ensuite – boum – il frappe sous la ceinture avec la scène la plus cradingue qui soit, et c'est toujours crade mais dans une pure veine poétique, et drôle. Je veux dire, pardon, je sais que ce n'est pas bien, mais j'ai ri comme pas possible quand le poulpe s'en prenait à ces femmes.

— Vous pensez que cela a vraiment eu lieu ? Est-il possible que cela ait fait partie de l'Exposition universelle de New York ?

— Vous me demandez si je pense qu'il y avait effectivement un chapiteau à l'Exposition universelle avec un poulpe pervers appelé Oscar et un tas de jolies nageuses qui se faisaient attaquer par lui toutes les heures devant des centaines de badauds ? C'est ça que vous me demandez, Anna ?

— Je crois, oui, Lou.

— C'est drôle que vous me posiez la question, parce qu'il se trouve que j'ai fait quelques recherches et il s'avère qu'aucun document n'atteste l'existence d'un chapiteau avec un poulpe pervers à l'Exposition universelle de 1939, mais il semblerait que Doctorow tienne cette anecdote d'une histoire qui circulait à l'époque – racontée par un gars qui prétendait avoir travaillé dans le chapiteau du poulpe. Non seulement ça, mais le type soutenait que son boulot consistait à manipuler le poulpe mécanique afin de déshabiller les nageuses.

— Je lisais et je n'arrivais pas à y croire. J'ai été tellement étonnée. Mais c'était magnifiquement rendu.

— C'est vrai. C'est le meilleur auteur crade qui soit, un dieu. Je me dis que j'aurais dû vous prévenir.

— En tout cas, je suis contente de l'avoir lu. Et puis je crois que ça vous plaît de me donner des livres cochons.

— Peut-être bien. C'est toujours amusant d'essayer de choquer les méthodistes.

Je me gare à la place réservée aux handicapés de la clinique, je sors, lui détache sa ceinture de sécurité, l'aide à descendre de voiture, l'accompagne jusqu'à la porte d'entrée, que je lui ouvre. Il faudra que je réitère toutes ces opérations dans une heure. C'est Horace qui est maintenant au standard et il n'arrête pas de m'envoyer solo à droite à gauche à l'heure de pointe alors que lui suçote ses travers de porc avec les quelques ratiches qui lui restent. Pour commencer il m'envoie loin, sur la Route 40, chercher Liston, un habitué qui loge dans une caravane au bout d'un chemin de terre et prétend faire campagne pour devenir maire de Gentry. C'est un républicain noir, qui fut conducteur de bus municipal jusqu'à se faire virer. Stella avait à un moment essayé de l'embaucher chez All Saints, mais la ville ne lui avait pas délivré de licence de taxi.

— Magouilles et compagnie, m'avait-elle dit.

Liston est un petit homme musclé qui doit avoir la cinquantaine, un visage rond constellé de taches de rousseur. La dernière fois que je l'ai fait monter dans mon taxi, c'était pour aller chez le concessionnaire Toyota, il voulait s'acheter une Camry. Il disait qu'un politicien se devait de faire bonne impression.

— Le parti s'intéresse vraiment à moi, ces temps-ci, il faut que j'aie fière allure.

Ce devait être sa dernière course dans mon taxi. En l'accompagnant chez le concessionnaire, je lui ai demandé comment il pouvait se présenter au poste de maire alors qu'il n'habitait pas dans les limites de l'agglomération.

— J'ai donné l'adresse de ma sœur.

J'ai hoché la tête comme pour dire *Ah oui d'accord.* J'ai voulu lui demander comment on pouvait prétendre devenir maire quand on était au chômage mais j'ai décidé de m'abstenir. Les réponses de Liston avaient vite tendance à se transformer en diatribes contre la communauté noire. Il se faisait constamment harceler par d'autres Noirs en raison de ses convictions politiques. Il avait même été passé à tabac plusieurs fois.

Il y avait un autre Noir républicain à Gentry qui se tenait jadis sous la statue du soldat sudiste de la grand-place, brandissant un drapeau des Confédérés. Il se faisait si souvent casser la figure que les flics avaient fini par poster un agent à ses côtés pour le protéger. Il s'appelait Clem et avait été pendant de nombreuses années le militant le plus fervent de Gentry. Clem avait fini par rencontrer à une réunion du Tea Party une femme noire qui elle aussi vénérait le drapeau sudiste – chacun peut trouver son âme sœur – et ils sont restés ensemble jusqu'au soir où, au sortir d'un meeting, tous deux furent convaincus que quelqu'un les suivait. Clem a appelé le 911, police secours – l'incident a été entièrement enregistré par les services de police – puis a accéléré, a perdu le contrôle de son véhicule, a basculé par-dessus la rambarde d'un pont pour tomber dans la Tallahatchie et tous deux se sont noyés dans la rivière, sans que personne ne leur écrive de chanson.

Le jour où j'ai emmené Liston chez le concessionnaire, je pensais ne pas le revoir, mais le voilà de retour. Je passe le prendre à sa caravane, j'ouvre le coffre pour qu'il puisse y jeter son sac de linge sale. Parfois Liston a tout un tas de haltes prévues avant le lavomatic et j'espère que ce n'est pas le cas aujourd'hui parce qu'il faut bientôt que j'aille chercher Anna, et des textos pour de nouveaux clients à prendre en charge ne cessent de retentir.

— Je croyais que vous alliez m'abandonner pour une Toyota, lui dis-je.

— Toyota a refusé mon dossier de prêt.

— Ouais. Ces enculés ont aussi refusé le mien. Je voulais avoir ma propre voiture, histoire de toucher quatre-vingt-dix pour cent des courses au lieu de cinquante.

— Pourquoi ils l'ont refusé ?

— Bon, pour commencer – ils avaient plein de raisons – parce que je ne suis pas employé. Je suis travailleur indépendant. J'ai beau avoir entièrement remboursé un emprunt immobilier, ils ont refusé d'étudier mon dossier.

Après un silence, je lui demande pourquoi ils ont refusé le sien.

— Trop de factures de l'hôpital à force de me faire casser la figure, répond-il. Je suis presque sûr que Jésus aussi, ils lui refuseraient un prêt.

— Ouais, probablement. Les charpentiers sont des indépendants, eux aussi.

La pizza que j'ai mangée me tourmente encore le bide. Parlant par-dessus les gargouillis qui émanent de mes tripes, nous nous lançons dans une discussion sans queue ni tête sur le fait que la vie est injuste. Lorsque je dépose Liston au lavomatic, nous sommes tous deux en colère contre le monde. En plus, je ne me chope que des feux rouges. Ils sont hantés, c'est sûr, et c'est une putain de conspiration, ça aussi c'est sûr. Le problème est en partie dû au fait que je n'arrive pas à prendre du recul. Il est tout simplement impossible d'accorder une telle importance à la ponctualité quand on est chauffeur de taxi. C'est un coup à ce que votre cœur traverse le pare-brise. Mais en même temps je ne supporte pas de savoir Anna en train de faire le pied de grue devant la clinique, cramponnée à son sac à main, inquiète pour moi. Chaque fois que je suis en retard, elle se convainc que j'ai eu un accident. Anna et moi passons beaucoup de temps à nous inquiéter à l'idée que l'autre soit mort.

En tombant une fois de plus sur un feu qui vient de passer au rouge, à l'intersection de Barbour et de Lott, le deuxième feu le plus diabolique de toute la ville, je sens que ça monte en moi, comme un loup-garou humant le clair de lune. Mes ongles commencent à pousser, je tripote mon col et marmotte : « Bon sang, il fait chaud là-dedans », tandis que des cornes de bouc émergent lentement de mon crâne.

10

Ne jamais faire d'appel de phares aux ovnis et autres conseils aux automobilistes du Mississippi

Votre mission première, quand vous conduisez dans l'État du Mississippi, est d'anticiper les conneries : une portière qui s'ouvre d'un coup en pleine circulation, le doberman qui saute du plateau d'un pick-up et atterrit dans votre décapotable. Penser constamment à dérouler sur la route devant vous le pire scénario possible et ne jamais cesser de vous poser la question suivante : « Quelle est la pire connerie que ce crétin peut faire maintenant pour m'envoyer au cimetière ? »

Ou bien vous pouvez tenter cette méthode : faire comme si vous étiez Trinity et que le monde à l'extérieur de votre pare-brise était un programme de *Matrix* dans lequel n'importe quel conducteur peut se métamorphoser d'un coup en Agent Smith et tenter de vous attaquer férocement avec son automobile. N'oubliez jamais, pas un seul instant, que tout le monde essaye de vous assassiner. La plupart des gens ne sont pas très bons à ça. D'autres si.

Ou bien considérez juste que tout le monde est en train de se masturber furieusement.

Chaque marche arrière est susceptible de ruiner votre vie. Tournez la tête par-dessus l'épaule sur votre « autre droite », placez la main derrière le siège pour trouver l'équilibre, levez le pied du frein et attendez-vous au pire. Ne reculez pas d'un centimètre de plus que nécessaire.

La sécurité au volant est avant tout une question de cou et de nuque. Soyez fier de tourner au maximum la tête quand vous changez de file. Considérez la conduite avant toute chose comme un exercice pour la nuque.

N'achetez jamais un pick-up qui ne soit pas au moins quatre fois plus gros que ce dont vous avez besoin. De toute évidence, si vous conduisez un pick-up un peu plus petit, alors un de vos amis, ou peut-être quelqu'un que vous ne rencontrerez jamais, pourrait insinuer dans votre dos que vous êtes homo ou que vous avez une petite bite, voire, qui sait, les deux à la fois.

Devenez riche, transformez-vous en connard, élevez des enfants odieux, puis achetez un énorme SUV à la con deux fois plus gros que Dieu, pour que votre précieuse progéniture survive à l'accident qui mutilera et tuera la famille pauvre dans la voiture à taille humaine que vous venez de percuter parce que vous étiez en train d'envoyer un texto.

Les lunettes de soleil confèrent un petit quelque chose d'ironique à un cadavre. Elles rendent aussi les feux de stop plus difficiles à voir. Et les montures de lunettes de soleil créent invariablement un angle mort quand vous regardez par-dessus votre épaule pour changer de file. Dans la plupart des cas, les pare-soleil sont tout à fait efficaces.

N'utilisez jamais vos clignotants sur votre énorme camion géant parce que, si vous vous en servez, tous les automobilistes derrière vous dans la circulation en concluront instantanément que vous êtes impuissant.

Quand vous vous mêlez à la circulation en arrivant d'une bretelle d'accès, regardez par-dessus votre épaule pour vous assurer que la file est dégagée ; puis, en vous engageant, regardez dans votre rétroviseur extérieur et votre rétroviseur intérieur pour vous assurer qu'aucune voiture n'est apparue derrière vous. Le recours aux deux rétroviseurs élimine les angles morts. Mais on n'utilise les rétroviseurs qu'après avoir tourné la tête.

Établir un contact oculaire avec un crétin n'a jamais rien donné de bon.

Ne vous mettez jamais dans l'angle mort d'une voiture – sérieux, ne faites jamais ça ! – mais surtout ne vous mettez pas dans l'angle mort d'une voiture susceptible de se rabattre sur la voie de gauche à l'approche d'une bretelle d'accès d'autoroute. Vous serez percuté de côté et ce sera votre faute.

N'oubliez jamais toutes ces fois où vous avez commencé à changer de file et où vous vous êtes fait klaxonner, idiot que vous êtes, par une femme innocente dont, par votre négligence, vous avez failli assassiner la famille. Tournez la tête. Vous avez déjà de la chance d'être en vie.

Ne faites jamais d'appel de phares à un ovni, sauf si vous tenez vraiment à ce qu'il vous arrive de sales trucs.

Ne vous déportez pas lentement pour vous engager sur une bretelle de sortie (ou dans n'importe quelle bifurcation). Dégagez vite la route. Le taré sans assurance derrière vous – vous le voyez, là ? Hé, c'est moi – a mal estimé le temps que vous alliez mettre pour vous déporter, il est sur le point de vous accrocher par-derrière et de vous faire faire un tête-à-queue. Ne vous déportez pas lentement, bon sang, donnez un coup de volant franc et tournez.

Tâchez d'utiliser le régulateur de vitesse en ville. Cela réduit le stress en vous permettant de vous concentrer pleinement sur la route sans avoir à regarder le compteur et chercher les radars planqués. De plus, ça vous facilite la tâche pour repérer les ovnis qui se camouflent dans les cumulus. Le régulateur de vitesse permet de rouler de manière professionnelle et harmonieuse.

Ne collez pas l'arrière-train du gars qui refuse de coller l'arrière-train du gars qui roule tellement lentement que c'en est criminel. Il y a un cercle en enfer dédié aux gens qui font cela. À propos, si vous m'avez déjà fait ça, il y a deux petites choses que je voudrais vous faire remarquer.

En cas d'agressivité au volant, quand quelqu'un commence à vous suivre, rendez-vous au commissariat. Verrouillez vos portières et ne vous arrêtez pas. Mieux vaut griller un feu rouge que vous faire passer à tabac avec un démonte-pneu. Restez sur la file de droite afin de pouvoir tourner à droite au feu rouge et éviter que l'incel psychopathe derrière vous ait le temps d'éteindre son podcast d'Ayn Rand, de sortir de sa voiture et de se mettre à exploser votre pare-brise arrière au calibre 12.

N'appuyez pas sur les freins lorsque quelqu'un commence à vous coller au train. C'est tentant, mais ça peut se retourner contre vous. Et aussi, ne lui faites pas un doigt d'honneur, pas tout de suite. Tentez ceci : faites semblant de régler votre rétroviseur, pour que ce connard sache qu'il a toute votre attention. Ensuite, soudain, faites-lui signe de la main et souriez-lui comme si vous étiez tout content de le voir. Il s'inquiétera alors, se demandera s'il vous connaît, et instantanément se sentira tout con – ce qu'il est – et, penaud, cessera de vous coller. À ce moment-là, faites-lui un doigt d'honneur.

Chaque fois que vous voyez un flic, mettez-vous immédiatement le doigt dans le nez. De même, une fois immobilisé sur le bas-côté, attrapez un mouchoir en papier et dites que tout est la faute de la grippe, en vous mouchant de la manière la plus dégoûtante possible. Les flics sont semblables aux êtres humains en ce sens qu'ils tiennent à rester à bonne distance des gens ayant un rhume. En outre, la plupart des infractions provoquées par des éternuements ne sont pas considérées comme relevant d'une conduite dite « imprudente ». Si vous devez assassiner quelqu'un – je dis ça comme ça – la défense fondée sur le j'étais-en-train-d'éternuer peut vous permettre de vous en tirer avec seulement quelques années derrière les barreaux.

Bien que fort peu satisfaisants, il y a des gestes alternatifs au doigt d'honneur. Les deux pouces ironiquement brandis en l'air marchent pas mal, tout comme la rotation de la paume pour dire mouais-bof. J'aime bien aussi le mouvement circulaire de l'index sur la tempe qui suggère *T'es complètement chtarbé, espèce de pauvre naze* ! Ou alors fichez-leur la trouille en faisant mine d'utiliser un langage des signes d'une éloquente obscénité. Ces gestes-là ne provoqueront pas votre mort. En revanche, tout doigt d'honneur est une roulette russe…

Laissez pisser. Ils ont tous des flingues et des bites minuscules. Et secrètement ils veulent tous mourir.

Vous pourrez rouler aussi vite que vous voulez, vous n'arriverez nulle part plus tôt. Cette maxime, quoique évidemment erronée, fut un des premiers conseils qui m'a été prodigué lorsque je suis devenu chauffeur de taxi. On n'est tout de même pas à deux minutes près. Parfois, sur l'autoroute, je règle le régulateur de vitesse à trois kilomètres à l'heure en dessous de la vitesse maximale autorisée, je mets de la bonne musique et je laisse le monde me doubler, comme si je descendais une rivière juché sur une chambre à air.

On peut juger un automobiliste à son pare-brise. C'est une des premières pépites de sagesse que Stella m'ait jamais prodiguée. Tu te prends pour un bon conducteur ? Jette un coup d'œil à ton pare-brise, l'ami. Voilà le genre de conducteur que tu es.

Bizarrement, avoir une bite ne fait pas obligatoirement de toi un excellent conducteur. J'étais persuadé d'être un conducteur formidable jusqu'à commencer à conduire un taxi à temps plein et manquer de tuer une douzaine d'innocents. La première étape pour devenir un bon conducteur est d'admettre que vous êtes un mauvais conducteur.

Trouvez-vous un support pour fixer votre putain de téléphone portable. Bon Dieu, ne conduisez pas avec un téléphone à la main. Je voue une haine éternelle à tous ceux qui font ça.

Pas de selfies au feu rouge. D'abord vous passez pour un taré et puis c'est tellement déprimant à regarder pour les autres que ça détruit leur vision de Dieu et de l'humanité et ils n'ont plus envie que d'une chose : une invasion extraterrestre.

Arrêtez de plaquer des notions telles que préjugés et superstitions sur les objets et les gens rencontrés pendant que vous conduisez. Il subsiste une partie de votre ADN de grand singe, remontant au temps de la chasse et de la cueillette, qui veut répartir a priori toutes choses en catégories tribales et leur coller des attributs. Aucune race ni aucun sexe ne conduit mieux ou moins bien que les autres. Ce sont tous de mauvais, très mauvais conducteurs, les yeux rivés à leurs satanés téléphones portables, en train de chercher sur Google de nouvelles manières de vous assassiner.

Lorsque vous roulez sur un campus universitaire, partez du principe qu'ils sont tous somnambules, en pleine overdose de Zolpidem. J'ai une fois dû piler en pleine circulation et ai observé un étudiant scotché à son portable venir s'empaffer direct sur ma calandre.

Ne doublez pas sur l'autoroute si vous avez mis votre régulateur de vitesse. Tirez-vous le plus vite possible de cet angle mort et accélérez en doublant. Et ne vous rabattez pas trop vite sur la file de droite parce que le sale con derrière vous vous colle au cul.

Les carrefours giratoires sont ici appelés « ronds-points ». C'est là que vous avez le plus de chances de vous faire percuter latéralement et d'emboutir la portière au passage. Dans le Mississippi vous devez faire preuve de patience pendant que le conducteur devant vous étudie le carrefour, écarte diverses théories, en adopte d'autres, avant de faire une embardée dans le sens contraire de la circulation. Bannir absolument l'idée d'utiliser la double voie d'un rond-point pour doubler une autre voiture. La personne dans la file d'à côté est toujours dans la mauvaise file, à la dernière seconde elle va se déporter et heurter votre portière, et voilà.

Ne jamais jouer au con avec quiconque au volant d'une Dodge Charger. Ce sont tous des satanistes du Mississippi, autrement dit le grand requin blanc des satanistes.

Ne votez jamais pour un politicien qui lit des livres sur la gestion de la ville et les systèmes routiers parce que si vous votez pour un politicien qui lit des livres, un jour quelqu'un pourrait bien insinuer dans votre dos que vous êtes sans doute homosexuel. En fait, toute décision dans la vie, y compris l'autocollant pour un candidat à la présidence placé sur votre voiture, devra se fonder sur ce qui promeut le mieux vos prouesses hétérosexuelles.

Chaque fois que vous vous arrêtez à un feu rouge particulièrement diabolique, rappelez-vous immédiatement l'enseignement à la fois de Bill Hicks et du Bouddha : la vie est un rêve qui existe à l'intérieur d'un éclair de foudre. Tout n'est que rêve : votre bagnole pourrie, le compte en banque à zéro, la femme qui vous trompe, le chien du voisin qui aboie toute la nuit, vous, moi, ce flic avec radar mobile pour traquer vos excès de vitesse, le socialiste qui baise votre fille, ceci, cela, autre chose. Vous rappeler le fait que le monde est un rêve est une forme naturelle de détachement qui vous aide instantanément à vous départir de votre agressivité au volant ; en plus, cela vous fait faire des rêves lucides la nuit : vous volez dans le cosmos comme une soucoupe volante et faites l'amour astral avec des célébrités disparues.

11

Tue Teddy ! Tue Teddy maintenant !

Le monde me laisse perplexe. Pourquoi le premier automobiliste au feu rouge est-il aussi le dernier à voir que le feu est passé au vert ? Quelqu'un peut-il m'expliquer ça ? Y a-t-il des physiciens dans la salle ce soir qui pourraient m'expliquer ce putain de phénomène ? Je ne sais pas, avec la vitesse de la lumière, normalement le gars le plus près devrait être le premier à remarquer que le feu est passé au vert, non ? Eh bien non. C'est toujours le dernier de la file qui le voit, celui qui a dix-neuf voitures devant lui. Allez, allez, allez, allez, allez, allez, allez, ALLEZ ! – c'est vert ! – ça peut pas être plus vert – on ne va pas y passer la journée – ALLEZ ! Finalement le premier de la file se rend compte que le feu est vert, et le temps de réagir, il passe de justesse à l'orange. Et merde. Je suis encore coincé, et je me dis « J'espère que ce type crèvera en rentrant chez lui. J'espère qu'il se fera couper en deux par un train devant ses enfants. Ils verront les deux moitiés de leur crétin de père se tortiller sur la chaussée brûlante. T'es trop con pour conduire. Tu aurais dû ne jamais naître, tes géniteurs auraient dû s'en tenir à une turlutte. Espèce de crétin. » À ce moment-là j'entends une voix derrière moi : « Bon alors, t'avances ou quoi ? »

L'agressivité au volant, comme le savait Bill Hicks, est toujours présente, assoupie sous la peau, prête à jaillir en transperçant votre ventre telle une coquille d'œuf, comme celui de Sigourney Weaver dans *Alien*, pour dévorer votre santé mentale. Véritable fléau pour les chauffeurs de taxi, l'agressivité au volant peut vous tuer directement ou indirectement, vous risquez la crise cardiaque ou la fracture ouverte.

Quand j'en suis à ce stade de la journée, il faut m'imaginer en bouc démoniaque avec des contrefaçons de lunettes d'aviateur, derrière des vitres teintées. Je roule en adressant des doigts d'honneur à mes concitoyens à qui je reproche de commettre des infractions au code de la route, infractions dont je me rends moi-même coupable à chaque heure. Je fulmine aux feux rouges et peste contre les piétons tout en collant l'arrière-train d'une vieille dame, tapant de mes sabots sur le volant, grinçant des dents, le corps penché en avant, ma tête cornue prise de mouvements circulaires.

C'est le début de l'après-midi, Horace m'envoie chercher des clients dans les pires trous paumés tandis que Stella, manifestement sous l'influence combinée des médicaments et de l'alcool, a établi son camp de base dans mon oreillette, m'attribue des courses contradictoires et me prodigue des conseils non sollicités. Le problème avec Stella, c'est que la conduite lui manque. Elle connaît les itinéraires par cœur et adore frimer avec ça en envahissant mon oreille, me guidant partout en ville comme si elle trônait sur la banquette arrière. Stella a arrêté de conduire à cause d'un truc qui lui est arrivé dans une cité un soir. Elle m'a parlé de cette chose horrible le jour où je l'ai rencontrée. De fait, elle m'en a parlé avec moult détails sinistres au cours des vingt premières minutes d'un entretien d'embauche durant lequel je suis resté atterré, à me demander si elle était ivre, démente, ou s'il s'agissait d'une ingénieuse technique d'entretien. Elle n'arrêtait pas d'ajouter des détails atroces – des choses que je ne peux pas répéter, des choses que je n'aurais pas dû entendre, des choses que présentement je ne devrais pas savoir.

Avant que je puisse aller chercher Anna après sa séance de *dry needling,* Stella me donne l'ordre de passer prendre un autre habitué, le fameux Teddy. En temps normal, quand ça se bouscule comme ça, je ferais d'une pierre deux coups, mais en l'occurrence ces deux passagers sont incompatibles. Teddy est un pitoyable alcoolique qui habite dans un immeuble à la périphérie de la ville, à l'est, où, ce n'est pas une blague, toutes les rues sont nommées d'après des généraux sudistes. Je m'engage sur Stonewall Cove et me gare. J'ai beau faire de mon mieux pour être athée ces temps-ci, je prie pour que Teddy ne soit pas avec Tiffany, sa petite amie cupide. Si vous deviez absolument dire quelque chose de gentil à propos de Teddy, vous pourriez, à la suite d'un long silence, marmotter un truc du genre : « Bah, comparé à sa petite copine, Teddy est d'un grotesque touchant. »

Oui, dans la catégorie monstre de foire, Teddy, au moins, est divertissant, et il est également généreux quand il est ivre à la limite du coma éthylique, autrement dit : tout le temps. Tiffany, ex-membre de la sororité universitaire Tri-Delta sur le retour, approchant la quarantaine, s'efforce désespérément de faire en sorte que Teddy l'épouse parce qu'il est riche – il est Mister Billet de 100 Dollars et me laisse en pourboire un bifton de 100 presque à chaque aller-retour, et pourtant, je suis tout de même le seul chauffeur de toute l'équipe à accepter de le faire monter dans mon taxi. C'est dire à quel point Teddy est un type horrible (et pourtant Tiffany est bien, bien pire). Ce qui sauve Teddy c'est qu'il est à quatre-vingt-quinze pour cent incohérent, ses paroles sont un filet inarticulé et incompréhensible, parsemé de temps à autre d'une syllabe d'anglais reconnaissable. Souvent ces moments de cohérence contiennent des termes tels que « négrillon » ou « brave Noir ».

Quand j'arrive, Teddy et Tiffany sont sapés on ne peut plus BCBG ; elle, dans son rôle de femme dévouée, l'aide à se diriger tant bien que mal vers la Town Car. On les dirait en train de traverser un torrent en furie, sautant d'un galet à l'autre. Je suis derrière mon volant, à me demander si l'ébriété de Teddy nécessite ou pas mon intervention. À maintes occasions il s'est cassé la figure en montant dans mon taxi. Il a aussi mis le feu à mon plancher avec une cigarette qu'il avait fait tomber, laissant une monstrueuse brûlure pour laquelle Stella va m'assassiner le jour où elle la verra. Je soupire et sors aider Teddy à se répandre à l'avant tandis que Tiffany s'installe à la place de l'Étrangleur de Boston.

Teddy appelle Tiffany « Tiff ». Vous n'avez pas besoin d'en savoir plus à propos de Tiff. Ils ont été fiancés il y a quelques années, mais Tiff s'est fait la malle avec un autre richard, ce qui a causé une dégradation de l'état de Teddy au point qu'il a dû être interné. Il a alors arrêté de boire pendant deux ans et est devenu un être humain jusqu'à ce que Tiff arrive à bout de l'argent qu'elle captait à Atlanta et revienne en ville.

« Et du jour où je suis revenu en ville, Teddy s'est remis à boire ! »

Elle m'a raconté cette histoire formidablement romantique au moins neuf fois. C'est pour elle une grande source de fierté. Chaque fois qu'elle la raconte, Teddy se fend d'un large sourire pour confirmer le tout et ajoute : « Et d'puis ce jourlà, j'aipu jamais'rêté de picoler. »

Parfois, quand Teddy a perdu connaissance dans le taxi, Tiff passe la tête à l'avant et commence à me faire des papouilles dans le cou. D'autres fois, Tiff monte seule dans mon taxi et me demande d'aller chercher son autre petit ami, Jim l'Alcoolo, qui semble être le seul ami de Teddy au monde. Ensuite, quand je repasse les prendre dans je ne sais quel bar qu'ils ont infesté, Tiff et Jim l'Alcoolo commencent à se peloter dans mon taxi. Je ne suis pas du genre reluqueur, mais plus d'une fois il y a eu une odeur caractéristique. Chaque fois qu'ils font ça, ils mettent la note sur le compte de Teddy et ne me filent pas le moindre pourboire. Un jour ils ont laissé une capote usagée sur le plancher.

Aujourd'hui, j'emmène Teddy et Tiff au Miguel's, le rade mexicain à côté du Walmart, mais nous devons d'abord faire deux arrêts. Premier arrêt, un magasin d'alcools pour le petit déjeuner de demain. Le deuxième arrêt c'est pour prendre le père de Teddy, ex-membre du Sénat de l'État, et sa femme à moitié gâteuse. Comme toujours, Tiff et Ted sont en pleine querelle éthylique lorsqu'ils échouent dans mon taxi. En fait, quand on parle de « querelle », ça suppose une participation bilatérale. Avec eux, c'est uniquement Tiff qui insulte et frappe Teddy qui, en retour, est juste assez conscient pour grogner, gronder et esquisser une espèce de rictus. Nous n'avons pas encore quitté Nathan Bedford Forrest Boulevard que Tiff est déjà en train de jouer au ping-pong avec la tête de Teddy, tout en le traitant de tous les noms possibles imaginables – il y a là du vrai venin – et, par-dessus le marché, elle essaye de faire en sorte que je corrobore ses théories.

— Vous avez déjà vu un pire connard de poivrot de votre vie, Lou ?

Teddy, vaseux, incline la tête dans ma direction pour voir comment je vais réagir.

— Tout va bien avec Teddy, dis-je. Teddy est un prince parmi les hommes.

Teddy sourit, farfouille quelques minutes dans son portefeuille et fait tomber un billet de 100 sur le plancher à mes pieds. Je le ramasse, le place dans le gobelet en plastique qui me sert de récipient à pourboires et lui dis merci-msieu.

Comme Teddy vient d'une famille importante, Stella est aux petits soins avec lui et a coutume de m'appeler quand il est dans mon taxi pour que je n'oublie pas d'être poli. Et bah voilà, ça ne manque pas, le téléphone retentit alors que nous sommes arrêtés au magasin d'alcools.

— Tu es sûr que c'était Tony au motel ? me demande Stella.

— Presque sûr, ouais. Mais qu'est-ce que Tony viendrait faire à Gentry ?

— Aucune idée. Qu'est-ce qui se passe avec Teddy ?

— Il est au magasin de vins et spiritueux.

— Seul ? Tu l'as laissé y aller seul ?

— Il n'est pas aussi saoul que d'habitude, je mens.

La plupart du temps, c'est moi qui entre dans le magasin pour Teddy, mais aujourd'hui j'étais d'humeur cruelle et j'ai apprécié le voir se manger le nez contre la porte vitrée.

— Depuis combien de temps il est à l'intérieur ? veut savoir Stella.

— Genre, une dizaine de minutes… J'ai essayé d'appeler Anna mais elle ne décroche pas. Bon sang, arrêtez de me peloter ! Excusez-moi – je parlais à Tiffany. Et est-ce que vous pourriez demander à Horace de se bouger le cul et de prendre des courses à 10 dollars ? Oh merde. Un flic vient de s'arrêter.

— Fais sortir Teddy du magasin !

J'hésite. La vérité c'est qu'une petite voix en moi se réjouit à l'idée que Teddy se fasse arrêter. Après tout, j'ai déjà touché mon billet de 100. Et s'il se fait jeter en prison je n'aurai pas à aller le chercher plus tard à sa sortie du Miguel's.

— Va le chercher ! s'écrie Stella.

— D'accord, d'accord, j'y vais.

J'entre nonchalamment dans le magasin et, évidemment, le flic est en train d'interroger Teddy, qui a l'air d'une gelée tremblotante. Je dis au flic que je vais m'occuper de lui. « Je vous promets, monsieur l'agent, je vais le ramener chez lui. » Puis j'informe le flic que je suis chauffeur de taxi, comme si, d'une manière ou d'une autre, c'était un gage de crédibilité. Le flic me dévisage en plissant les yeux et demande à voir ma licence.

— Bon, d'accord, il est sous votre responsabilité, décide le flic. J'ai noté votre nom.

— Maisj'aipas… encora… cheté monalcool, dit Teddy.

Le flic me dévisage jusqu'à ce que je hausse les épaules.

— On va vous ramener à la voiture, Teddy. Je retournerai vous chercher votre petit déjeuner.

J'achète trois bouteilles de J & B avant que nous passions prendre le sénateur. Je ne sais que penser de lui. Je veux dire, c'est un sale ivrogne, lui aussi, mais au moins il est cohérent. J'ai du mal à comprendre sa tolérance. Si Teddy était mon fils, je le cognerais à mort avec un sac rempli de marteaux. Mais le sénateur a l'air résigné à son sujet.

Lorsque nous arrivons chez le sénateur, il n'y a personne à la maison. Il semble que nous nous soyons mal compris et que sa femme et lui soient déjà partis au restaurant dans leur BMW. Pendant que Tiff arrive à cette conclusion grâce à son portable, j'observe une tache foncée grossir sur le devant du pantalon de Teddy. Je ne réagis pas particulièrement face à cette tache, je pense que quelque part je me remémore l'enseignement du Bouddha qui préconise que nous observions les gens sans attraction ni aversion. Je me dis que si le Bouddha avait rencontré Teddy et Tiff, il se serait peut-être retiré dans la forêt pour devenir chasseur de primes. Je sens la maladie de Gilles de La Tourette, ou en tout cas ce qui cloche dans mon cerveau, se mettre à bouillir dans mon sang et se transformer en une bruine rouge. Je veux juste qu'on me laisse tranquille pour pouvoir hurler dans le vide. L'Homme-Bouc qui sommeille en moi m'attrape par la gorge et grogne : « TUE TEDDY ! TUE TEDDY MAINTENANT ! »

Au lieu de tuer Teddy, comme je devrais probablement le faire, je le sors de ma voiture et essuie le siège avec des serviettes en papier pendant que les deux vont à l'intérieur se refaire une beauté. Dix minutes plus tard, ils réapparaissent, Teddy affublé d'un pantacourt du sénateur. C'est un jour nouveau et nous voilà repartis. Lorsque je les dépose au Miguel's, Teddy essaye de me redonner un pourboire de 100 dollars, mais je suis tellement en colère que je refuse de le prendre.

Stella me rappelle et j'interromps le feu nourri de sa folie pour l'informer que je vais maintenant chercher Anna.

— Anna peut attendre, me coupe-t-elle. Va d'abord chercher Stanton au Walmart. Sa famille est propriétaire de tout un tas de prisons. Tâche de faire bonne impression.

Des prisons ? Attends… il y a des familles qui possèdent des prisons ?

— File chercher Stanton ! hurle-t-elle quand j'essaye de lui expliquer qu'Anna attend depuis longtemps.

Je suis à deux doigts de me mutiner, mais je finis par abandonner Anna.

« *Me cago en tu puta madre !* » je lance au feu rouge suivant. Eh oui. « Je chie sur ton putain de feu rouge. » Passez-moi l'expression espagnole, messieurs-dames, mais en tant que fan du club de foot du Barça, j'ai un répertoire de jurons qui vous garantit le carton rouge au stade de Camp Nou. « *Que te folle un pez !* » je hurle à une personne âgée qui passe à pied. « J'espère que tu te feras baiser par un poisson, fils de pute. » Après un silence, le temps de reprendre mon souffle, j'ajoute : « *Vete a freír espárragos !* » sans toutefois être tout à fait certain de savoir pourquoi « Va te faire cuire une asperge » est considéré comme une si terrible insulte en Espagne.

Devant le Walmart, je reprends le contrôle de mes démons juste assez longtemps pour appeler Anna.

A-t-elle une fois de plus oublié son téléphone ? Je suis stationné devant l'entrée de la pharmacie et j'essaye de me ressaisir. Après tout, Stella veut que je fasse bonne impression avec ce rupin… comment s'appelle-t-il déjà ? Ah oui, Stanton. Je fais quelques exercices de respiration, mais ne peux m'empêcher de lâcher des bordées de jurons. Le problème étant en partie que je sens encore l'urine de Teddy émanant du cuir. J'attrape l'Ozium, en vaporise un peu près de mon visage et inspire. Ensuite j'essaye de pousser ma respiration, de me détendre de plus en plus à chaque expiration. Ça marche à peu près jusqu'au moment où j'aperçois le blanc-bec, dans les trente-cinq ans, qui s'approche de mon taxi en roulant des mécaniques, le *frat boy* BCBG tête à claques devenu adulte, toisant avec mélancolie les prisons dont il va hériter.

« Oh non – pas ce Stanton-là », je grommelle.

De grâce, mon Dieu, donnez-moi un autre Stanton.

Le Stanton que j'observe sortant du Walmart est un riche minable avec lequel je me suis battu, un soir tard, au bar de l'Oasis Diner. Cette bagarre a eu lieu à la fin d'une mauvaise année qui avait commencé par le coma de mon fils et s'était terminée avec mon accident de Vespa, quand je m'étais brisé la clavicule. Au bout de deux mois sur mon canapé à flotter dans un nuage d'opium – un cathéter enfoncé dans mes points de suture permettait au sang de goutter dans une poche en plastique faisant office de vessie que je devais me trimballer partout où j'allais – j'ai finalement été assez guéri pour m'aventurer dehors, un soir. C'est le soir où je me suis bagarré avec Stanton, lequel Stanton s'approche présentement de mon taxi, mais pour l'instant ne peut me voir en raison des vitres teintées.

Il ne va pas être impressionné. Ça non, il ne va pas être impressionné du tout.

Ce fameux soir, à l'Oasis, j'étais assis sur un tabouret à côté de mon amie Kyla, une femme grande, d'une beauté majestueuse, aux longs cheveux blonds, qui s'était réfugiée dans le nord du Mississippi après avoir tout perdu au moment de l'ouragan Katrina. Son mari Earl, celui qui gagne du fric au golf, était assis en face, à côté de Vance, le propriétaire des lieux. On était là, à écouter le groupe country punk de notre copain Jean Paul, qui s'enorgueillit de changer de nom à chaque concert, et je m'amusais bien, mélangeant, il faut bien le dire, opiacés et tequila dans des proportions peu recommandables, lorsque ce type, Stanton, s'est approché en roulant des mécaniques – il ne me connaissait ni d'Eve ni d'Adam. Il s'est affalé de tout son long sur mon épaule meurtrie, comme si nous étions de vieux camarades de guerre, et puis, d'un coup, oubliant mon existence, il s'est mis à me hurler dans l'oreille gauche, s'adressant à quelqu'un à la droite du bar, et c'est à ce moment-là que j'ai poliment demandé à cet enculé de retirer son putain de bras de mon épaule. Il est retourné à son tabouret mais était trop bourré pour se rappeler mon avertissement, et encore moins ma trombine.

Kyla fut entièrement responsable de la bagarre qui a suivi, elle qui, à peine Stanton éloigné, s'est mise à me rapporter toutes sortes de ragots désobligeants à son sujet. Elle n'essayait pas de provoquer une rixe entre nous, c'est juste qu'il est dans la nature de Kyla de commenter la sottise. Elle déteste les crétins riches.

— Si j'étais un homme, des gars comme ça, je leur mettrais mon poing dans la gueule tous les jours, a-t-elle dit. Tu peux me faire confiance, j'en ai une liste, de mecs à qui je mettrais mon poing dans la gueule.

Kyla était encore en train de m'expliquer combien ce Stanton était quelqu'un de répréhensible quand il a soudain réapparu et s'est de nouveau affalé exactement à l'endroit de mes fractures, ce qui a déclenché en moi une série de douleurs comme des coups de couteau le long de mes vis et de mes points de suture. Derechef il s'est servi de mon oreille comme porte-voix. Cette fois-ci je l'ai repoussé et l'ai copieusement insulté jusqu'à ce qu'il regagne son tabouret, ce qui aurait pu être la fin de l'histoire si, à cet instant précis, sa copine tout aussi ivre n'avait pas décidé de s'en mêler en me prévenant d'une voix à peine articulée que j'avais intérêt à faire gaffe si je ne voulais pas que Stanton vienne me botter mon petit cul.

Alors là, de manière fort peu bouddhiste, j'ai rétorqué :

— Ah ouais ? Hé, regarde un peu comment j'ai peur. HÉ STANTON !

Je n'ai pas arrêté de crier son nom jusqu'à attirer son attention, et j'ai commencé à lui faire des doigts d'honneur, mes deux mains flottant autour de mon visage comme des papillons en rut.

— Va te faire foutre ! ai-je répété en play-back.

Puis je me suis tourné vers sa copine, j'ai souri, et j'ai crié par-dessus le boucan que faisait le groupe :

— C'est te dire à quel point il me fait peur, ton gars.

Stanton est descendu de son tabouret et s'est approché. Il était bien plus jeune que moi, plus costaud, mais aussi plus ivre et plus petit, ce petit con tête à claques aurait facilement pu se prendre une raclée face à un lapin. Je me sentais en confiance – ouais, j'avais l'impression d'avoir mes chances, là – jusqu'à me rendre compte que je ne pouvais pas cogner du bras droit à cause des points de suture. Et, comme beaucoup d'hommes qui ne devraient jamais se lancer dans des rixes de bar, je n'avais pas de gauche. Ma gauche, c'est ce môme à la crèche qui se casse le nez en jouant au jokari. Donc je n'ai pas de gauche et si je tente une droite, Dieu seul sait quelle douleur me satellisera dans le cosmos. Entre-temps, Stanton a rappliqué, prêt à en découdre, *baby*. Moi, je n'ai pas de gauche, je n'ai pas de droite.

De toute évidence, j'aurais dû anticiper – tout ça était la faute de Kyla ! – mais finalement, au dernier moment, alors qu'il brandissait son poing, une idée m'est venue. La seule activité physique où j'ai jamais été véritablement bon, c'est faire des têtes avec un ballon de foot. Il y a quelque chose de zen à marquer un but de la tête. D'autre part, faire une tête provoque une espèce de vertige. C'est peut-être pour ça que j'y arrive bien. J'ai tendance à exceller dans tous les domaines qui défoncent. Et donc, pour la première fois de ma vie – Stanton m'arrive dessus – je décide de transformer l'art de la tête bouddhiste zen en une action d'une méprisable et percutante violence.

Et, wow, ça a drôlement bien marché ! Vous avez vu ça ? Bon sang, fiston ! Je regrette de ne pas avoir connu le coup de boule zen à l'époque du lycée.

Après avoir explosé la face de Stanton d'un coup de boule, je l'ai regardé droit dans ses yeux bleus. Il tenait encore debout, mais seulement parce que les ventilateurs au plafond étaient éteints. La casquette de base-ball qu'il avait toujours sur la tête était tombée, révélant un dôme chauve, qui le vieillissait et le faisait ressembler à un patient en chimio. À ce moment-là, j'aurais pu le faire tomber d'une pichenette. Au lieu de quoi, je lui ai allongé un crochet du droit minable qui a été plus douloureux pour moi que pour lui. Il a alors obligeamment reculé en chancelant, tel l'ivrogne tombant d'un bateau, et s'est effondré bras en croix sur la piste de danse, si bien que Jean Paul s'est gouré d'accord dans sa version punk de *Seasons in the Sun*.

Nous nous sommes regardés un moment, Jean Paul et moi, puis j'ai baissé la tête et regardé Stanton – il saignait de la joue et ne bougeait pas. Soudain conscient que tout le monde dans le bar avait les yeux rivés sur moi, je me suis mis à me masser l'épaule à la façon de Jim Rockford, le détective de *200 Dollars plus les frais*, puis je suis retourné à mon verre, l'ai pris d'une main tremblante avant de dire à Kyla :

— Vraiment c'est ta faute.

Ce que je n'admettrai qu'à contrecœur aujourd'hui, c'est le plaisir que m'a procuré ce coup de boule. Ç'avait été une année difficile, j'avais sans doute prié et juré davantage en un an qu'en une vie entière. Frapper Stanton avait été le deuxième moment fort de l'année, juste après la sortie de mon fils du coma. Et j'ai commencé à apprécier encore plus ce coup d'éclat en apprenant que je venais d'envoyer au tapis le BCBG le plus méprisé de toute la ville. Tout le monde est venu me taper dans le dos, ce qui chaque fois me faisait vraiment mal. Tom le barman m'a offert un verre. Il n'y a que Vance qui a songé à faire le tour du comptoir pour voir comment allait Stanton. Le groupe n'avait pas interrompu son concert, même si plus personne ne pogotait. Vance a aidé Stanton à se relever et ils sont sortis discuter. Au lieu de m'inquiéter de savoir si j'allais me faire virer de mon nouveau poste d'enseignant à la fac, je suis resté assis au bar, auréolé de ma gloire pathétique, et c'était quelque chose de formidable. Jusqu'à me faire virer de mon nouveau poste d'enseignant à la fac.

Et maintenant donc, des années de misère plus tard, voilà ce même Stanton que j'avais envoyé au tapis qui s'approche de mon taxi. C'est ce qu'on appelle le karma, c'est ça ? Dieu. Le karma. Est-ce la même chose ? Le karma, c'est un peu comme un million de Shakespeare maléfiques revisitant à l'infini les intrigues de soap opera que sont devenues nos vies, non ? C'est ça que vous vous dites ? Eh bien, je vous suis. Moi aussi c'est ce que je me dis.

Steuplaît steuplaît, installe-toi sur la banquette arrière. Accorde-moi au moins ça, mon Dieu – ou le karma, ou qui que tu sois à me faire un coup pareil.

Stanton ouvre la portière avant et s'assoit.

— Salut, mec, me dit-il sur un ton décontracté, et je me dis qu'il ne me remet pas et que je suis sans doute hors de danger.

Peut-être aussi était-il tellement ivre ce soir-là qu'il ne me reconnaîtra pas. Il n'empêche, tout en roulant, avec Stanton assis à côté de moi, je diffuse des ondes de malaise. J'ai essayé de ne pas m'enorgueillir de cette bagarre, et pourtant, question sensation forte, je classe cette soirée au même rang que celle où j'ai perdu ma virginité. Pas étonnant que je me sois autant fait casser la figure au lycée. On se sent vraiment bien quand on dérouille un faible. Sauf que là, je ne me sens vraiment pas bien parce que Stanton me paraît tout modeste et timide. Il n'est ni modeste ni timide – c'est un de ces pauvres types qui la ramènent constamment –, une vacuité qui picole pour acquérir une identité. J'en connais plein, des mecs comme ça. Ils sont tout timides jusqu'à devenir des gros cons. Je jette un coup d'œil à Stanton les fois où je tourne à droite. Il a une casquette de base-ball bleu ciel, une chemise écossaise à manches courtes et un jean tout neuf, l'effet d'ensemble qu'il dégage étant, comiquement, celui d'un type bien dans sa peau. Me reconnaît-il ? Si oui, a-t-il peur ? Ou prépare-t-il une vengeance ? S'apprête-t-il à me tirer dessus avec le pistolet dans sa poche ou à me poignarder à l'aide de son fidèle surin ? Des trucs plus bizarres ont eu lieu dans des taxis.

Nous roulons une dizaine de minutes en silence jusqu'à ce que j'entre dans la résidence où pas plus tard qu'hier – était-ce hier ? – je suis passé prendre Zeke l'Unabomber. Choctaw Ridge est une résidence tellement sordide qu'au moins deux conducteurs d'All Saints y habitent. Le parking est jonché de dents cassées et les bennes à ordures débordent de déchets et de corbeaux. Stanton, plein aux as comme il est, vient ici de toute évidence pour acheter de la dope. Avant de descendre de mon taxi, il se tourne vers moi et me demande :

— Tu sais qui je suis ?

Il y a de nombreuses façons de poser cette question. Lui la pose d'une manière curieuse mais pourtant légèrement agressive. Peut-être pense-t-il que j'étais tellement ivre que je ne me souviens pas de notre castagne.

— Ouais, je sais qui vous êtes.

Je dis cela avec un minimum de malice, comme las. J'espère que ça ne va pas dégénérer. J'ai juste envie qu'il fiche le camp. Juste envie d'aller chercher Anna et de la ramener chez elle.

Au bout d'un, moment, il me dit :

— Tu m'as frappé à coups de poing.

J'observe un oiseau moqueur sautillant sur le couvercle d'une poubelle en aluminium.

— Non, lui dis-je. C'était un coup de boule. Après t'avoir demandé trois fois de t'asseoir. Tu appuyais sur ma blessure, mec.

— Coup de boule ? Vraiment ?

Il semble honnêtement surpris.

Je hoche la tête. Je suis pratiquement sûr qu'il ne se souvient pas parce que c'est ce qu'il a dit à Vance après notre baston. « Qu'est-ce qui s'est passé ? » avait-il demandé. Il venait de reprendre ses esprits, étalé sur la piste de danse, sans la moindre idée de la façon dont il était arrivé là.

— Je me suis fait licencier de mon boulot à cause de cette bagarre, j'ajoute.

Stanton opine du chef en digérant l'info et prend la décision de me tendre la main.

— Sans rancune, lance-t-il sur un ton pas très assuré.

Lorsqu'il s'apprête à me payer, je lui dis :

— C'est pour moi, mec.

Je ne lui présente pas d'excuses, or c'est cela que je devrais faire. Au lieu de quoi j'offre à ce riche connard la course que je n'ai pas offerte à la gamine gothique qui était sans ressources.

Une fois Stanton sorti de mon taxi, le soleil apparaît entre les nuages et soudain je remarque la poussière qui tourbillonne autour de moi. La poussière semble vivante, douée de sensations, comme les minuscules Sea Monkeys, les artémies aussi appelées Pifises, que j'avais mises dans les toilettes avant de tirer la chasse quand j'étais gamin. Dans la publicité, elles avaient de petites couronnes et souriaient de manière enjouée. Dans la vraie vie, il était difficile de les aimer. Tout en repensant à ce tourbillon de Sea Monkeys, je regarde entre les bennes à ordures un gars qui lance une balle de base-ball à une enfant, et soudain je me rends compte que c'est Zeke qui joue avec sa fille. Je ferme les yeux et – me rappelant toutes les vilaines pensées que j'ai eues à l'encontre de Zeke, me rappelant le connard que j'ai été en collant un coup de boule à Stanton – je prends une profonde inspiration emplie de Sea Monkeys puis je les hurle derrière le pare-brise.

12

Craignos Land

Jeune homme, j'ai lu un livre dont je ne me suis jamais remis. Je ne sais pas si je dois me réjouir d'avoir terminé la lecture du *Singe nu*, mais c'était une démonstration très convaincante du fait qu'en tant qu'espèce, nous vivions encore très près des arbres. Une fois arrivé au chapitre qui montrait que, comme chez les autres singes, nos appareils génitaux étaient répliqués sur nos visages pour garantir qu'à aucun moment nous ne cesserions de penser à la reproduction, j'ai su – une petite voix en moi a su – que si je continuais à lire ce livre, je ne pourrais plus faire marche arrière. Et donc, à l'âge tendre de dix-huit ans, alors que j'étudiais à l'institut universitaire Pearl River de Poplarville, dans le Mississippi, l'auteur Desmond Morris m'a convaincu qu'il fallait seulement considérer les êtres humains comme de grands singes, et encore – regardons les choses en face, la contribution des chimpanzés et des bonobos est assez limitée –, et qu'à partir du moment où nous acceptons cette pilule amère appelée zoologie, alors soudain notre comportement perfide et en apparence illogique devient parfaitement logique. La seule chose que *Le Singe nu* ne m'expliquait pas, c'était Shakespeare, lequel était probablement un extraterrestre.

Mon cri libérateur de Sea Monkeys déclenche en moi une envie pressante de déféquer, si bien que je suis obligé de marcher jambes raides jusqu'à un Wendy's et, une fois sur place, alors que je suis en train de poser une pêche, Stella m'appelle et m'ordonne d'aller chercher Stanton à Choctaw Ridge. Elle dit que c'est une urgence et raccroche avant que je puisse discuter. N'étant pas en mesure de hurler sur Stella, je commence à haranguer je ne sais quels fantômes demeurant entre les murs des chiottes du fast-food jusqu'à ce que quelqu'un vienne frapper à ma porte et me demande si ça va là-dedans. Quelques minutes plus tard, je remonte dans mon taxi et gratifie Wendy d'un doigt d'honneur.

Il m'apparaît que, depuis le temps, vous vous demandez peut-être ce qui cloche chez ce garçon. Moi, en l'occurrence et, ouais, j'entends bien, la question ne manque pas de pertinence. Vous ne me voyez pas au top de ma forme et, bon, d'accord, j'avoue qu'un brin de psychanalyse pourrait ne pas faire de mal. Voici ma théorie, qui vaut ce qu'elle vaut : il y a un truc appelé la fonction dirigeante du cerveau des grands singes, qui est notre QG de communication de la CIA à nous, fondé sur la dopamine, nous maintenant sains d'esprit et équilibrés. Une série de maladies survolent ce QG comme des rapaces, et elles ont des noms tels que trouble déficitaire de l'attention, syndrome de La Tourette, trouble obsessionnel compulsif, troubles bipolaires, stress post-traumatique, schizophrénie paranoïaque, etc. etc. etc. (etc.), mais ce qui se passe c'est que, si votre dossier indique que vous êtes atteint de l'un de ces troubles, vous ne l'avez pas nécessairement sous sa forme pure mais plutôt mélangé avec des symptômes des autres maladies-rapaces. Dans mon cas, je soupçonne un cocktail de troubles déficitaires de l'attention et d'obsession-compulsion, avec un filet de La Tourette et une pincée de schizophrénie. Pas la fin du monde, vous dites-vous ? Oui, il doit bien y avoir quelque chose à faire pour me venir en aide, mais, hé, en tant qu'entrepreneur indépendant à Craignos Land, Mississippi, je n'ai pas accès au moindre recours en matière de psychiatrie, je suis fait comme un rat, je ne peux même pas consulter un psy, et encore moins prétendre à des pilules magiques. Non, tout ce que je peux faire c'est battre des bras en pleine circulation, te cracher des obscénités, tandis que toi, planant allègrement sous l'effet de tes antidépresseurs de luxe, tu me grilles la priorité en envoyant un texto à ton agent concernant le dernier contrat en date que tu as signé pour un livre.

Elle est où, mon ordonnance, l'ami ? Et, amigo, tu pourrais faire tourner une de ces pilules spécial deuxième roman ? Laisse-la juste tomber sur le plancher, je la trouverai.

Quand je reviens à Choctaw Ridge, à qui je fais aussi un doigt d'honneur, personne ne sort d'un appartement. Je suis tellement fatigué que j'appuie une fois de plus sur le klaxon qui ne fonctionne pas. Je n'ai pas de numéro pour joindre Stanton par téléphone, et je ne sais pas par quelle porte il est entré, mais j'imagine que c'est celle à laquelle je suis en train de faire un doigt d'honneur, avec la Harley garée devant. C'est probable, vu que c'est la dernière porte à laquelle j'ai envie de frapper. Et, comme si un malheur ne suffisait pas, j'ai maintenant en tête la chanson qui parle de Billie Joe McAllister, comme presque chaque fois que je vais chercher un client à Choctaw Ridge[1].

Je m'approche de la porte devant laquelle est garée la bécane. Je sais déjà ce que je vais trouver à l'intérieur. Nous avons tous été dans ce studio avec les portes du placard qui ne ferment pas bien, la moquette couleur brun foncé, du lambris en faux bois dans la salle de séjour et le papier à thématique cafards dans la cuisine, tant ils sont nombreux à grouiller. Je m'attends à moitié à trouver tous les fantômes de ma banquette arrière entassés sur le canapé, à faire tourner un bang.

La porte s'ouvre.

C'est Moondog ! – ou du moins je crois que c'est lui, mais il a une allure différente qui me désarçonne. Et puis aussi, il a un pinceau à la main – pas un gros pinceau pour les murs, un petit, pour les paysages. Ça me paraît super bizarre. *Je veux dire – et alors là – non mais attends*

---

1. *Ode to Billie,* chanson de Bobbie Gentry (1967), qui raconte l'annonce, au beau milieu d'un repas familial, du suicide d'un certain Billie Joe McAllister, dans la région du Delta du Mississippi.

[…] *And mama hollered out the back door, y'all, remember to wipe your feet / And then she said, I got some news this mornin' from Choctaw Ridge / Today, Billy Joe McAllister jumped off the Tallahatchie Bridge / And papa said to mama, as he passed around the blackeyed peas / Well, Billy Joe never had a lick of sense ; pass the biscuits, please* […]

« Et Maman a braillé par la porte de derrière "Pensez à essuyer vos pieds" / Puis elle a dit "J'ai eu des nouvelles de Choctaw Ridge ce matin / Aujourd'hui, Billy Joe McAllister a sauté du pont Tallahatchie" / Papa a dit à Maman en faisant passer les haricots noirs / "Eh bien, Billy Joe n'a jamais été très malin, passe-moi les biscuits s'il te plaît" ».

– *hein ?* Je remarque un chevalet derrière lui, sur lequel repose un véritable tableau, et c'est une aquarelle représentant un taxi, une vieille Continental bleue avec les « portières suicide », les portières antagonistes. Une vieille photo de la même voiture est scotchée sur le dessus du chevalet. Sur cette aquarelle – peut-être suis-je en train de rêver ? peut-être suis-je sur le point de me réveiller et ma journée au volant du taxi va recommencer à zéro ? – la longue berline bleue est garée sur la grand-place, à l'emplacement réservé aux taxis, devant l'Oasis, et le tableau dans son ensemble est, ma foi, *il est beau.*

— Moondog ? dis-je, et je détourne mon regard du tableau suffisamment longtemps pour remarquer Stanton mort sur le canapé mauve.

Il a l'air paisible dans la mort, il ressemble presque à un saint, une icône déchue. Il a les mains ramenées sur la poitrine et un sourire béat s'attarde sur son visage. Je contemple alors le reste de la pièce pour me rendre compte que tous les murs sont encombrés de tableaux représentant les divers taxis que Moondog a conduits à un moment ou un autre – il y en a une douzaine. Je reconnais certaines de ces voitures, notamment une Lincoln six portes avec un décalcomanie DISCO LIMO à motif floral s'étalant sur le pare-brise arrière. Sur le tableau de Moondog on peut voir la boule disco suspendue au plafond à l'intérieur du taxi et l'intérieur constellé d'éclats lumineux projetés par cette boule. C'est de l'acrylique, je pense – je n'y connais pas grand-chose en peinture –, la limousine est garée devant le bar Syd's, et on peut voir des gens qu'on connaît – des gens que je reconnais – à l'intérieur du bar.

Satanée chanson qui parle du pont sur la Tallahatchie, le passage qui dit « *pass the biscuits* » commence à résonner très fort dans ma tête et j'ai envie d'acheter au moins trois tableaux de Moondog sur-le-champ, cependant je suis trop subjugué ne serait-ce que pour me formuler clairement cette pensée. Je veux dire, merde, Moondog est un motard. Quand nous partagions un taxi – lui le conduisait de nuit, moi de jour – c'était un type effrayant qui m'avait pratiquement étranglé quand je lui avais demandé poliment de nettoyer une fois son service terminé parce qu'il m'avait rendu la Town Car avec du sang étalé sur toute la banquette arrière. À l'époque je considérais Moondog comme un bestiau, un motard défonçman, mais putain, c'est un artiste sacrément doué.

Il faut vraiment que je me sorte cette chanson de la tête, mec.

— Lou ! s'exclame Moondog, comme s'il était rudement soulagé de me voir. Bien, bien. Entre, entre, mec. Ça fait un bail, frangin. On dirait qu'il va falloir que tu ramènes le barjot au bercail. Il est rétamé, mec, carrément rétamé.

L'appartement sent le chien mouillé et il y a tellement de fourrure sur le canapé mauve, on dirait qu'un beagle a explosé. Au moment où j'entre, une porte s'ouvre d'un coup dans le fond et deux petits surgissent, se poursuivant en poussant des cris dans la pièce autour d'une table basse au milieu de laquelle se trouve un gros pistolet, puis ils disparaissent dans l'autre chambre du fond. En suivant du regard ces deux petits, j'aperçois une étagère en agglo sur laquelle sont disposés une douzaine de livres et une souriante collection kitsch de têtes de mort de démons mexicains avec des cornes.

— Avoir des enfants, mauvaise idée, me dit Moondog.

— Qu'est-ce que tu as fait à Stanton ?

— Qu'est-ce que je lui ai fait ? Bon sang, qu'est-ce qu'il m'a fait, oui ! – l'imbécile avait juré que ça ne se reproduirait pas. Écoute, va falloir qu'on le traîne jusqu'à ton taxi. Hé, tu roules toujours avec ma Lincoln ? Putain, j'adore cette bagnole.

Après avoir dit ça, il montre une toile posée contre un tuyau de climatisation. La peinture – il me semble qu'elle est à l'huile – représente la Town Car, mais en des temps meilleurs, à une époque où elle avait des jantes en aluminium, et on la dirait lustrée, les vitres de la voiture reflètent le bâtiment du magasin de disques devant lequel elle passe à vive allure, la toile est pour ainsi dire parfaite, il me la faut, sauf qu'il y a une étiquette avec le prix, sur son cadre en plastique brun : « 250 dollars ».

— C'est fantastique, je lâche.

— Ouais, j'essaye de finir tout ça avant l'expo de ce soir. Tu sais, au Rebel. J'ai payé pour une piaule, mais le peintre avec qui je devais partager s'est débiné il y a deux heures – l'enculé – alors maintenant il faut que je vende, genre, deux toiles juste pour rentrer dans mes frais – tu parles, pas gagné, hein ! Aussi, faut que je trouve un titre pour ma collection – c'est une de leurs règles, chaque piaule doit avoir une pancarte à l'extérieur pour présenter les œuvres exposées à l'intérieur.

Il s'approche de la fenêtre et tire le rideau, comme s'il était inquiet à l'idée que les flics rappliquent, puis ajoute :

— Hé, tu devineras jamais qui j'ai vu, hier, sur le bas-côté de la Route 5.

— Tony. Bon, alors où est-ce que tu veux que je l'emmène, ce zozo ?

Je scrute Stanton pour voir s'il va réagir à cette injure, mais il demeure immobile, les bras croisés sur la poitrine. Il ne lui manque plus qu'un cercueil. Et peut-être un pieu planté dans sa poitrine. Soudain j'imagine une peinture de vampire représentant Stanton sur le canapé. Soudain je suis un artiste peintre moi aussi.

— Ouais, c'était Tony ! Tony, putain ! T'y crois ?

— Stanton, est-ce qu'il est encore en vie, au moins, mec ?

— Au début j'étais pas sûr que c'était Tony, planté là, mais une heure après il m'appelle, t'imagines le truc ? Il se met à m'appeler ! Lui qui m'appelle ! Et il m'appelle et m'appelle encore.

— Qu'est-ce qu'il voulait ?

— Putain, comment tu veux que je sache ? Tu crois peut-être que je vais décrocher quand c'est ce gonze qui appelle ? Qu'il aille se faire foutre, en plus il doit être en cavale – je veux dire, il était recherché pour tentative de meurtre.

— Tentative de meurtre ? Je croyais que c'était juste une histoire de trafic de drogue.

La chanson avec le pont de Tallahatchie est presque terminée. Bon sang, j'espère qu'elle ne va pas redémarrer. Pauvre Billie Joe. Qui se re-suicide chaque fois que la chanson repasse dans un juke-box. Il s'est probablement suicidé plus que quiconque d'autre dans l'histoire, plus que mon père, même.

Soudain je saisis pourquoi Moondog n'est pas comme d'habitude.

— Nan mais putain, mec, tu as des cheveux ! dis-je.

— Ouais, des implants. Ça fait un mal de chien, je te dis pas. Des coups de pistolet à clous dans le crâne – *boum-boum-boum*.

Il fait mine de se tirer dans la tête avec un pistolet à clous – ou disons que je crois que c'est ce qu'il fait. Il a l'air bien speed, sur le point de craquer. La chanson que j'avais en tête a redémarré du début. Billie Joe, il va falloir qu'il saute encore une fois de ce pont. Ou peut-être qu'on l'a poussé, mec. Peut-être que quelqu'un l'a poussé.

— T'aimes le look que ça me fait ? me demande Moondog.

— Oui. Wow. Tu pourrais être une star de western maintenant. Tu ressembles au mec de Marlboro.

Et effectivement il lui ressemble. Du moins du cou jusqu'au sommet de la tête. Son visage angulaire paraît soudain taillé au burin comme celui d'une star de ciné. Il est torse nu, juste un short en jean coupé bien trop court pour des cuisses si fines et longues. Le corps sous sa tête paraît extrêmement filiforme et sa façon de se tenir est atroce, après des décennies à conduire des taxis. L'effet général a un côté rénovation-en-cours, comme si la tête avait été terminée et que ce serait bientôt au tour du corps d'être restauré.

— Le dernier chauffeur de taxi, lui dis-je.

Il me regarde déconcerté jusqu'à ce que je lui explique :

— Tu sais, le nom pour présenter ton expo, la pancarte, près de la porte. Tu es, genre, le dernier véritable chauffeur de taxi à Gentry, pas vrai ? Uber arrive en ville, on sera sans doute bientôt tous des mendiants SDF, et toi tu es, genre, je sais pas… genre, le dernier… c'est pas grave, laisse tomber.

— Non non, je pige, ça me plaît. Hé, attrape sa jambe, tu veux bien ?

— Putain je peux marcher ! beugle Stanton, toujours étendu sur le ventre, sans bouger le moins du monde.

Nous sursautons tous les deux, nous écartant du canapé. Voilà qui était quelque peu inattendu.

— Hé, c'est mon roman, dis-je en montrant l'étagère.

— Ouais. Mec, j'ai vraiment adoré la scène où tous les élèves du lycée se pointent sur l'aire d'atterrissage pour voir les secours décharger des bouts de corps des musiciens du groupe Lynyrd Skynyrd.

C'est la première fois que quelqu'un me parle de cette scène, et au moment où je suis sur le point de serrer Moondog dans mes bras il me demande :

— Vieux, t'as vraiment baisé une pastèque ?

Je baisse les bras et contemple les têtes de mort souriantes posées sur l'étagère. Les crânes démoniaques sont tous de couleurs différentes : rouge, jaune, vert, bleu et noir. Je regarde fixement les orbites du noir en lui répondant :

— Nan. J'ai acheté une pastèque pour, tu vois, peut-être faire des recherches sur la question. J'arrêtais pas de me dire qu'il fallait que je la baise. J'arrêtais pas de me dire : « Faulkner baiserait cette pastèque, lui. » Mais je l'ai jamais fait. La plus grosse erreur de ma vie. Je serais sûrement célèbre à l'heure qu'il est si je l'avais fait.

— J'ai entendu dire que tu t'étais battu avec Stanton là-bas.

J'aspire l'intérieur d'une de mes joues et fixe le canapé.

— J'ai entendu dire que tu lui avais collé ton poing dans la gueule.

— Tu devrais le peindre. On dirait un Jésus vampire.

— Il ressemble à son propre cadavre, voilà à quoi il ressemble. Il faut qu'on le sorte d'ici avant que ma bourgeoise rapplique et se mette à défourailler dans toute la baraque. Elle m'a dit qu'elle nous buterait tous si jamais je me remettais à dealer depuis la maison. T'y crois, toi ? Une mère qui bute ses propres gamins ? Doux Jésus.

Je lui demande où je suis censé emmener Stanton.

— Ramène-le chez lui, amigo. Chez lui. Tu piges ?

— Ouais, mais c'est où, chez lui ?

— Ah, bonne question.

Moondog prend son portable, comme pour trouver la réponse à ma question, puis le repose et décide :

— Mettons-le d'abord dans ta voiture.

— Pas question. Je veux d'abord cette adresse. Hé, tu bosses toujours pour Rock Away ?

Il se remet à chercher dans son téléphone.

— Ouais. Ça se passe super. La répartition des courses se fait par radio. Je sais pas si t'as remarqué mais à All Saints ils sont tous complètement tarés. Quand je pense que j'ai roulé pour cette gonzesse chtarbée pendant quatorze piges. C'est un miracle qu'on se soit pas mutuellement assassinés. Un miracle.

— Et s'il se réveille pas quand j'arrive chez lui ?

— Putain je suis réveillé ! s'écrie Stanton, relevant la tête du canapé un bref instant avant de mourir à nouveau.

Ça s'est passé si vite que j'en suis à me demander si je n'ai pas rêvé la scène.

— T'auras qu'à juste l'asseoir contre la boîte aux lettres. C'est 2012 Country Club Road.

— Merde, OK, 2-0-1-2. Allons-y. Je suis en retard, je dois aller chercher Anna.

— Anna ? Je l'adore, Anna. C'est ma chérie.

— Ouais, elle est cool.

— Meilleure pipe qu'on m'ait jamais taillée.

— Mec, va te faire foutre. Parle pas comme ça d'Anna. Elle est vieille.

— On est chez moi, là. Chez moi.

J'observe un moment le pistolet de Moondog. Je n'y connais pas grand-chose en armes à feu, mais c'est le genre de flingue avec un barillet et le chien qu'on tire en arrière comme dans les films de cow-boys.

— Ouais, bon bah tu sais quoi, garde donc Stanton chez toi pendant que je vais chercher Anna, qui a, genre, cent ans et a vraiment pas besoin que tu sortes des horreurs à son sujet.

— Du calme, mec, du calme. On peut bien plaisanter. Comment elle va, d'ailleurs, Anna ?

— Elle a une hanche toute neuve, mec. Elle s'est cassé la figure dans sa cuisine parce que ses cons d'enfants ont collé du carrelage en lino bon marché. C'est moi qui l'ai trouvée par terre et qui l'ai emmenée aux Urgences. Je pourrais peut-être l'emmener aussi aux Urgences, ce trou du cul, hein ?

— Je vais bien, putain !

— Tu vois, il va bien, en super forme, no problemo. Écoute, sois sympa, inscris pas mon adresse sur ton carnet de courses, d'accord ? Et dis à personne que t'es venu ici aujourd'hui.

À cet instant précis, on frappe à la porte. Je n'ai jamais entendu des coups frappés si fort à une porte. Trois coups de marteau-piqueur et puis le silence. La chanson dans ma tête s'arrête si brutalement que j'entends le diamant qui raye le vinyle.

— Oh putain, je fais.

Moondog se précipite à la fenêtre et guette ce qui se passe à l'extérieur.

— Meeeeerde, souffle-t-il comme un pneu qui se dégonfle.

Il tire une drôle de gueule. Le genre de gueule que ferait un gus pendu au bout d'une corde. C'est au moment où il fait cette espèce de grimace que j'aperçois soudain les trous des implants sous la jeune chevelure brune. Il a des yeux vraiment grands et vraiment verts et sa moustache en guidon rejoint ses favoris. Il doit bien faire son mètre quatre-vingt-dix-huit mais doit peser moins de cinquante-cinq kilos. Ce qui est bizarre parce que je me souviens qu'il était bien plus costaud à l'époque où on partageait le même taxi. Est-il en train de crever de quelque chose ? Un type à l'agonie se ferait-il des implants capillaires ? Et cette tronche. C'est troublant. Je le vois presque jouer au poker dans un saloon. C'est la tronche de cow-boy qui a vendu des millions de cigarettes et pourtant il a les bras d'un vieillard de quatre-vingts ans.

Lorsque les coups retentissent de nouveau à la porte, Moondog pose un exemplaire du magazine *High Times* sur le pistolet et va ouvrir, et soudain c'est comme s'il ouvrait un livre d'images pour enfants et tombait sur l'illustration représentant un géant coiffé d'une iroquoise blond décoloré. Ce géant-là porte une veste en cuir ouverte, sans tee-shirt en dessous. Il a le requin de l'affiche des *Dents de la mer* tatoué sur son ventre.

— Jase, non mais putain ! fait Moondog.

De toute évidence, Moondog essaye d'empêcher le géant d'entrer. Le géant aussi a une tronche bizarre. Possible que ce soit une horrible éruption d'acné. On dirait des polypes de cire dégoulinante agglutinés en colonnes de larmes le long de ses joues. Les yeux enfoncés à l'intérieur de ce visage ravagé sont bleu arctique.

Soudain, et sans un mot, le géant avance une main dans laquelle il tient un petit morceau de papier ainsi qu'un carnet et un stylo. Moondog semble habitué à ce comportement. Il prend délicatement le papier et le lit. Puis il dit :

— Je vais chercher les outils. Montre-moi d'abord le fric.

Le géant toise Moondog jusqu'à ce que celui-ci décide qu'après tout il n'a pas besoin de voir le fric, et il disparaît dans une des chambres du fond. Je suis maintenant seul avec Jase. Pourquoi ce nom m'évoque-t-il quelque chose ? Je suis certain de ne l'avoir encore jamais vu – il a une gueule qu'on n'oublie pas. Les bras recouverts de tatouages baveux, un récif de corail avec plein de tentacules, de méduses et de murènes. Il est super baraqué et les bosses de ses muscles donnent l'impression que les créatures des mers ondulent.

Jase entre d'un grand pas, jette un regard noir à Stanton, chope son portefeuille, en tire une poignée de billets et de cartes, puis fait tomber le portefeuille par terre. Il se retourne et m'aperçoit en train de le regarder.

À cet instant, du fond de l'appartement, Moondog lance :

— Jason, c'est Lou. Lou roule en Vespa.

Jason me transperce du regard comme s'il essayait de m'enflammer rien qu'avec ses yeux. Ça me rappelle quand j'étais gamin et que je mettais le feu à des insectes avec une loupe.

— Il m'a vraiment plu, ce film, je dis. M'a donné envie de devenir océanographe biologiste.

J'ai à peine fini de dire ça que ses yeux bleus passent à la vitesse supérieure et m'empoignent comme le champ de force du « rayon-tracteur » de *Star Trek*. J'ai l'impression d'être attiré à lui, comme s'il aspirait mon âme dans ses yeux bleus.

— Jase, il parle pas, m'annonce Moondog en revenant dans la pièce, sa boîte à outils à la main. C'est une espèce de machin religieux, hein c'est ça, mec ?

C'est précisément à cet instant, encore pris au piège de son regard, que soudain je me souviens de Jason-la-Glossolalie, le gars auquel les jumelles junkies avaient mis le feu, et ça me fait un tel choc d'y repenser que je ramène carrément ma main devant ma bouche tout en essayant de reculer, mais je ne peux pas – je suis hypnotisé par son rayon-tracteur.

Tout en me transperçant du regard, Jason déchire une deuxième feuille de son carnet qu'il tend à Moondog. Il a dû l'écrire à l'avance.

Moondog lit le message et dit :

— EverSaved ? Ouais, je les connais. Lou, ils ont toujours un compte chez Stella ?

Je bafouille et finis par beaucoup hocher la tête. Pendant ce temps, Jason maintient toujours mon âme dans l'abîme de glace où l'on garde les corps. Et mes paroles, aussi. J'ai l'impression que les mots que j'essaye de prononcer ne cessent d'être siphonnés de mon cerveau par ses yeux bleus. J'entends la voix de Moondog, mais seulement vaguement, comme une télé à travers une cloison.

— EverSaved ? dit-il. Ouais, avant, ils géraient ce foyer d'accueil pour femmes folles, à Memphis. Quelqu'un m'a dit qu'ils tournaient des films pornos là-bas.

— Ils viennent de fermer ce foyer, je souffle.

Mais comme mes atomes sont dispersés, engloutis dans les yeux extraterrestres de Jason, les mots sortent comme une bouillie embrouillée, et je suis obligé de les répéter, comme quelqu'un qui apprend l'anglais :

— Ils ont installé le centre à Tupelo.

Il est parfaitement évident que je mens, mais heureusement pour moi, Moondog est ultra pressé de nous faire sortir de chez lui. Ils sont tous deux en train de s'en aller ensemble quand je lance, d'une voix plus forte que prévu :

— Hé, qu'est-ce qu'on fait de Stanton ?

— Ça va très bien, putain, lance Stanton à la cantonade.

Sur ce, il se lève, tel Lazare, sort de l'appartement et va m'attendre à côté du taxi. Je sors en dernier. Je jette un dernier coup d'œil dans la pièce, comme pour dire, *Allons les fantômes, on y va.* Il y a un petit cafard sur le dos de mon roman. Je suis tenté de faire remarquer qu'il n'est peut-être pas très raisonnable de laisser des mômes seuls à la maison avec un flingue à portée de main, mais je décide de fermer mon clapet et je sors dans la chaleur monstrueuse. Moondog et Jason se tiennent à côté d'un fourgon sans fenêtres qui, je m'en rends compte, a été repeint en gris métallisé. La porte latérale est ouverte, une grosse moto se trouve à l'intérieur. Je les observe un moment, en train d'essayer de sortir la moto du fourgon. Le temps que je m'installe au volant de la Town Car, Stanton est déjà à la place de l'Étrangleur de Boston et la fille de la chanson jette des fleurs dans les eaux boueuses de la rivière Tallahatchie.

13

Mississippi !

Roulant en direction de Country Club Road, je m'attends à moitié à ce que Stanton passe la main par-dessus mon siège et m'enfonce une seringue dans le cou. Il ne dit rien de tout le trajet, je ne le vois même pas dans le rétroviseur. C'est juste une présence menaçante à l'arrière, une essence respirante. Nous arrivons dans son secteur, en bordure d'un terrain de golf, et là je me rends compte qu'il n'a pas d'argent. Sait-il au moins qu'il s'est fait dépouiller ? Oh putain ! Je vérifie l'adresse et m'engage dans l'allée du garage d'une baraque où on pourrait loger cinquante péquins, toutes les lumières sont éteintes, pas une seule voiture dans l'énorme allée, Stanton descend sans un mot, passe devant le capot, monte les nombreuses marches jusqu'à pénétrer dans l'obscurité de la bâtisse vide pour frémir d'extase pendant des heures ou des semaines.

Je reste là pendant plusieurs minutes. Ensuite, pour me calmer, j'envisage brièvement de le cambrioler. Finalement, quand je me considère à nouveau en état de conduire, je redescends la longue allée du garage en marche arrière et, tandis que le bas de la caisse racle le sol, je me rappelle qu'il faut que je passe au Rebel Motel prévenir les jumelles junkies de la présence de Jason. Mais il faut d'abord que j'aille chercher Anna.

Douze minutes plus tard, elle est dans mon taxi. C'est le début de l'heure de pointe, j'ai quatre courses de retard et là Anna me demande poliment si on peut s'arrêter à la librairie. *Tu quoque, Anna ?* Je ferme les yeux une fraction de seconde avant de répondre « Bien sûr » et prends la direction du centre-ville, un détour qui va nous prendre au moins vingt minutes. Tout en roulant, j'envoie un texto à Horace pour qu'il passe prendre mes clients, mais le correcteur d'orthographe n'arrête pas de modifier mon message, le rendant incompréhensible. Beaucoup de gens klaxonnent, à mon attention on dirait bien, mais en raison de la présence d'Anna je ne peux pas réagir par un doigt d'honneur. À ma grande stupéfaction il y a une place libre juste devant Corner Books. Je me gare, sors dans la chaleur irrespirable, détache la ceinture d'Anna, et je lui ouvre les portes de la vie avant d'entrer derrière elle dans la librairie climatisée. C'est ma librairie préférée au monde, mais aujourd'hui j'ai du mal à en apprécier les charmes, passant avec sarcasme devant les livres reliés et les photos des auteurs en marmonnant dans ma barbe : « Un prof, un autre prof, encore un prof… »

Je distribue des doigts d'honneur aux photos d'auteurs – un véritable défilé d'étudiants en masters de création littéraire, ces cursus-là s'ouvrent plus vite que les Starbucks –, je grommelle au milieu des piles de livres lorsque soudain – qu'est-ce que c'est que ça ? – je repère un « beau livre illustré » intitulé *Mississippians !* Le livre déborde de photographies haut de gamme des citoyens actuellement les plus remarquables de notre État, et il y a même un chapitre sur les auteurs du Mississippi.

Hé, j'y figure peut-être, me souffle une petite voix intérieure, même si je sais pertinemment que je n'y figure pas. Les auteurs crades, mec, on ne les exhibe pas comme ça. Néanmoins, j'ouvre le livre au chapitre « Auteurs du Mississippi ! » Non pas que je m'attende à trouver mon nom, mais hé, on ne sait jamais avec le grand bluff de l'écriture, pas vrai ? Par exemple, il y a quelques décennies, peu après la publication de mon unique roman pervers, j'ai gagné une bourse qui m'a permis de vivre à Tokyo pendant six mois, tous frais payés, avec mon propre appartement, tout ça parce que j'avais envoyé une nouvelle à un jury, l'histoire d'un garçon de douze ans du Mississippi qui aimait grimper dans les pins et se masturber devant des photos de Yukio Mishima. Avant de prendre l'avion pour le Japon, j'avais dû répondre à un questionnaire sur les aspects de la culture japonaise que je voulais explorer. J'avais indiqué : « Poupées sexuelles ! » Une fois à Tokyo, mes deux accompagnateurs m'ont fait visiter toutes les chaînes de montage de cette poignante industrie – j'ai observé comment on fixait leurs yeux à la tête – et un après-midi, j'ai même eu droit à une visite guidée d'une salle d'exposition à Ginza où des dizaines de poupées sexuelles, chacune d'une valeur de 10 000 dollars ou plus, avaient été disposées pour constituer l'instantané d'une scène de bar. Les poupées, vêtues de tenues sages, étaient assises à des tables, tenant de faux cocktails, ou debout au comptoir – même les serveuses et serveurs étaient des poupées sexuelles. J'ai déambulé au milieu de cette scène, tournant sur moi-même, dans un respect mêlé d'admiration. On entendait presque leurs conversations.

Donc, ouais, on ne sait jamais, me dis-je en tournant les pages dans l'espoir de trouver ma bouille dans *Mississipians !* Nan, nan, nan, merde, merde, merde. Non mais attendez, là… Qu'est-ce que Brady fiche ici ? Il est de La Nouvelle-Orléans ! Et Ann Marie, elle est du Minnesota ?! Et Stanley ? Et Kit ? Nan mais qu'est-ce que c'est que ce bordel ? Aucun de ces « auteurs du Mississippi » n'est du Mississippi. Ils sont tous venus d'ailleurs pour étudier la création littéraire à la fac. C'est une putain de conspiration, mec.

Je tourne maintenant les pages en lâchant des chapelets de jurons. Des clients me remarquent. Je finis par remarquer qu'ils m'ont remarqué et je m'oblige à reposer le livre et à sortir de la librairie pour attendre dehors dans la touffeur où je continue à débiter un cortège d'insultes à un parcmètre tout en regardant la statue du soldat confédéré de l'autre côté de la rue. Le mouvement des nuages donne l'illusion que la statue tombe en avant. Je lui adresse un doigt d'honneur, puis m'oblige à abaisser mon bras, mais ensuite je me prends l'entrejambe à pleine main et refais un doigt d'honneur à la statue. Je ne peux pas m'arrêter. J'ai l'impression d'être un entraîneur de base-ball qui donne ses consignes en faisant une série de signes avec ses doigts, vous savez, mais en version pornographe. Je finis par remonter dans la voiture pour régler mes problèmes. Heureusement que les vitres teintées existent, sinon on m'aurait déjà confisqué mes clés, à l'heure qu'il est.

J'ai besoin d'une thérapie musicale, je me passe à plein volume l'album *Mississippi* de David Banner, en une tentative de ne pas perdre les pédales. Tout en écoutant le CD, ce que je fais chaque fois que je me sens sur le point de sombrer, je plaque le bout des doigts sur mes tempes, comme pour essayer de faire tenir un vase cassé le temps que la colle sèche.

We from a place (where dem boys still pimpin'them hoes)
We from a place (Cadillacs still ridin'on Vogues)
We from a place (where my soul still don't feel free)
Where a flag means more than me (in Mississippi[1]*)*

« Tu sais ce qui fait de toi un vrai Mississippien ? » je m'écrie, ou peut-être ne fais-je que hurler ma question intérieurement tout en adressant un doigt d'honneur à la statue du soldat sudiste piégée dans mon rétroviseur. « Survivre à l'enseignement public dans le Mississippi, voilà ce qui fait de toi un Mississippien. Les lycées privés chics où la ségrégation est encore pratiquée, ça ne compte pas. D'ailleurs, si tu as pu recevoir une quelconque instruction avant tes dix-huit ans, alors désolé, tu es disqualifié. Si tu n'as pas d'énormes lacunes en géographie – tout un tas de pays dont tu n'as jamais entendu parler, des religions de tout premier plan dont tu ignorais l'existence – alors nan, tu n'es pas un Mississippien. Si tu as eu des profs qui ne buvaient pas, qui arrivaient à orthographier correctement le mot "intégrer", alors tu viens d'un

1. « On est d'un endroit (où les gars mettent encore les filles sur le trottoir) / On est d'un endroit (où les Cadillac roulent encore sur des jantes Vogue) / On est d'un endroit (où mon âme ne se sent toujours pas libre) / Où un drapeau a plus d'importance que moi (dans le Mississippi) ».

endroit chic comme l'Alabama. Si tu sais multiplier par neuf, faire des grandes divisions avec retenues jusqu'au bout, analyser grammaticalement une phrase, si tu as une idée de quoi il s'agit quand on parle de classification périodique des éléments, ou si tu comprends un tant soit peu de quoi il retourne dans *Absalon, Absalon !* alors tu viens d'ailleurs, mais pas du Mississippi. Jamais appris à rouler des joints pendant des alertes à la bombe racistes ? Jamais vu des flics désarmer tes camarades de classe ? Jamais grimpé dans ton lit le soir, terrifié à l'idée que t'épient à ta fenêtre des robots extraterrestres à pattes de crabes et aux doigts comme des sondes anales, sortis de l'ovni de Pascagoula ? Alors, il y a de bonnes chances que tu n'aies pas grandi dans le cinquantième des cinquante États, si tu n'épelles pas M.I.SS.I.SS.I.PP.I ainsi : « M. I. lettre tordue lettre tordue. I. lettre tordue lettre tordue. I. lettre bossue lettre bossue. I », comme dans la comptine, alors tu n'es pas mississippien ! »

Je suis encore en train de faire un doigt d'honneur dans le rétroviseur en fulminant quand je remarque Anna essayant d'ouvrir toute seule la portière – oh merde ! – je coupe le hip-hop Dirty South et descends lui attacher sa ceinture tout en piquant un fard. Je ne lui demande même pas quels livres elle a achetés, pourtant je sais que ça la vexe, mais je veux absolument éviter qu'Anna entende ma voix d'Homme-Bouc. Elle remarque toujours quand je suis stressé, ce qui, du coup, la stresse. Elle sait que si je démissionne de ce boulot, alors sa vie deviendra misérable. Les autres chauffeurs de taxi lui fichent tous la trouille – sans compter qu'ils sont obligés de la prendre sous les aisselles pour la hisser dans leurs SUV géants. À plus d'un titre, je représente pour

Anna une fenêtre sur le monde. Elle comprend cela et me laisse un pourboire de 10 dollars quand je la dépose. Je prends les clés de chez elle, lui ouvre la porte et la fais entrer, et là je sais qu'elle se tient juste de l'autre côté et qu'elle prie pour moi. Je reste un moment immobile, absorbant ses prières.

Puis, sitôt revenu dans mon taxi, je remets David Banner et je me lâche, cent pour cent Gilles de La Tourette derrière mes vitres teintées, je déblatère, fais des doigts d'honneur aux fantômes et aux dieux, je cogne sur le volant, fais des ronds avec la tête. Tout en me laissant emporter par le rap du Dirty South je fixe mon regard sur la plaquette désodorisante Shakespeare.

« Hé, tu veux être un bon Mississippien ? je hurle en couvrant la voix de Lil Jon. Je peux arranger ça. Je connais des gens. Je peux t'arranger le coup. »

Et puis, quand la magie du CD a opéré – je pense qu'il me calme parce qu'il est encore plus en colère que moi – je passe prendre Liston au lavomatic et le ramène à sa caravane au bout du chemin de terre.

— Ça va, mec ? me demande-t-il sitôt monté dans la voiture.

— Mieux vaut pas me demander, je réponds.

Je suis passé à Al Green pour ne pas heurter les sensibilités républicaines de Liston.

— Vous avez l'air un peu chiffon aujourd'hui.

Liston m'observe encore un moment puis ajoute :

— C'est pas facile, hein, frangin ?

Je me retourne. À cet instant, des larmes brouillent ma vue. Ma théorie c'est que tout être humain a un être humain recroquevillé en lui.

— Non, pas facile, je confirme.

Nous hochons plus ou moins la tête l'un et l'autre. Ouais, c'est toujours réconfortant quand des tarés sympathisent comme ça. Nous finirons certainement dans des chambres d'isolement voisines à l'HP.

Une fois qu'il est descendu, je mets Mose Allison, qui me guide au cours des quatre courses suivantes sans incident, puis je m'arrête acheter un autre Red Bull. Vous avez fait le décompte ? Ça fait bien trop, certes, mais c'est néanmoins à la moitié de ce que je crois être ma quatrième cannette que j'atteins un état zen inattendu. Donc ouais, gardez ça en tête, c'est la quatrième qui fait tout basculer. Où était-ce ma cinquième ? Peu importe, quatrième ou cinquième, je me sens tellement bien quand j'arrive à la quatre voies que je bloque le régulateur de vitesse à quatre-vingt-quinze kilomètres heure, juste sous la limite autorisée, et passe sur la banquette arrière pour revêtir ma combinaison ailée aux couleurs du drapeau de l'État raciste avant de sortir la tête par le toit ouvrant. Je me positionne debout sur le toit de ma Town Car comme un péquenot surfeur, fonçant avec la circulation de la Route 9, et là – pour cette partie, il faut être vraiment synchro – je saute dans le vent et me mets à planer au-dessus du Mississippi, telle une buse à queue rousse utilisant une ascendance thermique, jusqu'à me retrouver tout là-haut dans les airs au-dessus de la grande mer verte de pins hirsutes. Regardez – le serpent sinueux du fleuve Mississippi. Et la silhouette étincelante des hautes tours à l'horizon, c'est Jackson, notre charmante capitale, l'endroit en Amérique où vous avez le plus de chance de vous faire atrocement assassiner. Et là-bas, à proximité du golfe putride, c'est Hattiesburg, ma ville natale. Descendons en plongée pour y regarder de plus près (*wouf-wouf-wouf*) et slalomons entre tous ces clochers et les grandes affiches religieuses en vue d'un atterrissage. Regardez – là-bas ! – il y a le drive-in qui projette du porno soft, dont le proprio aurait conservé les corps de ses deux parents, exposés dans des cercueils de verre. Et là c'est le drive-in normal, où les films étaient projetés sur le mur de la maison des propriétaires en guise d'écran et où, une fois, j'ai franchi le cap de la petite culotte avec une nana pendant la projo de *La Malédiction*. Là c'est Hardy Street, notre rue principale. Et Nick's Ice House, le palais en contreplaqué avec de vrais sièges de W.-C. en guise de tabourets, où j'ai appris à jouer au billard. Il y a la maison où j'ai grandi, sur Mandalay Drive. Et là – Pasquale Pizza ! – j'y ai travaillé pendant neuf ans, en commençant à 1,20 dollar de l'heure quand j'avais treize ans. Et l'ensemble de bâtiments – vous le voyez, là ? – tout là-bas, de l'autre côté de la voie ferrée – c'est la première école noire où le bus m'amenait, dans le cadre de la déségrégation. Pfff, qu'est-ce que j'ai pu m'y faire casser la figure ! Et puis dans ce secteur, quelque part – attendez, approchons-nous, zoomons un peu (*wouf-wouf-wouf*) –, ouais, c'est le gymnase où j'ai vu Stevie Halcomb, le seul autre élève blanc, se faire violer, pendant le cours de sport, entre midi et deux, par mon copain Ricky Sylvester…

OK, tentons un atterrissage dans la section fumeurs des élèves. Bon Dieu, des boîtes entières de tabac Skoal, qu'est-ce que j'ai pu en chiquer… on s'accroche !… c'est parti… on tire… descente… MAINTENANT, mec !… et… on dérive… on descend… on descend encore… attention à l'arrivée… on approche… on va éviter de se skynyrder à l'atterrissage, comme le groupe dans mon livre… oh merde, mec !… attends – nan mais qu'est-ce que c'est que ce b… – *BADDAM-PAM-OUTCH*… ET MEEEEERDE ! *VLAM-BOUM-BANG*, MEC !… aïe !… merde !… flûte !… bon sang !

Nous y sommes. Le vrai Mississippi ! Nous voilà arrivés. Nettoyons le sang que nous avons dans les yeux et regardons autour. Mon ancienne école, la bonne vieille Lillie Burney, où cinq fois je me suis fait péter la gueule au point de tomber dans les pommes et où dix-neuf autres fois j'ai manqué d'y rester après m'être fait torturer de diverses manières. Souvenirs, souvenirs, mec. Ouvrons cette porte. Non, non – attends, celle-ci est ouverte. Wow, tout me revient. C'est là que je me suis fait déchirer la bouche par cette nana qui a pris ma tête pour un ballon de basket alors que j'étais en train de boire au distributeur d'eau fraîche. Ç'a pissé le sang, mec, qu'est-ce que ç'a pissé le sang. Et juste ici, c'est l'endroit où Brent Spencer m'a collé au mur en me tenant par la nuque – mes pieds ne touchaient plus le sol – jusqu'à ce que je perde connaissance et là, rêve de neige, un rêve super cool. Ici c'est le bureau de la principale. Cette bonne vieille Mme Bonaparte, qui me fait encore faire des cauchemars. Par ici, je crois. Regardez, mon ancienne salle de classe ! Entrouvrons la porte et jetons un œil à l'intérieur. Tiens – c'est moi, là, mec ! – mon premier jour au lycée, ce môme maigre comme un squelette avec des cernes noirs sous les yeux, cette pomme d'Adam géante et cette tignasse brune, qui regarde horrifié le drapeau américain pendant qu'on récite le Serment d'allégeance. Regardez ma main qui tremble sur mon cœur. J'ai tellement peur, à cause des histoires d'horreur que j'entends depuis cinq ans, comme ces anecdotes qu'on se raconte autour du feu, toutes les saloperies que les grands Noirs balèzes font aux petits Blancs à Burney, et maintenant, ça y est, j'y suis finalement, le gars le plus maigrichon de toute l'école. Je vais mourir ici, mec, je vais clamser…

À Hattiesburg, dans le cadre de la déségrégation, des élèves noirs étaient acheminés en bus dans des écoles blanches à partir de la classe de cinquième, mais les Blancs n'étaient pas amenés en bus dans des écoles noires avant le début du lycée. Le premier matin à Lillie Burney, après la récitation du Serment d'allégeance, notre directrice noire, Mme Bonaparte, nous a souhaité la bienvenue via les haut-parleurs, elle nous a annoncé qu'une année excitante nous attendait. Après avoir énuméré sur un ton mièvre toute une liste d'activités extrascolaires, elle a marqué un temps d'arrêt et a changé de ton pour fustiger tous les voyous, les brutes et délinquants juvéniles ayant l'intention de faire peur aux élèves blancs avec leurs chahuts et leurs manigances. Assis bien droit à mon bureau, je regardais fixement les haut-parleurs.

— Ceux d'entre vous qui joueront à ce petit jeu, je vous retrouverai, a-t-elle prévenu. Je vous retrouverai, vous attraperai, vous collerai une bonne rouste et vous emmènerai à la police. Vous m'entendez, bande de voyous, espèces de petits criminels qui ne méritez pas d'aller dans un lycée correct ? Je vous pourchasserai et vous enverrai en prison.

Elle s'était raclé la gorge, avait repris son ton mièvre pour conclure :

— Et maintenant je vous souhaite à tous une bonne journée.

Les choses dont j'ai été témoin au cours de « l'intégration » dans le Mississippi me tourmentent encore. Des élèves qui se sont fait renverser par des voitures lors d'affrontements. Des élèves qui baisaient et se masturbaient en cours pendant que le prof dormait pour faire passer sa gueule de bois. Des élèves à la vessie explosée qui se faisaient embarquer en ambulance. J'ai vu d'innombrables rixes avec des flingues, des couteaux et des arrestations. Ma première semaine au lycée, à l'arrêt de bus en attendant de rentrer à la maison, j'ai vu deux filles noires armées de lames de rasoir se battre, la plus petite s'est fait lacérer le visage. Elle est tombée sur le trottoir, et la plus grande a continué à la déchiqueter en lambeaux sanguinolents. Personne n'est intervenu pour les séparer.

Cette année-là, j'avais sport entre midi et deux et dans ce cours il n'y avait qu'un seul autre élève blanc. Le prof de gym était blanc lui aussi, un lourdaud, ex-avant-centre de l'université du Mississippi Sud, des paupières de tortue, se baladant constamment avec une balle de tennis découpée dans laquelle il crachait son jus de tabac. Malgré son imposant gabarit, le coach Kennedy semblait terrifié par ses élèves, et dès qu'il réussissait à lancer une partie de ballon dans le gymnase, il s'échappait dehors, et c'est alors que je devenais un jouet aux mains de tous, que les uns et les autres se passaient entre eux, comme une espèce de poupée à tripoter, afin d'explorer la palette d'expressions et de cris terrifiés dont j'étais capable.

Tous les élèves du gymnase m'appelaient *stickman* – « la brindille » – un nom que Ricky Sylvester m'avait trouvé, qu'il prononçait *schtickman*. Ricky devait faire un mètre quatre-vingt-dix pour quatre-vingt-cinq kilos. Le débardeur bleu qu'on avait tous en sport permettait de voir les cicatrices sur le biceps droit de Ricky – d'après la rumeur, Ricky avait été poignardé par son père. Ricky semblait être tout entier composé de rumeurs, y compris celle selon laquelle c'était un musicien suffisamment bon pour devenir batteur professionnel. Il ne se séparait jamais de ses baguettes de batterie et savait jouer l'intro de *Brick House* des Commodores sur les gradins de la salle de sport. Je le regardais faire, médusé. Pour moi, c'était comme un tour de magie. L'année précédente, tous les gamins blancs écoutaient KISS, mais vomir du sang à cause d'un ulcère à l'estomac ne faisait pas le poids à côté de la voix de Lionel Ritchie chantant un slow. L'album *Commodores Live !* unifiait les élèves du lycée, tout le monde n'écoutait que ça lors des alertes à la bombe hebdomadaires, lorsqu'on nous dirigeait comme un troupeau jusqu'au parking pour une pause cigarette prolongée. Ricky se ferait finalement arrêter pour avoir lui-même passé les coups de fil annonçant une explosion imminente. C'est en tout cas une des premières rumeurs qui a couru concernant le motif de son arrestation. Était-ce vrai ? Je ne sais pas. Il aurait été embarqué menotté en tant que Fils de Sam, le célèbre tueur en série, que cela ne m'aurait pas étonné. Il aurait été embarqué du parking du lycée par l'hélicoptère des Commodores, que cela ne m'aurait pas choqué. C'était le Dieu des élèves de seconde. Et c'était un dieu courroucé.

Lorsqu'il ne faisait pas beau dehors, l'entraîneur organisait des combats de boxe illégaux : nous mettions des gants de boxe tellement grands que c'en était comique et nous nous battions les uns contre les autres sur un ring délimité par de l'adhésif blanc au sol de la salle de sport. Je me retrouvais toujours face à l'autre Blanc, Stevie Halcomb, un gars tout le temps fourré au gymnase qui s'entraînait comme un psychopathe au basket. Les élèves noirs l'appelaient *spidahman* à cause de sa position accroupie en défense. Et il voulait bien jouer en défense contre n'importe qui, y compris Ricky, ce qui était tout à fait stupide. La seule fois où j'avais pris le ballon à Ricky, il avait pivoté sur lui-même et m'avait mis K.-O. Les autres joueurs m'avaient traîné en dehors du terrain et la partie avait repris.

Stevie n'éprouvait aucun plaisir à faire de moi son punching-ball lors de ces combats de boxe. En fait, il avait plutôt l'air de trouver ça gênant. J'étais apparemment si comiquement maladroit, une brindille avec des gants de boxe, que les élèves qui délimitaient le ring prenaient toujours parti pour moi – *vas-y, nique-le, schtickman !* – me repoussant au centre du ring pendant que le coach Kennedy sortait en douce vider sa balle de tennis remplie de jus de tabac.

La série d'événements qui a conduit à la disparition de Stevie a commencé le jour où je me suis pris un ballon de volley en pleine figure, au cours d'un jeu baptisé « la cour du roi », une version sadique de la balle aux prisonniers, consistant à jouer avec dix ballons de volley sous-gonflés pour qu'on puisse les empoigner d'une seule main. Je venais de pivoter sur moi-même pour éviter un ballon et je me suis quasiment fait décapiter par le suivant qui m'est arrivé en pleine figure. Après avoir exécuté un saut périlleux arrière et avoir été vaguement ranimé, j'ai été envoyé par le prof chercher moi-même la trousse de premiers secours, mission qui en tant que telle paraît inexplicable.

Le vestiaire dans lequel je suis entré avait des murs en parpaings verts et était encombré de bancs de bois en croix. Des paniers en métal contenant nos vêtements de ville étaient posés sur des étagères aux murs. Cet automne-là, un petit appelé Dereker Allan avait sorti un pistolet de son panier et l'avait braqué sur tout le monde. Dereker était flippé à cause d'un truc que Ricky et les autres lui avaient fait plus tôt dans la semaine – je n'ai jamais su officiellement ce qu'ils lui avaient fait, mais je peux le deviner. Alors que Dereker tournait sur lui-même, menaçant chacun de son pistolet, je m'étais laissé tomber au sol et pelotonné sous un banc juste à temps pour voir notre prof de sport, le coach Kennedy, s'enfuir de la salle. Il avait fermé la porte à clé derrière lui, mais nous ne nous en sommes rendu compte que lorsque certains ont voulu s'échapper. Heureusement, personne ne s'est fait tirer dessus – il n'y avait pas de balle dans le pistolet –, Dereker fut arrêté et, pour autant que je sache, le prof de sport n'a même pas été réprimandé pour avoir enfermé ses élèves dans un vestiaire où se trouvait un tireur armé. Et si tout cela paraît absurde, eh bien, ma foi, c'est justement le message que j'espère faire passer, l'incompétence surréaliste qui a présidé aux actions de déségrégation dans le sud du Mississippi où les alertes à la bombe étaient des pauses cigarette bienvenues, où les profs de sport organisaient des combats ridiculement violents dont les élèves sortaient fracassés, où d'autres profs cuvaient pendant les cours et où les policiers arpentaient le lycée pour venir chercher des élèves à leur pupitre.

Saignant des deux narines, je me suis approché en chancelant du bureau du prof de sport, tenant à la main son monstrueux paquet de clés. La porte des vestiaires n'était pas verrouillée, je l'ai ouverte et j'ai titubé dans le couloir, laissant derrière moi une traînée de sang, et en tournant au coin je me suis trouvé devant la pièce froide et humide aux murs occupés par les paniers. À cet instant, je me suis figé, plus immobile qu'une statue. Mon nez, cependant, a continué de goutter sur le carrelage, en un bruit de ballon de basket que quelqu'un aurait fait rebondir très lentement.

Devant moi, deux gamins tenaient Stevie Halcomb par-derrière, si bien qu'il se trouvait face à Ricky Sylvester qui était debout sur un banc. Ricky avait sorti sa bite de son short de sport et avait commencé à l'enfoncer dans la figure de Stevie. Ricky aurait levé la tête, il m'aurait vu debout dans l'encadrement de la porte, sous le panneau EXIT. Deux pas en arrière et un pas de côté, j'aurais été hors de son champ de vision, mais j'étais pétrifié.

« Ne va pas pleurnicher sur ma bite, Spidahman » est la seule chose que j'ai entendu Ricky dire. Il l'a dit presque tendrement. Les bruits qu'a faits Stevie un instant plus tard ne ressemblaient pas à des pleurs, on aurait dit qu'il était en train de s'étouffer et qu'il allait crever. J'ai fermé les yeux et essayé de faire un pas en arrière mais je n'ai pas pu. J'avais l'impression d'être un ballon d'hélium susceptible d'exploser ou de s'envoler dans le ciel. Je ne respirais même pas. Quand j'ai rouvert les yeux, Ricky me regardait fixement. Il m'a cloué de son sourire envapé, comme content d'avoir un public. En un éclair de génie, je lui ai souri à mon tour, presque décontracté, puis je me suis tourné et suis reparti dans le couloir, suivant la traînée de sang que j'avais laissée. Je n'ai pas couru. J'avais déjà appris que plus on avait peur plus il fallait se déplacer lentement. Tout en m'éloignant, j'ai aperçu l'alarme incendie fixée au mur en parpaings. Je savais que j'aurais dû tirer cette alarme, je voulais aider Stevie, mais c'était impossible. Ricky aurait su.

J'ai emprunté en catimini le couloir qui donnait accès au gymnase, j'ai attrapé une serviette sale dans le coffre à linge sale, me la suis appliquée sur le nez, je suis monté dans les gradins avec un mal de crâne monstre regarder des élèves se détruire en « jouant » à la balle aux prisonniers. Tout en les observant, j'ai commencé à me balancer d'avant en arrière – une habitude qui, des années durant, ne me lâcherait plus. Toujours pris dans mon mouvement de balancier, j'ai vu les gars qui, juste avant, immobilisaient les bras de Stevie, reprendre la partie. Puis j'ai vu revenir Stevie, il s'est assis quelques rangs en dessous de moi, se tenant le visage dans les mains. Le prof de sport s'est approché et a dit quelque chose à Stevie, qui s'est alors levé, a hoché la tête plusieurs fois tout en clignant frénétiquement des yeux, puis s'est affalé au sol en position fœtale, sur le flanc, et s'est mis à vomir sur le terrain. Quand il a eu fini de vomir, le coach Kennedy l'a envoyé à l'infirmerie. Après cela, Stevie n'est plus jamais retourné en cours de sport, et tout le reste de l'année j'ai été le seul Blanc de la classe.

C'est triste à dire, mais le viol de Stevie m'a été favorable. Du jour où ça s'est passé, je suis devenu le chouchou de Ricky Sylvester. Chaque fois qu'on se croisait dans le couloir, il retroussait les lèvres pour dire goulûment *schtickman*, puis il tendait la main, paume en avant pour que je vienne y faire claquer la mienne. En sport, il empêchait les autres élèves de m'embêter. Pendant un semestre, jusqu'à son arrestation, Ricky fut mon ange gardien.

La dernière fois que j'ai vu Ricky, il se faisait menotter dans le couloir. La semaine suivante, j'ai entendu une demi-douzaine de rumeurs sur les causes de son arrestation, cela allait de trafic de drogue à vol à main armée en passant par alerte à la bombe et le meurtre de son propre père. Des années plus tard, j'ai su qu'il avait été assassiné à la prison de Parchman. En apprenant la nouvelle, j'ai immédiatement pensé au sourire qu'il me faisait quand on se croisait dans le couloir et qu'il me tendait la main. Et chaque fois que nos mains claquaient l'une contre l'autre, je sentais son pouvoir passer en moi.

Quant à Stevie, je ne l'ai plus remarqué jusqu'à l'année suivante, dans un lycée tout aussi pourave, Rowan, quand il s'est bagarré avec Dereker Allan. De la même taille, ils ont échangé une série de crochets si rapides qu'on ne voyait presque plus leurs poings, la rixe s'achevant quand le nez de Stevie a explosé – j'ai eu droit à des taches de son sang sur ma chemise. Une fois Stevie au tapis, Dereker s'est juché sur sa poitrine et s'est mis à lui bourrer le visage de coups. Quand les profs se sont approchés, Dereker a relevé Stevie et l'a poussé tête la première dans un buisson de bardanes. Après cela, je ne l'ai plus jamais revu.

Toujours paré de ma combinaison ailée, j'effectue un virage serré sur la gauche pour revenir vers le nord, au-dessus de la mer de pins, jusqu'à repérer la blancheur scintillante de Gentry et je descends en piqué jusqu'à reprendre place par le toit ouvrant dans la Town Car ébène qui roule sur l'autoroute comme dans une publicité, et une fois installé de nouveau au volant, je reprends une bonne gorgée rafraîchissante de mon délicieux Red Bull.

14

Windy Reach

Après quarante-cinq minutes à cahoter en ville, j'ai presque rattrapé mon retard et je commence à me dire, *OK, j'ai peut-être survécu au pire, peut-être que je n'aurai même pas à revenir au Miguel's*. C'est à ce moment-là que sonne mon téléphone, un numéro inconnu, mais une chose est sûre, la voix, elle, ne m'est pas inconnue.

— Faut que tu viennes me chercher, gros. Je viens de t'envoyer mon adresse par texto.

— Qu'est-ce que tu fabriques en ville, Tony ?

— Viens me chercher. Sors-moi d'ici. Je t'en prie.

Sur ce, il raccroche.

Je t'en prie ? Tony vient de dire *Je t'en prie* ? Nom d'un chien, le monde est devenu fou. J'appelle Horace et lui raconte ce qui vient de se passer.

— Il a dit « Je t'en prie », j'ajoute.

— Bon, bah, va le chercher, répond sèchement Horace.

— Mais il faut que j'aille à l'hypermarché Kroger. Puis sur le campus. Mec, tu m'as trimballé d'un bout à l'autre de la ville toute la journée. J'ai l'impression d'être un de ces trucs de badminton, là…

— Je m'occupe de ces deux courses. Toi, va chercher Tony.

Le truc c'est qu'Horace sait qu'ensuite c'est lui que Tony appellera, et s'il y a un truc qu'il veut éviter à tout prix, c'est que Tony vienne coller des crottes de nez dans son Suburban.

« Volant ! » je m'exclame cinq minutes plus tard, ayant enfin retrouvé le nom du bidule dans lequel on tape au badminton.

Tout en me dirigeant vers l'adresse que m'a envoyée Tony, je me demande si du coup je ne me rends pas complice d'un criminel. Après tout, je sais pertinemment qu'il est en cavale après avoir été accusé de tentative de meurtre, non ? Atterré à l'idée de me retrouver dans la même cellule que Tony, je referme le toit ouvrant, pousse la clim à fond, et tant pis pour la consommation d'essence. L'endroit indiqué est à dix minutes au sud de la ville, Ross Barnett Road. Comme d'habitude il m'a envoyé la mauvaise adresse – c'était sa spécialité quand il était au standard et qu'il dispatchait les courses – mais en m'y rendant, je le repère sur le bord de la route.

Tony prend place à l'avant. Un coup d'œil suffit, aussi incroyable que cela puisse paraître, pour conclure qu'il a pleuré.

— Qu'est-ce que tu fiches ici, Tony ? je lui demande à l'issue de notre premier kilomètre et demi ensemble.

— J'avais besoin de la voir, tu sais ? Alors j'ai coupé le bracelet électronique que j'avais à la cheville et je suis venu ici en stop.

Après avoir dit ça, il commence à se fourrer le doigt dans le nez. Je ne sais pas pourquoi, ça me donne le sentiment d'être quelqu'un de stable.

— Tu es venu jusqu'au Mississippi en auto-stop ? Tu es parti d'où, du Kansas ?

Il opine du chef d'un air sombre. Il continue à se curer le nez.

— Où est-ce qu'on va ? Au Rebel ?

Il hoche de nouveau la tête. Nous restons l'un et l'autre silencieux. Et puis, au bout du troisième kilomètre, je m'éclaircis la gorge et lui demande qui est la personne qu'il avait tant besoin de voir.

— Cheryl, répond-il.

Cheryl ? Vous vous souvenez d'elle ? La femme carrément normale, carrément super belle, avec les gamins blondinets cent pour cent américains, celle qui, pour des raisons insondables, a laissé Tony la baiser à répétition avec une capote usagée ?

— Attends. Tu as bousillé un bracelet électronique de la police et tu as fait tout le trajet en auto-stop jusqu'ici pour voir… Cheryl ?

Il hoche la tête encore plusieurs fois et dit :

— Il fallait que j'essaye de lui expliquer les choses, tu vois ?

Je regarde à plusieurs reprises la plaquette Shakespeare pour savoir si je suis en train de rêver. Je me dis que si c'est le cas, alors le désodorisant se transformera en un poète différent chaque fois que je le regarderai. Mais là, il reste Shakespeare. Tout en faisant ça, mon cerveau réalise lentement que Tony vient d'accomplir l'acte le plus romantique que tout homme ait effectué depuis que Roméo a bu le poison. Tony était prêt à aller en prison pour revoir cette femme et lui expliquer son point de vue de l'histoire, à savoir qu'il avait oublié de mentionner qu'il était recherché par la police, qu'il avait trois enfants d'une autre femme et qu'en fait il n'était pas le propriétaire de la société de taxis All Saints. Il risquait la scène de viol en prison pour dire expressément à cette femme qu'il l'aimait.

— Et alors... comment ça s'est passé? je lui demande peu après le quatrième kilomètre.

Il secoue la tête, comme s'il essayait de chasser une mouche.

— Une catastrophe.

— C'était chez Cheryl, là-bas ? Ça vient de se passer à l'instant – c'est pour ça que tu m'as appelé pour que je vienne te chercher ?

Il hoche la tête et je continue à fixer Shakespeare en fronçant les sourcils jusqu'à ce que mon tic se mette à faire trembloter ma paupière droite. Comme si elle était électrocutée. J'appuie la main sur mon œil et je continue à rouler.

— Hé, ça t'embête pas qu'on fasse une halte? demande Tony.

Je tire la gueule un moment puis hausse les épaules.

— D'accord, mec. Toute la journée ç'a été comme ça. On s'arrête où ?

— Chez ma mère, me répond-il et immédiatement un million de questions assaillent mon cerveau.

Il me vient même à l'esprit que Tony envisage peut-être de cambrioler Stella. Elle a un coffre-fort, c'est en tout cas ce que j'ai entendu dire, mais j'imagine qu'elle ne serait tout de même pas idiote au point de révéler à Tony la combinaison.

— Entendu, dis-je, une fois de plus dérouté par sa capacité à faire en sorte que je l'amène dans des endroits où je n'ai pas envie d'aller.

Stella habite sur la Route 9, à l'ouest, un de ces quartiers résidentiels vieillissants avec un lac artificiel où toutes les maisons sont identiques, en briques grises, avec des auvents comme des yeux au-dessus des chambres à l'étage. À l'exception de petits détails tels qu'un panier de basket dans l'allée du garage ou un arbrisseau dans le jardin de devant, c'est toujours la même maison. En arrivant, nous passons devant un panneau indiquant WINDY REACH et je repense aux baraques où nous sommes allés ensemble pour ses deals de dope. Je repense au fait que Tony a dit à Stella que nous étions amis.

— Là – arrête-toi, dit Tony avec son habituelle impatience. Ne t'engage pas dans l'allée.

Nous nous garons dans la rue, il abaisse la vitre et observe la maison de sa mère. On dirait qu'il essaye de rassembler son courage avant de passer à l'action. Cambriolage, par exemple.

— Elle sait que tu es en ville, lui dis-je. Elle se faisait du mouron pour toi.

La tête qu'il fait exprime le contraire. Une tête qui signifie : *Personne ne se fait de mouron pour moi, ni Cheryl ni même ma propre mère.* Il m'accorde cinq bonnes secondes de cette tronche sinistre avant de tourner la tête et d'observer à nouveau la maison où il a grandi.

Je prie pour que Stella n'ouvre pas la porte maintenant. Je ne sais pas trop à quelle entreprise Tony est en train de se préparer à présent, mais ça ne peut rien être de bon, si ? Non, ça ne peut rien être de bon.

— Tu sais qu'elle a éviscéré mon vieux, hein ?

Quoi ? Qu'est-ce qu'il raconte ? Je ne vois pas du tout de quoi il parle. Les mots qu'il vient de prononcer ne veulent rien dire. Mon cerveau est mort à l'intérieur de son petit cercueil crânien.

— C'était de la légitime défense, j'imagine.

Je patauge encore complètement, toujours en attente de la petite étincelle qui me permettra de piger ce qu'il me raconte. Éviscéré ? Légitime défense ? J'ai juste envie de fermer les yeux et de me laisser mourir. Ce serait tellement facile à faire. Le néant. Ouais, j'ai besoin d'un peu de néant.

— Elle avait un couteau de pêche planqué sous son oreiller. Il la tabassait… soi-disant. C'est en tout cas ce qu'elle a dit aux flics après coup. Il était ivre. Il l'a frappée. Alors elle l'a, eh bah, elle l'a éviscéré.

Tony fait le geste de vider au couteau les entrailles de quelqu'un, et soudain tout s'explique et je dis :

— Ah.

Puis je répète « Ah. » Et puis : « Ah, bon Dieu. »

Il est toujours en train d'observer la maison.

— Là ? je demande. Dans la maison ?

— Ici même. Après quoi on n'a même pas déménagé.

Je pense aux fantômes. Je pense au fantôme du père de Tony qui se balade dans ce quartier, tripes à l'air. Ce doit être compliqué pour un fantôme toutes ces maisons qui se ressemblent. Je l'imagine traînant ses viscères d'une maison à l'autre, hantant les mauvaises personnes tout en cherchant la salope qui l'a éviscéré. J'ai envie de demander à Tony s'il a déjà vu le fantôme de son père. Au lieu de cela, je contemple un peu plus longtemps la maison. Je regarde chaque fenêtre. J'ai peur d'apercevoir un visage en train de me fixer.

Je demande à Tony quel âge il avait quand ça s'est produit.

— Pas d'âge, dit-il. Elle était enceinte de moi, elle en était à six mois de grossesse.

— Oh là là.

Je réfléchis à ce qu'il vient de dire. Il a fait partie du corps qui a tué son propre père. Je me demande si cela fait de Tony un complice.

— Jamais entendu qui que ce soit avoir un mot gentil au sujet de cet homme.

Mon esprit renonce. Je fais non de la tête, ferme mon clapet.

— Laissons tomber. Foutons le camp d'ici, Tony, je m'entends dire.

Un long moment s'écoule avant qu'il hoche la tête.

Alors que nous quittons Windy Reach et tournons à gauche pour reprendre la nationale, mon téléphone se met à sonner.

— C'est ta mère.

— Lui dis pas que je suis là.

Je réponds sur l'oreillette.

— Ouais, lui dis-je. Il va bien.

Maintenant j'ai peur de mentir à Stella. J'ai l'impression de parler à une personne différente, à une Stella qui pourrait m'éviscérer.

— D'accord, dis-je, je vais le faire.

J'enlève l'écouteur de mon oreille, le dépose dans mon gobelet à pourboires.

— Elle veut que tu la rappelles.

Il hoche de nouveau la tête. Je remarque qu'une larme dégouline de sa joue et je détourne le regard. La route se brouille.

Lorsqu'on arrive au motel, Tony sort un pistolet de sa ceinture et me demande si je veux l'acheter. Il est profilé, noir, pas du tout une arme de cow-boy comme celle de Moondog, donc je me dis que ce doit être un automatique. Un 9 mm peut-être ? Bon sang, je déteste les armes de poing. Je les détestais avant même que Dereker Allan m'en braque une sous le nez en salle de sport. Tony inspecte l'arme comme s'il hésitait lui-même à l'acheter. Maintenant je me demande s'il a envisagé d'assassiner sa mère quand nous étions garés devant sa maison.

— Range ce machin, mec.

— Fais-moi une offre, gros.

— Je ne veux pas d'un flingue. Attends – tu n'as pas tué Cheryl, hein ?

— Quoi ? Pourquoi je tuerais Cheryl ?

À la colère dans sa voix, je sais qu'il dit la vérité.

— Désolé, c'est juste que, je sais pas, je déteste vraiment les flingues.

— Qu'est-ce que t'as à l'œil, *gangsta* ?

Je ne l'admettrai jamais, mais ça me plaît plutôt qu'on m'appelle *gangsta*.

— Je ne sais pas, dis-je en continuant d'appuyer de mes doigts, puis de retirer la main pour voir si la paupière arrête de palpiter. Je suis peut-être en train de faire un AVC.

— Prends le flingue et discute pas, d'accord ? Sinon je me tire une balle dès que j'entre dans cette putain de turne.

J'observe ses yeux de chimpanzé et je sais que là encore il est sincère.

— Prends-le – il est à toi. Tu me sauves la vie, là.

Il me tend l'arme, mais je ne veux pas la prendre.

— Mais déjà, comment ça se fait que t'aies un flingue, Tony ?

Je reconnais que ce n'est peut-être pas la question la plus intelligente à poser à un fugitif. Si ça se trouve, chaque fois que Tony était dans mon taxi, il était armé.

— Je l'ai prêté à Cheryl. Elle a cru avoir vu un pervers qui l'épiait par la fenêtre de sa chambre, et ça lui a foutu la trouille. En fait, c'est moi qui l'épiais par la fenêtre. Je croyais qu'elle s'était remise à baiser avec son ex. Je lui ai prêté le flingue pour qu'elle se doute pas que c'était moi, tu piges ? Il se tapote la tempe et ajoute : Elle a dit que j'étais chelva...

— Chevaleresque.

— Ouais. Il a fallu que je cherche la définition. Je savais que c'était un terme positif parce que ce soir-là elle m'a taillé une pipe. C'est un flingue porte-bonheur, vieux. Prends-le.

Je prends le flingue parce que j'ai peur qu'il se mette à chialer. Sérieux, j'ai vraiment pas envie que Tony chiale dans mon taxi. S'il chiale, je sens que je vais chialer moi aussi.

Je pose le flingue sur la banquette entre nous.

— J'avais raison, d'ailleurs.

— Raison à propos de quoi ?

— À propos de son ex. Ils se remettent ensemble. Pour les enfants. Elle a dit qu'elle m'aimait encore mais qu'elle doit faire ce qui est le mieux pour les mômes.

— Elle a dit qu'elle t'aimait encore ?

Il n'entend pas l'incrédulité qu'il y a dans ma voix.

Il hoche la tête avec solennité, renifle.

— Mais elle a dit que ç'avait pas d'importance – qu'on pourra plus jamais être ensemble. Si elle est avec moi, elle perd la garde des enfants.

— Je suis désolé, mec.

— Les femmes sont tellement bizarres.

— Ouais.

— Pourquoi t'aimes pas les flingues ? Je croyais que tous les mecs cool aimaient les flingues.

— Je ne sais pas trop. Peut-être parce que c'est avec un flingue que mon grand-père s'est foutu en l'air.

— Ton grand-père s'est suicidé ?

— Ouais. Mon père m'en a parlé quand j'avais six ans. Je te jure, putain, aller raconter ça à un môme de six ans ! C'est vrai, quoi, je ne connaissais même pas le sens du mot « suicide », il a fallu que mon père me l'explique ce jour-là. La vache, c'était tordu, comme truc.

— Pourquoi il s'est tiré une balle ?

— Je sais pas, mec. Dans ma famille, on se suicide. Tous les hommes se foutent en l'air, et toutes les femmes meurent d'AVC. Enfin bref, du jour où mon père m'a raconté ce truc à propos de mon grand-père, ç'a fait comme si… je sais pas, comme si le suicide était devenu mon nouveau meilleur ami. Comme s'il était toujours là à mes côtés.

Je me reprends, émets un rire jaune et j'ajoute :

— C'est pour ça qu'il vaudrait mieux pas que j'aie un flingue. Sérieux.

— Mais faut que tu le prennes. Si on me chope avec alors que je fais de l'auto-stop, Dieu sait où ils m'enverront. Tu te souviens de l'histoire que je t'ai racontée ? À la prison de Rikers ? Mon ami qui…

— Ouais. Je me souviens.

Et soudain je repense à Althea et me demande si elle est encore en vie. Ça fait des semaines qu'elle ne m'a pas appelé pour une course. Qui l'emmène à sa dialyse ?

Tony prend l'arme, l'embrasse pour lui dire au revoir et la repose sur la banquette, le canon pointé sur ma rotule. En me voyant réagir, il sourit pour la première fois.

— Du calme. Le cran de sécurité est enclenché.

— Tu veux dire qu'il est chargé ?

— Bah. Évidemment. Chargeur plein.

Il n'en dit pas plus et descend du taxi. Et puis, avant de refermer la portière, il s'agenouille pour me demander s'il peut m'emprunter 20 dollars. Je plonge la main dans ma cagnotte et lui tends trois billets de 20. Il les enfourne dans sa poche de jean.

— Hé, merci, gros. Merci d'être sympa avec moi. Tous les autres chauffeurs peuvent pas m'encadrer. Ils me traitent tous comme de la merde – tout ça parce que je leur dois du fric.

Je tousse plusieurs fois en regardant le flingue. Puis je déplace le canon jusqu'à ce qu'il soit dirigé vers la banquette arrière.

— Si tu t'en vas maintenant, lui dis-je, je peux te déposer à l'autoroute.

— Non, j'ai besoin de dormir. Ça fait trois jours que j'ai pas fermé l'œil. Quatre ? Trois ? Je sais plus. Qu'est-ce que ça peut faire ?

Quand je lui demande ce qui va lui arriver, Tony hausse à nouveau les épaules, comme pour dire que ça n'a pas d'importance, ou bien : *Qui est-ce qui en a quelque chose à foutre ?*

— Mon avocat me dit qu'ils seront plus cléments si je me rends de moi-même aux flics. Il a dit qu'il fallait surtout pas qu'ils sachent que j'avais franchi la frontière d'un État.

J'ai mal au dos et je sors de la voiture pour m'étirer. Puis je lui tends le bras au-dessus du toit de la voiture, nous nous serrons la main et je lui dis bonne chance. Il est possible que je le pense vraiment. Mais c'est peu probable. Je le déteste depuis tellement longtemps. Je l'ai détesté même dans mes rêves.

— Raconte à personne ce que je t'ai raconté, hein ! dit-il.

Je hoche la tête et retourne m'installer dans mon taxi à côté de mon flingue porte-bonheur.

Et puis Tony n'est plus là.

En pensant à cela, soulagé, j'enveloppe l'arme dans une serviette et la glisse sous mon siège. C'est là que tous les autres chauffeurs planquent la leur. Et me voilà maintenant comme tous les autres « saints » du paradis de Stella. Maintenant je suis Lucky Gun Lou.

15

Fantômes déconcertés

Les grillons dans ma tête font maintenant un boucan digne d'un croassement de grenouilles. Je suis garé sur le parking du motel, assis sur un flingue et j'essaye de me remémorer le truc le plus romantique que j'aie jamais fait. Mais je me sens tout chose, bizarre, la tête qui tourne, survolté, au point de me demander si en fait ce n'est pas autre chose qu'un Adderall que j'ai gobé. Un autre cachet ? Je n'arrive pas à bouger. Je suis coincé au motel, les yeux rivés sur la porte jaune de Tony. Pendant ce temps, les hipsters s'activent, ils disposent leurs peintures pour l'expo éphémère de ce soir. Ils décorent les chambres avec extravagance, comme il se doit. Ce qui embrouille sans doute terriblement les fantômes de l'hôtel. Chaque nuit ils se tranchent les veines à la même heure, dans la même chambre, dans le même décor, et là, brutalement, il y a un tableau de Jimi Hendrix suspendu au mur à côté d'une vision sous LSD d'exoplanète. Ces pauvres fantômes déconcertés.

Je reste assis à penser à mon grand-père que je n'ai jamais connu. Mon grand-père a travaillé toute sa vie au

Baseball Hall of Fame. J'avais treize ans, longtemps après son suicide, quand mon père m'a emmené visiter le Hall of Fame et tandis que nous traversions Cooperstown, il m'a montré un motel – un établissement minable pas très différent du Rebel – et m'a dit : « C'est là que mon vieux s'est foutu en l'air. »

Je pousse un soupir, ressors du taxi, traverse le parking d'un pas pesant et frappe à la porte rouge décoloré, imaginant les deux femmes à l'intérieur terrées dans un coin, terrifiées en entendant les deux coups à la porte, échangeant un regard, se demandant : *C'est lui ? C'est Jase qui vient nous buter ?* Cela a beau être difficile à comprendre, il y a des types qui vivent pour cet instant de griserie, le sortilège jeté sur des femmes qui en tremblent de peur. Les jumelles junkies ne répondent pas, personne à la maison – ou si elles sont à la maison, elles ont trop peur d'ouvrir la porte. Je lance : « C'est moi, Lou, *votre* chauffeur de taxi. » Après avoir attendu quelques minutes de plus, je retourne laborieusement à ma voiture, une paume appuyée sur mon œil droit tremblotant, mon autre œil scrutant le motel, en quête d'amis, ou d'ennemis…

Hormis les artistes peintres, il ne se passe pas grand-chose au Rebel. Cancer Max n'a pas l'air d'être dans les parages, mais le simple fait de repenser au goût de sa pizza me retourne le bide. Je me rends compte qu'il n'y a aucune chance que j'arrive vivant au terme de cette journée. Nous y voilà. Ce jour où cinq millions des fameux Shakespeare maléfiques du karma, ceux qui revisitent l'intrigue de nos vies, s'unissent pour m'abattre. En fait, ça m'est égal, mec. Tel Hamlet passant en mode suicide par flic interposé, je suis résigné à accepter mon destin.

Empoisonnez-moi. Poignardez-moi. Ce que vous voulez. Vous verrez bien, je m'en tape complètement.

Je retire ma main et la paupière se remet immédiatement à trembloter.

Je suis sur le point d'écrire un message à l'intention des jumelles junkies pour leur dire que Jason est dans les parages au moment où Horace m'appelle. Comment sait-il que je suis libre et non pas avec un client ? Il est soit extralucide soit sataniste. Peut-être le sont-ils tous, j'en conclus. Peut-être que l'entreprise All Saints Taxi est une secte satanique à l'appellation ironique, qui se retrouve en secret dans les bois pour sacrifier des opossums et des tatous sur des autels de fortune. Je les imagine dans l'obscurité, à la lueur des torches, portant des cagoules rouge sang, réunis sous la houlette de Stella. Les satanistes du Mississippi sont les pires, mec. Je le sais d'expérience parce que toute mon enfance j'ai eu peur d'eux. On nous disait toujours qu'ils se livraient à des sacrifices dans les bois alentour. Quelle drôle d'enfance. Tu n'es pas un Mississippien, j'imagine, si tu n'as pas passé enfant de longues nuits terrorisé à l'idée que des satanistes allaient escalader les murs de ta maison comme des iguanes jusqu'à la fenêtre de ta chambre. Qu'il aille se faire foutre, Horace. Que Stella aille se faire foutre. Je laisse le téléphone sonner et me concentre sur ma paupière qui papillote sous ma paume. Entre-temps, mon esprit, ou ce qu'il en reste, tâche de se rappeler un seul putain de geste romantique que j'aurais pu accomplir au cours de ma vie si atrocement dissolue.

Je finis par laisser tomber et je réponds au téléphone.

— Va chercher Teddy au Miguel's, me dit Horace.

Et j'obéis. Tel Hamlet courant au-devant de sa joute fatale, je roule jusqu'au Miguel's et j'attends, et j'attends. Un quart d'heure plus tard, les portes de verre s'ouvrent et deux couples sortent en titubant du restaurant. Quelqu'un ne sachant pas ce qu'il en est réellement pourrait les prendre pour des êtres humains. Mais ils ne sont pas humains. Ce sont des monstres tarés issus de la planète BCBG. Je le sais parce que je viens juste de mettre mes fausses lunettes d'aviateur, genre *Invasion Los Angeles*, et je vois très nettement qu'ils ne sont pas humains, qu'ils ne sont pas de la même espèce que nous.

Le sénateur à la retraite et son épouse sont extrêmement imbibés, mais loin d'être dans le même état d'ébriété que Tiff et Teddy. Au dîner, il a été décidé que le sénateur laisserait sa BMW au Miguel's et que je les raccompagnerais tous chez eux. Baragouinant de leurs voix inarticulées, ils se répandent tous les quatre dans mon taxi et commencent par allumer des cigarettes. Puis, juste au moment où nous sommes sur le point de démarrer, Tiff propose qu'on ferme à clé la BMW avant de partir. Le fait que Tiffany ait fait une suggestion pratique est en soi la preuve de la mise en branle d'un plan diabolique, envoyé par un cosmos en colère. À sa manière, Tiffany a répondu à toutes mes questions sur le karma et l'existence de Dieu. Cela ne rime à rien qu'elle suggère qu'on ferme à clé la BMW. L'univers dévoile son jeu avec une minutie proprement incroyable. Telle est mon intuition intime.

Je regarde fixement Tiffany dans le rétroviseur comme pour lui demander : *Comment est-il possible qu'une remarque aussi raisonnable soit sortie de ta bouche ?*

Pourquoi as-tu choisi ce moment pour dire quelque chose de sensé ?

La femme du sénateur commence à chercher ses clés, lesquelles, bien entendu, sont introuvables. Le sénateur se met alors à hurler sur sa femme, comment a-t-elle pu perdre les foutues clés ? Et là, Tiffany provoque à nouveau la surprise en prenant la défense d'une pauvre femme âgée contre son mari qui la martyrise – c'est le monde à l'envers, un monde la tête en bas – et bientôt Tiff et le sénateur se hurlent dessus si fort que Teddy, sur le siège passager à côté de moi, sort de sa torpeur. Immédiatement il allume une cigarette et la fait tomber sur ses genoux. Elle brûle au niveau de l'entrejambe de son pantacourt mais il est trop ivre pour se rendre compte qu'il a la bite en feu. Tout le monde à l'arrière continue à hurler, une performance vocale digne d'un opéra, hormis la femme du sénateur qui pleure en fouillant dans son sac à main, au moment où le sénateur ordonne à Tiff de retourner à l'intérieur pour retrouver les clés, ce à quoi Tiff répond héroïquement :

— Et pourquoi vous n'iriez pas vous-même, ducon, hein ? Ou votre sac à merde de fils, histoire qu'il fasse quelque chose d'utile une fois dans sa vie ?

Suis-je en train de devenir fan de Tiffany ? D'abord Tony et maintenant Tiff ? Il n'y a plus de règles. Je sirote mon Red Bull tandis que Tiff retourne d'un pas chancelant dans le restaurant à la recherche des clés. Au coup d'œil suivant, la cigarette de Teddy est comme par magie revenue dans sa bouche. Ou peut-être en a-t-il allumé une autre ? C'est le calme dans la voiture, mais je m'attends à tout instant à ce que Teddy se mette à beugler et j'ai l'intuition que c'est ce cri venu de l'entrejambe qui pourrait m'achever.

Tiff revient avec une bouteille de vin dans un sac d'épicerie en papier, elle la brandit victorieusement au-dessus de sa tête en faisant un grand sourire avant de remonter dans la voiture.

— Vous vous rendez compte, on a failli oublier ça ! dit-elle une fois à l'intérieur.

— Et les clés ? je demande.

— Les clés ? Ah, elles n'y étaient pas.

— Vous avez demandé au serveur ?

Ma question est ignorée et, en l'espace de quelques secondes, ils sont tous de nouveau en train de se hurler les uns sur les autres. J'enclenche une vitesse tout en observant leurs visages grotesques dans le rétroviseur. C'est dans cet état d'esprit que je me dirige vers la maison du sénateur, mes passagers ne cessant de se brailler dessus. Au milieu de ce brouhaha, Stella m'appelle. Je décroche mais ne dis pas un mot, je tiens mon téléphone en l'air afin que Stella prenne conscience de la risible folie ambiante. Tiff, sur la banquette arrière, est à présent en train de taper de ses petits poings sur Teddy, assis à l'avant. Du coup, la tête de Teddy est secouée comme s'il appréciait la musique, suivant le rythme de quelque chanson intérieure. Il est assis seul à l'avant parce qu'ils avaient tous peur qu'il leur vomisse dessus. « Fais-le monter à l'avant avec le chauffeur », avait ordonné le sénateur quand ils s'étaient entassés sur la banquette arrière.

Au moment où je me mêle à l'intense circulation de Vardaman Avenue, la Town Car émet un grognement misérable – tel un cachalot frappé par un harpon – et soudain nous voilà au ras du sol, soudain le monde est très haut et nous avons l'impression que nos culs raclent le bitume. Je fais halte au premier parking, sors de la voiture, en fais le tour. Je les entends encore se hurler à la figure, à l'intérieur. Se sont-ils seulement rendu compte que nous nous étions arrêtés ? J'envisage de les laisser là et d'appeler un taxi.

Le problème, je le constate, c'est que la suspension arrière a lâché. J'y avais par le passé remédié en appuyant sur un interrupteur, dans le coffre, qui réactive les amortisseurs pneumatiques, qui sont les talons d'Achille de la Town Car. J'actionne le bouton. Rien. J'appuie de nouveau. Rien. Les pneus frottent presque contre le châssis de la carrosserie. Je remonte et redémarre en douceur. Le fait de rouler en étant si bas sur la chaussée me donne l'impression d'être un môme. Nous déposons d'abord le sénateur et sa femme en pleurs. Le temps que nous arrivions chez Teddy, je ne peux plus du tout parler. J'ai peut-être fait un AVC. Difficile à dire. En tout cas je me sens bizarre. Indifférent, je dirais. Mes yeux ont cessé de papilloter, mais j'ai maintenant un truc qui cloche dans les oreilles. J'entends les sons bizarrement. Plus graves. Plus lents. Et puis il y a cette bande de reluqueurs démoniaques.

— Il va bien ? demande Tiff à Teddy.

Nous sommes garés devant leur garage, mais je ne sais pas du tout où nous sommes, ni comment nous sommes arrivés là. Pourquoi le monde est-il si haut ? Teddy passe la main devant mon visage, essayant de capter mon attention. Ils me parlent, essayent de me faire sortir de ma grotte, mais je n'émerge pas. À un moment, Teddy agite un billet de 100 dollars sous mes yeux et se met à roucouler les mots « biiiiiière frrrrrrraîche ». Il finit par renoncer et laisse tomber le billet sur mes genoux.

Et puis ils ne sont plus là.

Je reste assis à mon volant. C'est une journée magnifique et des moineaux s'éclaboussent dans un bassin pour oiseaux en ciment mais je ne les trouve pas mignons. Dans le jardin du voisin, un berger allemand coule un bronze en tremblant de l'arrière-train, mais je ne suis pas dégoûté. Pépiements d'oiseaux. Aboiement de chiens. Klaxon de voiture. Un fredonnement de coquillage se mêle au croassement des grenouilles et pourtant j'entends clairement tous les sons autour de moi. Tout est musique. Tout est un type de musique.

Je suis encore porté par cette vague d'indifférence quand Tiff réapparaît à l'extérieur et vient s'affaler sur le capot de la voiture. Elle se cogne contre la tôle, clopine jusqu'à la portière et lâche d'une voix inarticulée : « Joublié mon ptainde briquet », elle se glisse sur le siège avant et commence à me peloter. Je la laisse faire. Je suis encore en train d'écouter la musique de l'univers tandis qu'elle m'embrasse dans le cou, sur la figure, les lèvres. Puis, après avoir glissé sa langue dans mon oreille, voire dans mon cerveau, elle commence à défaire ma braguette, mais je ne suis pas là. Je ne suis qu'un fantôme de plus dans une Town Car garée dans une casse depuis des décennies. Je suis assis au milieu d'épaves de voiture et je laisse son fantôme s'en prendre à mon fantôme. Mes mains sont encore sur le volant, comme si je conduisais. Tiff retourne ensuite dans la maison. Les textos ne cessent de retentir sur mon portable. Le téléphone sonne. Je m'en fiche. J'ai franchi le seuil de l'utérus du désespoir et suis entré dans la matrice de Samadhi. Je reste là, immobile, à écouter sa musique douce-amère.

Le sortilège ne dure pas longtemps. Un bref instant de grésillement avant que la bulle n'éclate. La colère revient, la jalousie, la peur. Ces sentiments me reconstituent vite.

C'est alors que je constate que le billet de 100 dollars qui était sur mes genoux a disparu.

Et ouais, tout en me tripotant, Tiff m'a subtilisé mon pourliche.

« TUE-LES ! TUE-LES TOUS ! » aboie l'Homme-Bouc.

J'attends que cesse l'écho de sa voix, puis je hoche docilement la tête, tel un laquais, je sors du taxi et m'avance vers la porte d'entrée. Je vais me lâcher façon *Helter Skelter* dans cette baraque. Je vois déjà la rubalise jaune de la police, les hiéroglyphes de sang barbouillés sur les murs, lorsque soudain me revient à l'esprit l'anecdote de la douche en prison que m'a racontée Tony. Une histoire tellement sordide que l'idée d'entrer dans la maison et d'assassiner tout le monde se dissipe immédiatement. Durant ce bref instant Tony est le Bouddha.

J'ai des trous noirs temporels après ça et je me retrouve garé en centre-ville sur la place de parking face à l'Oasis. Le soleil se couche derrière moi et l'horloge numérique m'indique que ma journée sera terminée dans deux minutes. Que s'est-il passé ? Comment suis-je arrivé ici ? La Town Car a-t-elle été kidnappée ? Ai-je assassiné quelqu'un ? Pourquoi ma braguette est-elle ouverte ? Tout ce qui compte, je crois bien, c'est que ma journée de boulot est presque terminée. NE REGARDE PAS L'HORLOGE, MEC ! Je suis en train de fixer l'horloge quand

Horace appelle et m'annonce qu'il faut que j'aille chercher un certain David à l'hosto des transplantations d'organes de Memphis.

Merde ! Merde ! Merde ! Merde !

Horace, cette espèce de fayot, adore m'envoyer chercher un passager à la dernière seconde. Parfois je le soupçonne d'avoir reçu la demande de course plus tôt mais d'attendre la toute fin de journée pour m'appeler. Une fois par semaine au moins nous nous disputons à ce sujet. Stella est au courant de la tension qu'il y a entre nous deux et m'a demandé de tenir bon jusqu'à ce qu'elle embauche un nouveau chauffeur qu'elle n'embauchera jamais.

— L'hosto des transplantations d'organes ? Mec, je suis à cinq minutes de mon canapé – je sais déjà quel cocktail je vais me préparer – s'il te plaît, tu pourrais pas y envoyer quelqu'un d'autre cette fois-ci ?

Ma complainte est suivie d'un silence à l'autre bout du fil. Horace n'est pas bavard. Il finit par murmurer :

— On n'est que tous les deux, camarade, et c'est moi qui distribue les courses. En plus, tu te plaignais pas à Stella dans mon dos que je te filais pas suffisamment de courses à Memphis ?

— Et merde, dis-je, parce que sur ce coup, il m'a coincé.

Memphis, à une heure quinze de route, 1,50 dollar par tête – ça fait 75 dollars, moins l'essence, plus le pourboire –, un bien meilleur butin que lorsque tu te retrouves bloqué dans la circulation. Horace a tendance à se garder les courses à Memphis pour lui ou ses potes, Kirby en particulier. À ce stade, je ferais mieux d'accepter sans moufter, au lieu de quoi je tente de finasser pour ne pas me taper ce trajet en disant à Horace que je dois déjà aller à Memphis demain matin – ma seule matinée de congé de toute la semaine – chercher un copain à l'aéroport. Horace m'interrompt en me disant que je n'ai pas intérêt à prendre la Town Car pour me rendre à Memphis demain matin.

— Je ne prendrai pas la Town Car, lui dis-je sur un ton pleurnichard. J'emprunte la Lexus d'un copain.

Nous avons à peine raccroché que Horace me dénonce à Stella, laquelle m'appelle deux minutes plus tard, exigeant de savoir si je prends sa Town Car pour aller demain à Memphis. Je lui dis que non, je ne prendrai pas sa précieuse Town Car, j'irai avec la Lexus de mon pote Vance le chercher à l'aéroport.

— Il me laisse conduire sa voiture quand il est en vacances.

J'ai du mal à articuler, là. J'ai une élocution pâteuse, comme après une attaque. Tout en parlant, ou du moins en essayant, j'imagine Stella fumant le cigare, peut-être en train de jouer à plante-couteau entre ses doigts écartés. Combien d'hommes a-t-elle tués ? je me demande. Où sont les corps ?

— Oasis Vance ? me demande-t-elle.

— Ouais, je grogne.

— Il m'a dit une fois que nos tarifs étaient trop élevés.

Je pige tout de suite, à la façon dont Stella a dit ça, qu'elle ne le pardonnera jamais à Vance, et je sais aussi que Vance n'aura aucun souvenir de cette conversation.

C'est vrai que nous faisons payer trop cher, ai-je envie de dire à Stella. Et pourtant, allez savoir, personne ne gagne d'argent. On arnaque les gens et on empoche que dalle. Personne, même pas vous, Stella. Un truc m'échappe.

— Tu le fais payer combien ?

— Qui ?

— Vance.

— Oh. Rien. C'est un ami. Je vais juste le chercher à… l'aéroport. Il était en vacances au… Mexique.

— Tu n'as pas intérêt à prendre la Town Car pour des courses en douce. Même à Memphis. Je finirai toujours par le savoir.

— Des courses en douce ?

— Je finirai toujours par être au courant.

Après un silence, elle ajoute sur un ton pas très assuré :

— J'ai des amis. Ça fait un bout de temps que je suis dans ce business, mon pote.

Et ça, je sais que c'est vrai. La moitié des gens qui montent dans mon taxi mentionnent son nom. Elle a eu une influence énorme à Gentry et a ramené chez eux des milliers d'ivrognes, leur évitant de tuer quelqu'un.

À sa façon, Stella est une sainte qui a sauvé plus de vies que le médecin moyen. Ce n'est pas un boulot facile – à aucun niveau. Personne ne devient riche et chacun a l'impression de se faire arnaquer. Fichtre, les chauffeurs de taxi opèrent encore sur le principe de la confiance – pas étonnant que tout le monde soit si parano.

— Pas de courses en douce, mister, sur un ton plus léger cette fois-ci.

Puis elle ajoute :

— Mais là, j'ai besoin que tu passes prendre Abigail avant d'aller à Memphis.

Je ne réponds pas. De nouveau j'ai peur d'ouvrir la bouche. Mon œil se remet à trembloter.

— Je sais, je sais, continue Stella – mais c'est toi qu'elle a réclamé.

— Elle m'a réclamé ? je m'exclame brutalement, tout en sachant que c'est vrai.

Abigail est la doctorante que Kirby ne cesse d'inviter à son hypothétique orgie.

— Je te propose un marché : tu pourras arriver une heure plus tard demain après-midi – qu'en dis-tu ?

— Une heure ? J'ai besoin d'une journée entière de congés, Stella. Je deviens maboul. Sérieusement, j'ai l'impression d'avoir fait une… espèce d'AVC. Et, écoutez, il faut que vous vous arrangiez pour que Horace commence à…

— Je sais, je sais – je t'ai dit que j'allais embaucher un nouveau gars la semaine prochaine.

— Ça fait des mois que vous dites ça

— Parce que c'est vrai. Il s'appelle Ace.

— Qui est-ce qui s'appelle Ace ?

— Le nouveau chauffeur que j'embauche.

— Ah, fais-je mollement.

Le fait de savoir que ce mensonge a un nom me réconforte.

— Maintenant, va chercher Abigail avant que je me mette en colère, dit-elle, et elle raccroche.

Après m'être déchaîné avec mon index, je vais chercher Abigail. De toute façon, je l'aime bien, Abigail. Elle est titulaire d'un master et vient de se rendre compte que son diplôme ne valait rien, aussi a-t-elle refait un emprunt étudiant pour s'inscrire en doctorat. Sa spécialité ce sont les femmes dans la mythologie, ou les fables, ou les contes de fées – un truc dans le genre. Elle a fait l'armée, c'est plutôt un petit gabarit avec des cheveux courts, et charmante dans le genre intello. Ses lunettes rondes lui font des yeux verts énormes.

Quand elle s'assoit sur la banquette arrière, je lui demande ce qu'elle raconte de beau et elle me dit qu'elle a fait une demande de bourse pour le financement d'un journal littéraire féministe.

J'essaye de rester attentif pendant qu'elle me parle de son journal, mais au lieu de cela je pense au flingue sous mon siège et à un truc que Kirby m'a raconté. Kirby m'a dit, sur le ton du conseil, que toute femme qui s'assoit à l'avant de ton taxi veut coucher avec toi. Je me dis que ce qui cloche dans le monde, c'est Kirby, et que je devrais peut-être le descendre avec mon flingue porte-bonheur. Il y a un paquet de gens que j'ai envie de buter, mais je décide qu'il me faudra commencer par Kirby.

Je m'imagine dégommant Kirby en plein dans la bite pendant qu'Abigail décrit le journal féministe qu'elle veut lancer. Je m'entends dire :

— C'est comme ouvrir un café ou monter un groupe.

— Qu'est-ce qui est pareil ?

— Désolé. Je suis un peu… Je voulais dire, lancer son propre… projet littéraire… magazine, journal, c'est un peu pareil…

— Hé, vous êtes sûr que vous allez bien, Lou ?

— Ouais, je crois. J'ai besoin d'un jour de congé, c'est tout. Où va-t-on ?

— Barnett Hall. Mais d'abord il faut que je passe vite fait au Shipley's, acheter quelques beignets pour une réunion.

— Ah, je fais.

Barnett Hall est le théâtre de mon si spectaculaire échec dans l'enseignement.

Je me demande, vaguement, si les boxeurs âgés atteignent un point dans les derniers rounds des combats perdus où ils apprécient de se prendre des coups.

— Avez-vous déjà songé à créer votre propre journal littéraire ? demande Abigail.

— Non. D'ailleurs, je n'ai jamais lu ces machins. À mon avis, personne ne les lit jamais.

— Moi je les lis.

— Vraiment ?

— Bien sûr. Oh, ça me fait penser. Est-ce que vous allez à la grande lecture, ce soir, au Syd's Bar ?

— Non, ces manifestations me foutent les boules.

Après quoi je lui demande qui lira cette fois-ci.

— La moitié des profs de la fac d'anglais. Je pensais que vous aussi vous alliez lire ce soir. Tenez.

Elle me tend un tract pour un événement intitulé « Noir au Bar ». Il s'agit d'une lecture collective dans le seul troquet miteux qui subsiste à Gentry, le tract se compose de la photocopie d'une couverture de polar – un gangster, une pépée mi-nue, un flingue, une bouteille de whisky – et sous l'image, une liste des auteurs locaux qui liront – ils sont une dizaine.

Tout en haut du tract, on peut lire en gros titre ARRÊTEZ-NOUS AVANT QU'ON TUE À NOUVEAU, entouré de minuscules machines à écrire.

L'Homme-Bouc tente à ce moment-là de prendre le dessus. S'il y a un truc que déteste l'Homme-Bouc, ce sont les polars écrits par des profs. Je le refoule de mon mieux et l'enfonce dans le lac en feu de *La Légende de*

Beowulf, à côté de la mère de Grendel, avant de finir de lire la liste des noms : la totalité des profs du département d'anglais. Un seul de ces profs a-t-il déjà eu un boulot de nuit ? Ont-ils déjà travaillé ailleurs que dans l'enseignement ? Bordel, pas étonnant que les gens normaux ne lisent plus.

— Ce doit être comme le Far West dans ce département d'anglais, je marmonne.

Puis je ferme les yeux un moment pour laisser l'Homme-Bouc hurler et bredouiller.

« DU ROMAN NOIR ÉCRIT PAR DES PAPAS-POULES ! » me hurle-t-il.

— Vraiment, ils ne vous ont pas demandé de venir lire ce soir ?

« TUE-LES ! TUE-LES TOUS ! » hurle-t-il.

Je rends à Abigail le tract par-dessus mon dossier.

— Première fois que j'en entends parler, dis-je.

— Wow. Ça craint. Hé, qu'est-ce qui vous arrive à l'œil ?

— Je ne sais pas trop, Abigail. Une espèce de truc qui s'est développé récemment.

À la seconde où je la dépose sur le campus, Stella me rappelle.

— Changement de programme, annonce-t-elle de la voix enjouée qu'elle se réserve pour les mauvaises nouvelles.

— Quoi ? Memphis a annulé ? je demande, plein d'espoir.

— Non, il faut toujours que tu ailles chercher David à l'hôpital – oh, et avant que j'oublie, il faut d'abord que tu l'appelles.

— Mais…

— Laisse-moi terminer. Tu l'appelles et tu lui demandes son numéro de carte de crédit avant de partir. Il est un peu chelou.

— Chelou ?

— Tu vois le genre.

— Ah bon, je vois le genre ?

— Ouais. S'il peut truander, il ne s'en privera pas. Ce genre de client.

— Ah. OK.

L'impression de déjà-vu qui déferle comme une vague électrique me fait soupçonner d'avoir déjà eu cette discussion. Possible qu'on l'ait chaque jour.

— Mais d'abord j'ai besoin que tu me rendes un service.

— Non, dis-je, tranchant. Puis je change de ton : Oh non. Finalement j'ajoute : Quoi ?

— Financièrement, ça va être intéressant, je te promets. Je veux que tu passes prendre une femme – euh… Samantha – au centre de désintox et que tu la déposes à Memphis avant de récupérer David à l'hôpital. Elle doit se rendre à l'aéroport.

— Lequel ?

— Il n'y a qu'un seul aéroport à Memphis, mon cher.

— Non. Quel centre de désintox ? Pas celui sur la 315, j'espère ?

— Si. Celui sur la 315.

— Oh non.

— Ne t'en fais pas. Elle avait l'air bien, au téléphone. Peut-être un peu impatiente. Enfin bref, je me disais que tu serais content d'avoir un passager à l'aller et un au retour. Double course. Deux fois plus de plaisir.

— Quoi ?

— C'est une pub. Laisse tomber.

Je ne vois pas du tout de quoi elle parle.

— Je crois que j'ai fait un AVC.

— Elle est normale, je te promets.

— Aucun individu venant de cet établissement n'a jamais été normal. Ils s'enfuient tout le temps par les fenêtres et tout ça.

— Ouais, enfin bref, elle a besoin qu'on l'emmène à Memphis, mon cher, or c'est ta destination. J'ai déjà annoncé à David que tu aurais un peu de retard.

— David ?

— Le gars de l'hôpital où ils font les transplantations d'organes.

— Ah. David le Chelou. Ça se trouve où, d'ailleurs ? Je croyais connaître tous les hôpitaux de Memphis.

— Ce doit être un nouveau. Demande-lui l'itinéraire une fois que tu auras son numéro de carte bancaire. Hé, au moins tu pourras faire la grasse matinée demain.

— Non. Je vous ai déjà dit que j'allais à Memphis demain matin.

— Pas dans ma Town Car, j'espère.

Je commence à lui expliquer que nous avons déjà eu cette conversation, du moins il me semble – j'en suis presque sûr –, au lieu de quoi je pousse un long soupir en espérant que ça suffira.

— Tu ne prends pas la Lincoln, hein ?

— Je prends la Lexus de Vance.

— Ah, d'accord. Tu sais qu'il m'a dit une fois qu'on faisait payer trop cher ?

J'ai l'impression d'être debout sur une fourmilière de déjà-vu. J'essaye de soupirer à nouveau mais ça se finit en rot.

— C'est vrai qu'on fait payer trop cher, m'entends-je dire à Stella. Mais on est tous raqués. Il y a un truc qui m'échappe, Stella. Pourquoi n'êtes-vous pas riche ?

— Moi non plus je ne comprends pas, Lou.

— Où est-ce que je vais, maintenant ? Je veux dire, là, dans l'immédiat.

— Faire de l'essence. Puis le 315. Puis la désintox chelou.

— Ah ouais. Merde. Désintox chelou.

— Et ensuite David-le-chelou.

Sur la route pour aller faire de l'essence, je passe devant le Syd's Bar, où a lieu ce soir la lecture de textes noirs. Je m'imagine un instant entrer, le flingue de Tony à la main, tirant quelques coups au plafond avant de hurler : « HÉ, BANDE D'ENCULÉS, EST-CE QUE QUELQU'UN PARMI VOUS A COMMANDÉ DU NOIR ? ALORS COMME ÇA LES PETITS PROFS VOUS VOULEZ DU NOIR, HEIN ? » J'appuie la pointe du canon, je ne sais pas trop comment ça s'appelle, sur ma tempe. « JE VAIS VOUS EN DONNER MOI DU PUTAIN DE ROMAN NOIR ! »

C'est un bref fantasme, une tête de bouc qui momentanément se dresse au-dessus des vagues, mais cela illustre le fait qu'à partir du moment où tu as un flingue en ta possession, ton esprit immédiatement se met à broder des scénarios te permettant de t'en servir. Que dois-je faire de cet engin ? Il n'est tout simplement pas question que je continue à rester le cul posé sur un flingue chargé. Si je le garde, je finirai probablement par me buter dans l'année. Ou Miko l'utilisera peut-être pour m'assassiner dans mon sommeil. Le flingue vaut-il quelque chose ? A-t-il déjà été utilisé pour un crime ? A-t-il déjà tué quelqu'un ? Serais-je capable de le décharger sans me tirer une balle dans la bite ? Puis-je tout simplement le jeter par la fenêtre de ma voiture et ne plus en entendre parler ?

La vérité c'est que le simple fait de le toucher me fiche la trouille.

Et puis il y a une vérité plus sombre : j'aime le sentiment de puissance qu'il me procure.

Je fais le plein d'essence et repasse par la maison grignoter un morceau avant d'aller au centre de désintox. La seule chose qui a changé à la maison, c'est que Miko s'est miraculeusement déplacée du lit au canapé. Pour elle c'est comme avoir gravi l'Everest.

Elle lève la tête de son livre et dit bonjour sur un ton las.

Je hoche la tête, sur mes gardes, et me dirige vers la cuisine, mais finalement je m'arrête. Me sentant de plus en plus divisé, comme si une partie de moi fourrageait dans le frigo tandis que l'autre se tenait près du canapé, je m'entends dire :

— Cette histoire n'a que trop duré, Miko. J'ai besoin que tu sortes de ma vie. Je vais rester chez Vance jusqu'à ce que tu t'en ailles. Miko – ne me regarde pas comme ça – tu ne vois pas qu'on est en train de se tuer à petit feu, là ? On dirait un pacte suicidaire.

Après avoir dit ça – je ne crois pas avoir réellement dit ça – je repense au flingue. Je me demande si c'est le flingue qui m'a donné le courage de rompre avec Miko. Je suis peut-être quelqu'un de nouveau maintenant que j'ai un flingue. Désormais je suis Lucky Gun Lou, toutes les règles ont changé, et ma vie va nettement s'améliorer.

Ou nettement empirer.

— Tu es vraiment un connard, dit Miko.

Elle a craché cela avec un tel venin que je me dis qu'elle serait capable de me lancer son livre à la figure. Le livre qu'elle pourrait me lancer à la figure s'intitule *Les Femmes illustres* de Madeleine de Scudéry, qu'elle lit en français dans le texte. Miko lit le français et l'italien mais, bizarrement, ne parle aucune des deux langues. Plus d'une fois l'idée m'est venue qu'elle mentait peut-être concernant sa capacité à lire en français et en italien.

— On se tue à petit feu, Miko, dis-je sur un ton larmoyant, n'osant pas croiser son regard inflexible. Écoute, je suis désolé pour tout, mais je veux que tu aies fichu le camp avant la fin du mois.

— Où veux-tu que j'aille ?

— Tu as bien dû y réfléchir, depuis le temps. Tu es intelligente. Tu savais que ça finirait par arriver. Tu dois bien avoir un plan.

Les femmes ont toujours des plans, non ? Ce sont les hommes qui n'en ont jamais.

Je commence à me replier vers la porte d'entrée. Il faut vraiment qu'elle décampe. Mais j'ai encore plus envie, moi, de décamper. Ceci n'est pas une histoire d'amour, c'est une évasion de prison. J'aurais dû faire ça depuis des années. Je suis grisé de le faire enfin maintenant, mais c'est aussi comme un rêve de liberté qui peut à tout instant éclater comme une bulle.

— Tu es dingue, me hurle-t-elle.

Comme je me suis mentalement fait à l'idée que j'avais une arme à feu, ces dernières minutes, je ne me donne pas la peine de nier. Je me tiens devant la porte et essuie sa colère. Ça n'a pas d'importance. Je sais qu'à ce stade elle dira n'importe quoi pour me blesser. C'est déjà arrivé je ne sais combien de fois. Bientôt elle pousse des cris hystériques et je reste là, à recevoir son fiel. J'ai vu Bob Dylan une fois à Memphis. Il a commencé par jouer tous ses standards et on voyait bien qu'il était vraiment malheureux. À la fin de chaque chanson, il subissait les applaudissements en grimaçant. Eh bien, je ressens exactement la même chose : je suis planté là, à braver l'ire de Miko comme si c'était un vent mauvais.

— Je n'aurais jamais dû venir ici ! Tu as détruit ma vie ! Tu es complètement délirant, putain ! Il faut que tu ailles voir un psy. Tout ça, tu l'as inventé, Lou. De même que tu as inventé ce Stevie Halcomb pour ne pas avoir à affronter ce qui t'est arrivé à toi, au lycée.

Nous avons vécu tellement de variations de cette dispute que j'ai le sentiment de traverser une série de pièces, de pousser une porte après l'autre, et quelle que soit la pièce dans laquelle j'entre, Miko et moi sommes en pleine dispute, toujours la même dispute.

— Ce n'est pas Stevie qui s'est fait violer, c'est toi. C'est pour ça que Ricky était si gentil avec toi après coup. Parce que tu étais sa pute. C'était toi dans les vestiaires. Ce jour-là tu as quitté ton corps pour la première fois. Tu t'es séparé en deux – ce n'est pas normal de faire ça. C'est toi qui as été violé, Lou. Tu souffres de névrose post-traumatique depuis ta première année au lycée, espèce d'imbécile, et il faut que tu consultes un psy, sinon tu vas mourir. C'est un miracle que tu aies vécu si longtemps.

Je souris méchamment et commence à lui dire qu'elle est folle, mais je me souviens soudain que je le lui ai déjà dit au moins deux cents fois. Une sensation de sérénité commence à m'envelopper. Cette affaire est presque terminée. Je l'ai fait. J'ai exorcisé Miko.

— Écoute-moi, lui dis-je. Tout ce qui compte c'est qu'à la fin du mois tu aies fichu le camp. Si à la fin du mois tu es encore là, je te sors manu militari.

Tout en disant ça, je ne peux m'empêcher de me dire que nous avons été heureux à un moment, un bref moment, j'étais fier de l'avoir comme petite copine, de me balader en ville sur ma Vespa, avec elle assise à l'arrière.

— Eh bien, je peux déjà te dire que je serai encore là, insiste-t-elle, et qu'il va effectivement falloir que tu me vires manu militari. Et une fois que tu m'auras fichue dehors, j'irai peut-être vivre avec les *frat boys* d'en face. Je parie que ça leur plaira.

Encore un de ses tropes. Elle bloque sur les *frat boys* d'en face, elle essaye toujours de me rendre jaloux d'eux. Parce qu'ils sont jeunes et beaux, comme elle est jeune et belle. Il faut dire que ç'a marché. Il y a eu une époque où j'étais jaloux d'eux. Après tout, pour ce que j'en sais, elle va peut-être les voir tous les jours, pendant que je marne dans mon taxi pour payer le loyer.

Elle se remet à hurler, me traite de tous les noms déjà entendus je ne sais combien de fois, mais je sors de la maison, m'assois sur mon flingue porte-bonheur et, au bout d'un moment, je démarre et m'en vais.

16

GRACELAND

Lorsqu'un cerf perd son sang, ses fluides se solidifient au soleil du Mississippi et se transforment en un écheveau rouge foncé sur la route. Ces taches ont l'air de grands tests de Rorschach. La journée a été tellement traumatisante que je m'attends à moitié à ce qu'un grand cerf vienne transpercer mon pare-brise. Et puis merde, je décide que ça m'est égal. Tu es le bienvenu sur mon pare-brise, grand cerf. Il y a de pires façons de crever. J'aurai peut-être droit à ces chouettes croix sur le bord de la route, qui font flipper tout le monde.

Sous le choc d'avoir enfin rompu avec Miko – ç'a vraiment eu lieu, hein ? – je prends la 315, les menues secousses de la Town Car me bercent, puis j'appelle ce David à l'hôpital de Memphis pour m'assurer qu'il pourra effectivement payer. D'emblée il monte sur ses grands chevaux à l'idée de devoir me communiquer son numéro de carte bancaire.

— Hé, vous voulez que je vienne vous chercher ou pas ? je l'interromps.

Il récite les numéros de mauvaise grâce, après quoi je le remercie avec une politesse exagérée – un truc que j'ai appris de Stella – et je raccroche. C'est mal parti, entre David et moi, mais qu'est-ce que ça peut faire ? Je suis assis sur un flingue chargé, après tout. *Putain, faut pas me chercher*, me dis-je. *Putain, faut pas me chercher.*

Vingt minutes plus tard, je m'engage sur une route privée qui serpente entre les pins jusqu'au bâtiment blanchi à la chaux du centre de désintox. À mi-chemin de ce dédale, je donne un coup de freins. Une femme en tee-shirt tie and dye et blue-jean est assise en tailleur sur un rocher, au milieu de sacs-poubelles blancs. L'espace d'un instant, on la dirait d'un autre monde, une déesse chevauchant son improbable planète ceinte d'une orbite de lunes blanches bosselées. Une fois que les freins se sont tus, je me penche en travers de la banquette avant, baisse la vitre et lui demande si elle attend un taxi.

— Non, je communie avec la nature, ça ne se voit pas ? Bon Dieu, c'est quoi leur problème aux gens, ici ?

Pas évident de situer son accent, mais il ne vient pas du Mississippi, ça c'est sûr. La femme – Samantha, c'est bien ça ? – arbore un tee-shirt Ben & Jerry que j'ai très probablement teint moi-même dans une vie antérieure. Je considère le tee-shirt de mauvais augure. Elle est plus jeune que moi – la quarantaine, je dirais –, sa chevelure, une resplendissante fontaine châtain se déversant au petit bonheur sur son visage rond, discrètement parsemé de taches de rousseur, lui confère un faux air de bonne santé. Je l'aide à charger ses sacs-poubelles dans ma voiture. Elle est surprise par le volume de mon coffre.

— Hé, c'est quoi le problème dans ce taxi ? J'ai l'impression d'être le basketteur Shaquille O'Neal.

Je lui dis que mes amortisseurs sont à plat, que ça arrive souvent.

— Pas très grave, j'ajoute.

— Pas très grave, répète-t-elle d'une voix qui s'éteint.

Puis, en montant dans la voiture, elle se présente :

— Samantha Gillespie, du moins aux dernières nouvelles…

Une fois que nous avons démarré – elle s'est installée sur le siège avant – je lui demande si elle a dû s'échapper par la fenêtre.

— Pourquoi ? C'est fréquent ? Vous savez ce qui se passe, par là-bas ?

— Un peu. Enfin, je suis déjà venu chercher des clients. Au moins, vous avez vos affaires. D'habitude, ils vous empêchent de récupérer vos affaires, si vous partez plus tôt que prévu.

— Pfff, vous croyez que je me suis pointée ici avec des sacs-poubelles ? Il a fallu que je balance mes affaires par la fenêtre. Ils m'ont même confisqué mon iPhone. Allez savoir ce qu'ils vont en faire. Je veux dire, il y a des vidéos assez intimes dans ce téléphone.

— Ils vous ont dit qu'ils vous les renverraient par transporteur, c'est ça ?

— Ouais. C'étaient des bobards ?

— Non. Enfin, je ne sais pas. Je ne fais que répéter ce que d'autres m'ont dit. J'ai un client qui a sauté par la fenêtre.

— De votre taxi ?

— Non, dis-je en éclatant de rire, mais je m'arrête quand ça commence à devenir sinistre. Il a sauté, euh, il s'est enfui en sautant par la fenêtre de l'hôpital – la clinique – je ne sais pas comment ils appellent ça. Genre, pour s'échapper. Je secoue la tête et explique sur un ton mystérieux : La journée a été longue.

— Vous avez eu une longue journée ? répète-t-elle. Dites, mister-le-chauffeur-de-taxi-du-Mississippi, puis-je s'il vous plaît utiliser votre téléphone afin de pouvoir vous régler cette course ? Il faut que je demande à mon mari d'effectuer un virement sur ma carte. Je n'arrive toujours pas à croire ce qui m'est arrivé là-bas. Pour l'instant, je suis en état de choc. Ne faites pas attention à ce que je raconte. Sérieusement, c'est quoi leur problème aux gens, ici ?

Après un silence, elle me précise :

— Ça non plus, n'y faites pas attention, hein.

— D'accord. Je suppose que vous n'êtes pas d'ici.

— Oh que non.

Elle se signe avant de prendre mon téléphone à deux doigts comme s'il était infecté par Ébola.

— Je pourrais aussi bien être de Mars, vu la façon dont tout le monde n'arrêtait pas de me mater. Chrome ? Nan mais qui utilise encore Chrome aujourd'hui, *dude* ? *Mississippi goddam*… Hé, vous n'allez pas m'emmener dans les bois et me faire Dieu sait quoi pendant qu'un débile mental jouera du banjo, hein ? Nan mais sérieux, c'est quoi ce délire ?

À la seconde où elle dit ça, j'ai l'air du film *Délivrance* qui vient se loger dans ma tête.

— Je suis de West Hollywood, ajoute-t-elle. Là où les stars se rendent pour mourir.

Je suis curieux de savoir ce qui lui est arrivé en désintox mais je sens qu'il vaut mieux attendre un peu et que ça viendra tout seul. Au lieu de lui poser des questions, je me mets en quête de cervidés. C'est drôle, je suis capable de ne pas penser aux cervidés pendant des heures et puis d'un coup je deviens complètement parano et je me mets à scruter le bord de la route pour débusquer le cerf suicidaire qui viendra s'empaffer sur mon pare-brise.

— Salut, trésor, dit-elle dans mon téléphone d'une voix d'enfant, et au début je crois que c'est à moi qu'elle s'adresse. Passe-moi ton papa, s'il te plaît.

Elle prend ensuite une voix plus naturelle, bourrue, pour dire :

— Hé, Frank. Ouais, je sais, tu avais raison. Tu as toujours raison. J'ai déconné. Une fois de plus. Oui, je suis dans un taxi, le chauffeur est un taulard en cavale sans dents. Attends. Je t'ai peut-être dit une connerie. Vous avez des dents ?

Je me fends d'un sourire gêné.

— OK, là encore je me suis trompée. Elles sont un peu verdâtres, mais il a des dents.

Elle me fait un clin d'œil comme si j'étais dans la combine, ce qui fait que pour la première fois elle me paraît sympathique. C'est bizarre, les choses qui me font apprécier quelqu'un.

— Ouais, s'il ne m'étrangle pas sur la route de l'aéroport de… C'est où ? Plouc-le-Rotrou ? Bouseville-les-Oies ?

— Memphis.

— Tu as entendu ? Ouais, il a l'air normal. Dieu sait où ils retrouveront mon corps. Non. Attends, ne commence pas. Ce sera bien plus drôle de me le dire en face. En tout cas, on sera riches, une fois qu'on aura poursuivi ces bâtards de péquenauds en justice.

Elle dresse son majeur vers le rétroviseur puis ajoute :

— Entre-temps – OK – est-ce qu'il faut que je répète ? – écoute, j'ai besoin que tu me fasses un virement. Et s'il te plaît, est-ce que tu peux m'acheter un billet pour le prochain avion au départ de… comment s'appelle l'aéroport ?

— Memphis. Memphis International.

— International ? Tu as entendu, chéri ? Memphis Inter-*national.* Dans… disons…

Elle me lance un coup d'œil, mais je suis encore en train d'écouter le gars au banjo.

— On sera à Memphis dans combien de temps, Billy Clyde ?

Une fois de plus, j'ai un train de retard, dérouté par le nom de plouc dont elle m'affuble avec sarcasme.

— La journée a été longue pour lui, dit-elle au téléphone.

Je m'efforce, sans grand succès, d'estimer notre heure d'arrivée, en tenant compte des amortisseurs flingués, des pneus lisses et des freins qui hurlent à la mort. En repensant à mes pneus, je me souviens que je n'ai plus de cric. D'habitude, j'emprunte celui d'Horace quand j'ai une course à Memphis. Mais maintenant il est trop tard.

— Une heure et demie, si on a de la chance.

— Mon chauffeur n'en a apparemment pas la moindre idée, mais disons d'ici un peu plus d'une heure. Enfin, s'il ne m'emmène pas dans les bois pour me démembrer. Sérieux, il a les yeux qui regardent pas dans la même direction, dit-elle en m'adressant un clin d'œil. Frank, tu ne peux pas savoir ce que j'ai enduré avec ces imbéciles. Je sais, je sais, mais ils m'ont dit qu'ils étaient spécialisés en addictions au sexe. Tout n'est pas de ma faute, tu sais ? Les médecins ne sont pas censés mentir aux patients. Écoute, d'accord, fais le virement que je puisse payer ce brave gars. Sinon, Dieu seul sait ce qu'il me fera. Vous voulez bien dire à mon mari ce que vous me ferez s'il ne vire pas de l'argent sur mon compte ? me dit-elle en me tendant le téléphone.

— Dieu seul le sait, dis-je.

Elle sourit. Au fur et à mesure que son sourire s'estompe, les sourcils lentement se haussent – ses sourcils sont magnifiques – puis elle plaque la main sur le microphone et me demande combien.

— Combien quoi ?

— À ton avis, *baby* ! La course va me coûter combien ? *Damned*, mais c'est Shakespeare ? Je rêve ou quoi ?

— 150.

— Il dit 250. Plus le pourboire. Et attends – tu vas rigoler – il a une plaquette sent-bon, tu sais, en forme de Shakespeare, putain.

— C'est du Shakespeare-menthe, je chuchote.

— Tu me le dirais, hein, trésor, si j'étais en plein rêve ? Bon Dieu, si ça se trouve je suis revenue à la clinique et je dors à poings fermés. Et si j'étais encore là-bas ?

Pendant qu'ils discutent je mets du Beethoven pour tenter de diluer la bande-son de *Délivrance* que j'ai dans la tête, mais c'est comme si Beethoven était contaminé par un banjo consanguin. Tant pis, je laisse Beethoven. Addiction sexuelle ? À première vue, elle me paraît trop bourgeoise des quartiers résidentiels pour ça. Je m'attendrais à des tatouages ou je ne sais quoi. Non pas que j'y connaisse grand-chose aux sex-addicts. En y réfléchissant bien, ma vie a tragiquement été dépourvue d'addicts au sexe.

Elle remet mon téléphone sur son support.

— Il dit qu'il fait le virement d'ici un quart d'heure. C'est du putain de Beethoven que vous avez mis ? Beethoven. Shakespeare. Les surprises ne cesseront-elles donc jamais ?

Ça aussi ça me déroute. Son « ne-cesseront-elles-donc-jamais ». Mon cerveau est tellement fatigué que je n'arrive même pas à décider si c'est grammaticalement correct. Je me demande si ce n'est pas une formule que Shakespeare aurait écrite il y a quatre cents ans.

— Hé, c'est le Yeti ?

— Hein ? Ah, ouais. C'est, euh, wintergreen ou gaulthérie. Non, attendez. Winter… c'est Shakespeare, et… et puis merde.

— Quand j'étais petite, on l'appelait Le Gros Bonhomme boueux.

— Hein ? Pourquoi traiter Shakesp…

— Pas Shakespeare, crétin, je parle du Yeti.

— Ah bon. Mais… vous êtes d'où ?

— Stratton.

Je ne sais même plus dans quel État ça se trouve, mais allez savoir, ça me fait penser à la bière Rolling Rock et à l'énigmatique nombre 33.

— Beethoven dans le Mississippi ? Je suis presque sûre que vous essayez de m'impressionner, là.

— Non, j'ai mis du Beethoven parce que vous m'avez fourré dans la tête l'air au banjo. Vous savez, *boing-boing-boing-boing.*

Elle me regarde avec un scepticisme spectaculaire pendant que je continue à faire d'inexplicables bruitages.

— Je vais me réveiller d'une minute à l'autre, déclare-t-elle en abaissant le pare-soleil.

Mais tout de suite après elle le remet à sa place initiale et dit :

— Nom de Dieu – c'est un putain de miroir cassé, *dude* ! – qu'est-ce que vous me faites, là ?

Puis elle abaisse de nouveau le pare-soleil, se passe le doigt sur un sourcil. Ensuite elle s'examine le doigt, comme faisait toujours mon père après se l'être fourré dans le nez.

— C'est ma faute, putain, à force d'être radine. Ils m'ont dit qu'ils étaient spécialistes en addictions sexuelles. Au moment où je me demandais dans quel centre aller pour sauver mon mariage merdique.

De hautes voitures doublent mon taxi rase-moquette, leurs occupants nous regardent de haut, comme si nous étions des gamins.

— Mais ce n'est pas le cas, ajoute-t-elle une minute plus tard.

— Pas le cas quoi ? je demande de ma charmante manière fleurant bon la consanguinité.

Je me tourne pour la regarder – j'essaye de déterminer la manière dont je vais réagir quand inévitablement elle me sautera dessus à la Tiff – et soudain j'en suis sûr : c'est moi qui ai teint ce tee-shirt moulant au niveau des seins. Tellement moulant qu'on a l'impression que la teinture a été réalisée à l'aérographe sur sa nudité.

— Leur spécialité, ce n'est pas du tout les addictions au sexe. J'étais la seule à être traitée pour ça. Tous les autres étaient des junkies. Qui se moquaient tous de moi. Enfin, dans l'ensemble, ils se contentaient de mater mes nichons, bouche bée. Et ils n'arrêtaient pas de me faire des avances. Mon Dieu, et ces accents, je veux dire, nom d'un chien, c'est pour de vrai ? En privé, vous vous parlez vraiment comme ça entre vous ? Y avait un type là-bas qui avait six doigts. Heureusement il ne m'a pas fait d'avances. En fait, il était gentil – c'est lui qui m'a aidée à balancer mes affaires par la fenêtre. À propos, comment se fait-il que vous ayez mis tout ce temps pour arriver ?

Je lui demande combien de temps elle a dû attendre.

— Des heures. La première compagnie de taxis n'est tout simplement jamais venue. Les infirmières n'ont même pas voulu me laisser rentrer à l'accueil. Finalement, la seule personne gentille sur place – l'unique être humain – vous a appelé. Mais on ne peut pas dire que vous vous êtes pressé pour venir, hein !

— Désolé. Mais vous étiez en pleine cambrousse.

— Sans rire ? *Boing. Boing-boing-boing-boing.*

— Ne faites pas ça. Il avait vraiment six doigts ?

Elle tremble et regarde droit devant elle, avec les yeux d'une statue de figure de proue.

Un instant plus tard, elle chuchote :

— À chaque main.

Une fois de plus j'ai oublié de quoi nous parlions.

— Il avait… on aurait dit un tout petit doigt en plus, juste un moignon qui poussait sur le côté, à la base de son auriculaire. Sur les deux mains.

Je ferme les yeux afin de ne pas imaginer cela. Mais je visualise néanmoins la chose. L'image se développe dans mon esprit comme un Polaroid. Puis je fais une embardée et reviens sur la route.

— Au temps pour moi, je dis.

— Et doux Jésus, mon Dieu, la thérapie de groupe – ce qu'ils appelaient thérapie de groupe, avec tous ces types aux yeux exorbités, avec leurs dents de pauvres blancs-becs, qui me bouffaient du regard comme s'ils s'attendaient à ce que je me mette à tout instant à me masturber.

Après un silence contemplatif, je dis :

— Vous auriez dû plutôt aller à Hattiesburg.

— Hattiesburg ? C'est quoi, ça ?

— Ma ville natale. Au sud de l'État. C'est là que Tiger Woods a été admis pour, vous savez, son addiction sexuelle. C'est la seule fois que Hattiesburg a connu un moment de notoriété. Il y avait cette photo de Tiger debout sur le toit de la clinique, penché sur une cigarette, comme s'il s'apprêtait à sauter.

— Ouais, bon, Tiger a les moyens. Encore que, une fois que j'aurai fini de traîner en justice ces bâtards, ils seront obligés de donner mon nom à leur centre. L'Institut Samantha Gillespie pour les Nymphomanes criminelles. Hé, ça vous embêterait de vous arrêter à ce magasin ? Il me faut de la bière.

Les Nymphomanes criminelles ? me dis-je en me garant. Je me demande si la bière va lui faire perdre le contrôle. Je me demande si c'est ce que je souhaite. Puis je me mets à penser à l'addiction sexuelle et en conclus qu'elle a probablement des maladies. C'est comme ça qu'on sait qu'ils sont addicts, non ? Peut-être qu'elle a contaminé son mari. Pris dans ces pensées et dans d'autres bien peu excitantes, j'examine mes dents et mes yeux dans le rétroviseur jusqu'à ce que Samantha sorte du petit magasin et s'allume une cigarette. J'en suis absolument certain, c'est un des tee-shirts que j'ai teints dans le Vermont. Elle remonte dans ma voiture, sort une bouteille de Corona d'un sac en plastique noir, et l'ouvre avec un briquet. La capsule saute sur la banquette arrière comme un minuscule acrobate.

— Interdiction de fumer, dis-je.

— Allez vous faire foutre, Billy Clyde, me répond-elle, soufflant la fumée en un soupir orgasmique.

J'éclate de rire. Une fois encore, son impolitesse crasse me plaît.

— Super choix, là-bas. Vous en voulez une ?

Je réponds non merci.

— Hattiesburg, hein ? Bon, et dites-moi, comment se fait-il que vous ne parliez pas comme eux ?

Je réfléchis un certain temps à sa question.

— Trop de télé, j'imagine. Quand j'étais môme, j'étais obsédé par *Bonanza*, vous savez, le feuilleton qui se passait dans le Far West. Je m'obligeais à parler comme Little Joe. En gros, j'étais amoureux de Little Joe jusqu'à la puberté. Et Davy Jones, aussi. Bon sang, je n'aimerai jamais une femme autant que j'ai aimé Davy.

Elle m'observe d'un œil clinique tandis que je continue à baragouiner à propos de mes relations amoureuses avec diverses idoles adolescentes.

— Et Bobby Sherman. Wow, j'avais oublié Bobby, tiens. J'avais une grande sœur qui me faisait lire le magazine *Tiger Beat*. J'affichais leurs photos aux murs de ma chambre, comme ma sœur – je suis sûr que mon père s'est inquiété. David Cassidy. Oh, David. Je parie que je connais encore par cœur les paroles de toutes les chansons de la *Partridge Family*.

À peine ai-je dit ça que le môme au banjo dans ma tête se met à jouer *I Think I Love You* avec un accompagnement de Beethoven au piano.

— C'est là que vous vous engagez sur un petit sentier et que vous sortez la tronçonneuse du coffre ?

— Je vous assure que si j'avais une tronçonneuse, elle serait au mont-de-piété. C'est là qu'on arrive à la Route 55 sud. Nord, je veux dire. Vous êtes sûre que vous allez pouvoir me payer ?

— Oh. Merde. Je peux ?

Elle reprend mon téléphone et, deux minutes plus tard, m'informe de la situation :

— Il m'a peut-être larguée pour de bon, ce coup-ci. Lâchée parmi les autochtones.

Je lève le pied de l'accélérateur.

— Non, je vous en prie. Si vous me plantez ici, je vais finir ma vie dans un mobile-home avec un type de deux cents kilos en salopette et toute une marmaille avec des doigts qui leur poussent des paupières.

J'enfonce l'accélérateur dans le but de dissiper cette image.

— Eh merde. De toute façon il faut que j'aille à Memphis. Vous pouvez m'arnaquer s'il y a pas d'autre solution.

Je baisse le volume de Beethoven pour l'épier jusqu'à ce qu'elle me surprenne et me fasse les gros yeux.

— Arrêtez de reluquer mes nichons.

— Je ne les reluquais pas, dis-je. Je regardais votre tee-shirt. Je crois que c'est moi qui l'ai fabriqué. On appelle ça un *spider*. Je parle du motif du tie and dye. En gros on noue les *spiders*, comme les *spirals*, sauf qu'on peint une moitié d'une seule couleur et l'autre moitié arc-en-ciel comme des tranches de gâteaux.

— Celui-ci ? Ce tee-shirt ?

D'un geste, elle indique ses seins à l'aérographe. Je ne m'attarde qu'un bref instant avant de reporter mon attention sur la route.

— Ouais. Je tenais un atelier de fabrication pour Ben & Jerry, on faisait travailler des ados pour une bouchée de pain. Quand j'habitais dans le Vermont, j'avais le plus gros contrat de tie and dye en Amérique – peut-être au monde. Je bossais tellement que mon mariage n'y a pas résisté. En plus ça ne rapportait pas bésef. J'avais sous-estimé les coûts au moment de négocier le contrat. Ils savaient très bien ce qu'ils faisaient, ces salopards de hippies. Ouais, ils m'ont bien enflé. Il peut aller se faire foutre, Ben. Et Jerry aussi, tiens.

— Vous avez l'air égaré.

J'abaisse mon majeur brandi, l'éloigne du rétroviseur.

— Vous n'êtes pas la première à me le dire. Mais ça va, je crois. C'est juste que l'effet de mon Adderall se dissipe.

— Adderall ? Oooh, je taillerais une pipe à un chat crevé pour avoir un Adderall maintenant.

De nouveau, je suis obligé de fermer les yeux. Une fois que nous sommes revenus sur la route, je lui dis :

— Je n'en avais qu'un. Je l'ai trouvé sur mon plancher.

— Vous avez trouvé un Adderall sur le plancher de ce taxi ?

— Ouais, ça arrive tout le temps. On dirait que les mômes de la fac font pleuvoir des médocs sur ordonnance.

— Et vous l'avez mis dans votre bouche ?

Je hoche la tête et j'ajoute :

— J'ai aussi trouvé celui-là.

Je repêche le cachet dans le fond de ma poche et le lui montre. Elle le prend de ma main, un de ses doigts effleure ma paume, léger comme une plume.

— Il est vert, je fais remarquer.

— Je vois qu'il est vert.

— Vous savez ce que c'est ?

— Je le saurai une fois que vous m'aurez repassé votre téléphone.

Elle reprend mon bigo et, au bout de quelques minutes, en conclut que c'est du Xanax de contrebande.

— Je peux le prendre ? S'il vous plaît s'il vous plaît s'il vous plaît.

— Bien sûr, allez-y.

Elle le met dans sa bouche et ferme les yeux le temps de l'avaler. La façon dont elle ouvre les yeux soudainement la fait ressembler à une poupée. Puis elle se souvient qu'elle a de la bière et en prend une gorgée.

— J'adore cette chanson, lui dis-je. Elle a été retrouvée dans le tiroir à sous-vêtements de Beethoven après sa mort. Elle n'a même jamais été jouée de son vivant. C'est une bagatelle.

— Une bagatelle ? C'est quoi une bagatelle ?

— Aucune idée. Je l'ai su, mais…

Ma voix se perd et elle baisse le téléphone, comme si elle était curieuse de savoir ce qui va bien pouvoir sortir maintenant de ma bouche. On dirait que ses sourcils me mettent au défi de continuer à parler. Elle attend encore un moment, juste pour s'assurer que je ne vais rien ajouter, puis se met à tapoter sur mon téléphone.

— Tous les vols sont complets, annonce-t-elle cinq minutes plus tard. Je suis baisée.

Elle pose le téléphone sur ses genoux en faisant mine de vouloir le jeter par la fenêtre. Tout en suivant le mouvement de sa main et observant la bière coincée entre ses cuisses, je lui propose de tenter de prendre un billet en stand-by.

— Après ce que je viens de vivre ? Pas question. Je vais me trouver une chambre d'hôtel et une grande bouteille de whisky. Dès que mon cher mari qui, à l'heure où je vous parle, est certainement en train de consulter un avocat spécialisé dans les divorces, m'aura viré un peu de pognon.

— Je regrette vraiment que vous portiez ce tee-shirt, dis-je.

Elle hausse à nouveau un sourcil, comme pour me mettre au défi.

— Ce n'est pas ce que je voulais dire. J'ai des images de l'atelier de misère où l'on trimait qui me reviennent. C'est comme si je m'apprêtais à nouveau à gueuler sur une pauvre ado : « Bordel, mets ton masque ! Mais bordel, mets tes gants ! »

— Et ils ne comprirent jamais pourquoi il l'avait tuée.

Elle parle de nouveau au téléphone. Usant de sa voix résignée, elle dit :

— Mon chéri, vu qu'il n'y a plus de place dans l'avion, je me prends une chambre d'hôtel et une grande bouteille de whisky. Je plaisante. Aha. Mais pour la chambre, c'est vrai, je vais m'en prendre une. (Elle m'adresse un clin d'œil et fait semblant de boire à la bouteille.) S'il te plaît, fais-moi un virement pour que le chauffeur de taxi arrête d'être méchant avec moi. Je crois qu'il va m'éparpiller dans les bois. Est-ce que vous allez m'éparpiller dans les bois ?

De nouveau elle me tend le téléphone.

— Tout est possible, dis-je.

Après avoir raccroché, elle m'informe :

— Dix minutes maximum. Il m'a dit qu'il fallait que je vous demande de ne pas m'éparpiller.

— Je suis assez inoffensif, en fait.

— C'est ce qu'ils disent tous. Hmm, je crois que je vais me saouler dans une chambre au... Courtyard Marriott ? Oui, ça me paraît tout à fait charmant. Vous ne savez pas ce que j'ai dû endurer, sinon vous seriez déjà en train de me consoler. Envoie l'argent, Frank. Bon Dieu, envoie l'argent.

Elle se penche en avant et plisse les yeux pour étudier ma carte professionnelle scotchée sur le tableau de bord.

— Lou Bishoff, dit-elle.

— Ouaip.

— Hawaii ?

— Ouaip. Rien à foutre du Mississippi. Je suis hawaïen.

— Vous êtes vraiment né à Honolulu ?

— Oui. Si ce n'est que ma mère – elle était du sud du Mississippi – elle détestait habiter sur une île et elle a obligé mon père à nous ramener ici quand j'avais quatre ans.

— Wow. Il devait drôlement l'aimer.

— Non. Pas vraiment.

— Vous êtes vieux. Il vous reste des souvenirs de Hawaii ?

— Nan. Enfin, je me souviens d'un matin, je marchais sur Waikiki Beach en direction du cratère de

Diamond Head et il y avait des petites étoiles de mer sur le sable – toutes de couleurs différentes – et ma mère m'a dit qu'il n'y avait pas de danger à les ramasser parce qu'elles étaient mortes. Ça m'a fait flipper et c'est pour ça que je me souviens de cette journée. Soudain je comprenais le concept de mort. Toutes les magnifiques étoiles de mer, eh bien, elles étaient mortes, et j'ai été tellement triste que… enfin bref, c'est mon premier souvenir de la vie sur Terre.

Je tousse plusieurs fois – je suis allergique à la fumée de cigarette – puis je lui dis :

— Mon deuxième souvenir c'est quand j'ai vomi dans l'avion qui nous emmenait dans le Mississippi.

Je risque un autre coup d'œil. Elle observe son propre reflet dans le rétroviseur latéral et se mordille le bout de l'annulaire. Elle ne porte pas d'alliance. À moins qu'elle l'ait mise au clou. Ou qu'elle l'ait perdue dans l'anus d'un quelconque péquin. Tâchant d'éviter de telles considérations, je me force à penser à Hawaii, à la fois où Miko et moi avons randonné ensemble sur la côte Na Pali. Elle s'était foulé la cheville et il avait fallu que je la porte sur mon dos sur des kilomètres dans des virages en épingles à cheveux jusqu'à ce que nous arrivions à Kalalau Beach, le plus bel endroit au monde. Le paradis où je n'ai pas grandi.

Oh, Miko. Nous avons jadis été heureux ensemble, mais c'était il y a si longtemps.

Samantha me tire de ma rêverie en disant :

— Ah, mais vous savez lire aussi ?

Elle tient dans sa main mon livre de poche, celui sur le bouddhisme des origines. Je regarde autour de moi, pour essayer de comprendre où nous sommes, et depuis combien de temps je conduis en pilote automatique comme un zombie. Mes yeux ont dû rester ouverts, sinon elle aurait hurlé, non ?

— Vous êtes bouddhiste ?

— Ouais, plus ou moins. C'est ma petite copine Miko qui a fait que je me suis intéressé au bouddhisme. En fait, ce n'est plus ma petite copine. J'ai rompu avec elle aujourd'hui.

— Vous avez rompu avec votre petite copine ? Aujourd'hui ?

— Je vous ai dit que j'avais eu une longue journée. Enfin bref, j'ai acheté ce livre parce que, enfin, bon, j'espère qu'il va m'aider à arrêter de faire des doigts d'honneur aux gens sur la route. Ça commence à devenir problématique. Un jour je ferai un doigt à un mec à qui il ne fallait pas. On a tous des flingues, par ici.

— Vous en avez un, vous ?

— Un quoi ?

— Un flingue ?

J'hésite un peu trop longtemps pour mentir.

— Quel genre ? demande-t-elle.

— Un 9 mm, lui dis-je sur un ton qui semble interrogatif.

— Sur vous ?

— Je crois bien, oui.

— Je peux le tenir ?

Je réfléchis à ce qu'elle vient de me demander. C'est un moment compliqué, là, d'autant que ce flingue est théoriquement « porte-bonheur ». Un instant, j'imagine Samantha, le flingue à la main, tout en me prenant dans sa bouche. Puis je l'imagine me braquant avec le pistolet et exigeant que je lui refile la recette du jour avant de m'assommer.

— Ce n'est probablement pas une bonne idée, je finis par dire.

— S'il vous plaît. Je n'ai encore jamais tenu un flingue dans mes mains. Est-ce que je peux au moins voir une photo ?

— Une photo ? Qui irait prendre son flingue en photo ?

Et puis je songe à Kirby, qui possède une réplique miniature de son revolver accrochée au rétroviseur de son taxi. Histoire que tout le monde sache bien sur quoi il est assis.

— Les gens prennent tout en photo, *dude*. Bon Dieu, j'espère que personne n'est en train de regarder les photos dans mon téléphone. Il a un nom ?

— Un nom ? Quoi ? – est-ce que mon flingue a un nom ?

— Ouais. Comme le Faiseur de veuves ou je ne sais quoi.

— Le Faiseur de veuves ?

— Un truc dans le genre. Il faut absolument que vous donniez un nom à votre flingue. C'est comme avoir un animal de compagnie.

— De toute façon, je n'aime pas les armes à feu.

— Si vous ne les aimez pas, pourquoi vous en avez une ?

— C'est une longue histoire. Plus ou moins liée à la voiture.

— Vous êtes sûr que je ne peux pas la prendre dans ma main ?

— Plutôt sûr, oui.

Elle fait semblant de bouder pendant les deux kilomètres suivants tandis que je scrute le bas-côté, guettant un cerf.

— C'est tellement bidon, dit-elle.

En la regardant, je vois qu'elle est en train de montrer un passage du livre.

— Il y a marqué que tout est transitoire et que même les cellules de notre corps se renouvellent tous les sept ans. Mais ça c'est des conneries. Les cellules de votre cerveau ne se remplacent pas, ni celles du système immunitaire. Ce sont celles que vous avez à la naissance. Ça, c'est un truc que j'ai appris dans le Mississippi. Ça et puis le terme médical « cramouille ».

Je ne trouve pas de réplique à cela, mais tout en sombrant à nouveau en pleine somnolence, je réfléchis à ce qu'elle vient de dire, à propos des cellules du cerveau, de la mémoire, des étoiles de mer mortes et des cramouilles. Je rêve à Hawaii, à Miko flottant nue sur les vagues, en contrebas du sentier Kalalau. Je me réveille promptement, saisi par la peur car c'est la première fois que je m'endors et que je fais un rêve en conduisant.

Le virement n'a toujours pas été effectué au moment où nous arrivons dans la circulation de Memphis.

— Boulevard Elvis Presley, dit-elle songeuse quand nous passons sous ce panneau. Grands dieux.

— Pas fan d'Elvis ?

— Vous plaisantez ? Elvis était le pire pervers au monde. J'ai lu un livre sur lui, je ne sais plus quand. Tout ce qu'il faisait c'était doigter des filles de seize ans. De toute sa vie, il n'a jamais baisé une femme adulte. Et il ne baisait même pas les filles qu'il tripotait parce que ensuite ça ne l'intéressait plus, alors il se contentait de les doigter à mort. Euh… Vous n'allez pas me tirer dessus avec votre flingue parce que je me suis moquée d'Elvis, hein ?

Je hausse les épaules, laisse passer un moment, puis lui dis :

— Moi non plus je n'ai jamais été un fan d'Elvis, jusqu'au jour où je suis allé à Graceland.

— Oh, vous êtes allé à Graceland. Et c'est comment, alors ?

Mais avant que je puisse répondre, elle ajoute :

— Je me demande lequel des deux a agressé sexuellement le plus d'enfants, Michael ou Elvis. J'aimerais bien voir ce graphique. Pas un diagramme circulaire, un camembert comme on dit. Un alignement de petits enfants et non pas des nombres. Probablement Michael, je dirais. C'est vrai, quoi, Elvis, au moins, il n'a pas bâti un parc d'attractions entier dans le seul but de doigter des mômes.

Le fait d'imaginer cet alignement me fait oublier ce que j'allais dire. Et soudain j'ai en tête la chanson de Public Enemy à propos d'Elvis, mélangée au fatras de Beethoven croisé avec le gamin au banjo de *Délivrance*. *« Straight up racist. » Boing-boing-boing. « Simple and plain. » Da-dada-deum. « Motherfuck him and John Wayne. »*

— C'est un peu comme la religion, je dis.

— Qu'est-ce qui est un peu comme la religion ?

— Graceland. Je veux dire aller à Graceland. On commence athée, contempteur d'Elvis dans l'espèce de salle de séjour. D'un mur à l'autre, le paradis du petit blanc, d'accord ? C'est une baraque style ranch. Ensuite on entre dans la salle des disques d'or, et là on se dit :

« Oh putain merde, y a quoi, neuf millions de disques d'or là-dedans ! » – je ne sais même pas s'il y a autant d'auteurs-compositeurs noirs sans ressources dans tout le Delta. On essaye encore de se la jouer cynique, vous voyez ? Et puis finalement on entre dans la salle des tenues d'Elvis, et là, fini la rigolade. On tombe à genoux et lorsqu'on va dehors et qu'on marche jusqu'au tombeau de famille, près du lac en ciment, on est gagné à la cause d'Elvis, pour l'éternité.

— Si vous n'aimiez pas Elvis, pourquoi êtes-vous allé à Graceland ? C'est vrai, vous n'aimez pas les flingues et vous avez un flingue. Vous n'aimez pas Elvis et vous allez à Graceland. Vous ne seriez pas du genre maso qui aime se faire ligoter et tout ça ?

Je réfléchis à la question qu'elle vient de me poser.

— Je ne pense pas. Je veux dire, je n'ai jamais essayé. Ça pourrait être cool.

— Pas moi. Je préfère être à l'autre extrémité du fouet.

Nous restons silencieux une minute et une série d'images virevoltent à travers mon esprit comme un folioscope où je suis attaché à un lit et me fais fouetter par une Samantha, silhouette de brindille, flingue à la main.

— Je suis allé à Graceland parce que j'y ai emmené mon fils qui se remettait d'un accident de voiture. Il a dû porter une minerve pendant trois mois et il est resté tout le temps avec moi. Je n'ai jamais vu quelqu'un d'aussi malheureux. Mais il adore la musique, alors un jour je l'ai amené à Graceland, et ç'a été, je sais pas, je suis désolé, mais ç'a été incroyable. J'aimerai éternellement Elvis pour cette journée avec mon fils

– même s'il tripotait des filles de seize ans. Elvis c'est le *king*, putain.

Je lève le pied de l'accélérateur et j'ajoute :

— J'ai peur de devoir à présent vous demander de sortir de mon taxi.

J'attends une seconde avant de dire :

— C'était une blague.

— Ah. Bien. Je n'en étais pas sûre.

— Ouais, dans le Vermont non plus, personne ne pigeait jamais mes plaisanteries. Ils prenaient tout au pied de la lettre, là-bas. Dans le Mississippi, on dit le contraire de ce qu'on pense.

Elle s'apprête à dénigrer cette coutume mais change d'avis – je vois la transition sur son visage – et au lieu de cela elle me demande des nouvelles de mon fils, ce qu'il a eu comme accident et je lui livre une version courte, qui se termine par l'histoire du portefeuille *Bad Motherfucker*.

— Donc il s'en est remis ?

— Ouais. Il va bien. Tout beau tout neuf. Il est maintenant proprio d'un magasin de disques et me colle une raclée aux échecs tous les jours. C'est drôle – enfin, bizarre – que je déteste encore me faire battre par lui alors qu'il y a eu une période où je me serais tranché les deux bras pour perdre à nouveau une partie d'échecs contre lui.

— Vous seriez obligé de déplacer les pièces avec les dents.

— Hein ?

— Sans les bras.

— Ah, dis-je (mais je ne comprends pas vraiment, je fais semblant).

— Votre fils est resté combien de temps dans le coma ?

— Deux semaines, pas plus. C'est loin d'être un record, dans la famille.

— Vous avez un record familial de coma ?

— Ouais. Ma mère détient le record, trois mois et demi. Enfin, je crois qu'elle détient le record. Elle est morte – j'avais dix-huit ans – alors peut-être que son record ne compte pas. Auquel cas c'est mon père qui aurait le record, avec trois semaines, la première fois qu'il s'est suicidé.

— La première fois ?

— Ouais. Il a foiré son coup. Avec des cachetons. Il a fait trois semaines de coma, en est sorti, puis a signé un de ces contrats stipulant ne-me-ressuscitez-pas, et il a remis ça. La deuxième fois, il a refait du coma, un mois, mais j'imagine que celui-là ne compte pas non plus, parce qu'il est mort. Je suis la seule personne de ma famille n'ayant jamais fait de coma, je touche du… – je cherche partout dans le taxi – … Shakespeare, dis-je en frappant son front monstrueux de l'articulation d'un doigt, le faisant pivoter sur lui-même.

— *Dude*, je ne sais pas si je frapperais Shakespeare pour qu'il me porte chance. C'est vrai, dans le fond, n'a-t-il pas torturé ses personnages à mort ?

Je réfléchis. Oui, elle a raison. C'est exactement ce que Shakespeare a fait. Il a créé les gens les plus fascinants qui soient sur Terre, puis les a fait ramper à plat ventre jusqu'à leur mort.

— À propos de torture, vous avez été marié combien de temps ?

— Hein ?

— Marié ? Vous l'avez été combien de temps ?

— Oh. Juste assez longtemps pour me laisser convaincre d'emménager dans le Vermont. Et dès que nous sommes arrivés là-bas, elle a demandé le divorce et après ça je suis resté coincé dans un blizzard qui a duré dix-huit ans. Ce qu'ils appellent la dépression saisonnière, ça rigole pas du tout. Au mois de mai, chaque année, je marchais dans la forêt et tout ce que je faisais – je ne pouvais pas m'en empêcher – c'était de me mettre à choisir les bons arbres pour me pendre. Voilà la relation que j'entretenais avec la nature.

— Hé, j'ai une idée. Ça vous dirait pas de vous servir de votre flingue pour tuer mon mari ? Comme ça, on serait riches tous les deux. On pourrait vivre au Mexique. Ou à Hawaii.

Je considère sa proposition.

— Ce n'est probablement pas non plus une bonne idée.

Je reporte mon attention sur la route lorsque j'entends une voix dans ma tête. C'est une voix nouvelle, à la Clint Eastwood, elle prononce quatre mots et s'arrête et ne dit rien d'autre.

— Je suis Magie noire, je répète.

— Quoi ?

— Rien. Je crois que je viens de trouver un nom pour mon flingue.

— Magie noire ? C'est ça le nom que vous lui donnez ?

— Ouais, c'est son nom.

Elle gamberge.

— C'est un nom un peu flippant, pour un flingue, si vous voulez mon avis. Mais l'important c'est qu'il vous plaise.

Une minute plus tard elle ajoute :

— C'est plus un nom de cheval qu'un nom d'arme à feu.

Nous arrivons à l'hôtel à la nuit tombante et je me gare sous la marquise, devant le Marriott.

— Toujours rien, dit-elle, puis elle hausse les épaules.

J'ai toutes ses affaires dans mon coffre. Nous le savons l'un et l'autre au moment où je coupe le moteur et une gêne presque audible descend sur le taxi. Nous ouvrons nos portières quand la climatisation s'estompe et échangeons un regard.

Soudain mon téléphone sonne.

— Chéri ? dit-elle. Il a un flingue. Est-ce que je t'avais dit qu'il avait un flingue ?

Elle écoute pendant un certain temps, hoche la tête, fronce le nez et dit :

— D'accord, *baby*. Je sais. Ça craint. Je suis désolée. Merci. Non, je ne l'ai pas inventé, il a vraiment un flingue. Il s'appelle Magie noire. Je lui ai proposé de l'argent pour qu'il te tue avec son flingue, mais il n'a pas voulu. C'est, genre, le dernier chauffeur de taxi honnête.

Après avoir raccroché, elle me regarde en haussant de nouveau les épaules. Comme si elle ne comprenait rien à rien.

— Il a dit qu'il l'avait fait il y a vingt minutes, c'est tout ce que je sais.

— Fait quoi ?

— Le virement, gros malin.

— Ah. Ouais.

Nous restons assis sous le néon bleu tremblotant. Une sauterelle atterrit sur le capot et je me demande si le vieux fermier que j'ai déposé dans sa caravane s'est transformé en squelette. C'était hier ou aujourd'hui ? Je ne pourrais pas dire. Je n'ai plus vraiment l'impression que ma vie soit divisée en jours et en nuits. Un autre système de mesure a pris le dessus, un système marqué par des repas, des cauchemars, des roupillons inattendus, des pauses cigarette, du transit intestinal, des crises de colère et des états de mort imminente.

Je m'apprête à dire à Samantha que je suis en retard, que je dois aller chercher quelqu'un à l'hôpital, mais je ne dis rien, et la raison pour laquelle je ne lui dis rien est que j'espère à moitié qu'elle va m'inviter à monter dans sa chambre d'hôtel. Si elle me le propose, je pourrai dire à Stella qu'il y a eu un pépin avec la voiture. Tu parles, je pourrais même me contenter de lui envoyer un texto et couper mon téléphone. Ça pourrait être cool. Ce serait peut-être comme un signe, vous voyez ? Une porte se ferme, une autre s'ouvre. Je me dis : *Ouais, un peu de whisky et je pourrais allègrement retirer à Samantha son tie and dye.* C'est peut-être ça dont j'ai besoin. Ouais, il me faut peut-être une Californienne addict au sexe qui m'attachera et…

— Ça y est, annonce-t-elle. Et hop.

Elle me tend sa carte de crédit, je branche le truc sur le téléphone et insère sa carte. Ensuite, une fois la transaction effectuée, j'appuie sur l'ouverture automatique du coffre et dépose ses sacs-poubelles sur le trottoir.

— Mon gars, je vais sacrément les impressionner. C'est qui la plouc, maintenant, hein ?

— Et la bouteille ?

— Oh, il me reste encore des bières. En tout cas, s'il m'en faut plus, j'ai vu qu'il y avait un magasin qui vendait de l'alcool pas loin d'ici, je peux m'y rendre à pied – vous l'avez repéré, non ?

Ma déception est manifeste. Appréciant parfaitement la situation, elle sourit et me tend la main pour que je la serre, puis la retire et me dépose un baiser sur la joue.

— Merci de ne pas m'avoir éparpillée, dit-elle.

Et voilà. Ma superbe copine addict sexuelle que j'aurais pu aimer éternellement a disparu, et me voilà de nouveau au volant, à rouler seul à travers le néant.

17

Magie noire

Moi qui vous parle en tant qu'ancien du Vermont ayant survécu à dix-sept hivers suicidaires et demi au pays du ski, je peux affirmer avec un certain aplomb que la vie sur Terre est une sacrée saloperie de piste noire. Hyper raide. Si nous sommes ici-bas sur cette planète par choix – hypothèse qui me laisse franchement dubitatif – alors nous sommes de fort courageuses créatures, tous autant que nous sommes, y compris les connards qui portent leurs lunettes de soleil à l'envers sur la nuque. Parce que la vie sur cette planète est dure, messieurs-dames. Vous pouvez littéralement vous faire manger tout cru ici-bas par toutes sortes de monstres, crocodiles, tigres, requins, psychopathes, gangrène, fourmis rouges ou piranhas. Mais le pire monstre de tous, celui qui vous niquera pire que cent guépards affamés, c'est l'accident de la route, le prédateur ultime qui peut vous recracher à travers le verre brisé ou mastiquer vos membres avec des mâchoires de métal. Se faire bouffer dans un accident de voiture c'est la mort à éviter absolument sur Terre, et pourtant elle ne cesse de se produire, un nouveau sacrifice chaque seconde. C'est une loterie tellement atroce à envisager que nous nous empêchons même de nous laisser aller à penser à ce monstre – mais il est là, il est là, nous savons tous qu'il est là…

La circulation à Memphis est bien congestionnée et je circule en cercles somnambules, passant d'une file à l'autre, tâchant de trouver sur le GPS ce centre de transplantations d'organes. Memphis, vous avez déjà visité ? C'est une charmante bourgade, à l'exception des quartiers qui ont été bombardés pendant la Seconde Guerre mondiale. Autre chose intéressante à propos de Memphis : la proximité entre grandes richesses et terrible pauvreté. Nous sommes à présent entre chien et loup, c'est le crépuscule, je ne trouve pas le centre de transplantations et je finis par en conclure que ce doit être une aile de l'hôpital principal. Je me gare devant et j'appelle le fameux David pour lui annoncer que je suis là. D'une voix faible entrecoupée de quintes de toux, il me répond qu'il arrive.

— Je ne me déplace pas très vite, ces temps-ci, ajoute-t-il avant de raccrocher entre deux accès de toux.

Voilà qui ne me plaît guère, je m'apprête à patienter. J'imagine que mon client va débarquer avec un organe tout neuf niché à l'intérieur de son corps. Je suis sûr que je vais entendre parler de l'opération avec moult détails insoutenables dès qu'il se sera affalé dans mon taxi.

En attendant, je reprends mon livre de poche. Samantha a déplacé le marque-page alors je me mets à lire à l'endroit où elle l'a laissé, si ce n'est que je suis obligé de fermer les yeux de toutes mes forces pour que les lettres cessent de grimper sur mes mains comme des puces. Le livre développe l'idée que l'expérience appelée « illumination », cette crue de connaissance indescriptible où l'on ne fait plus qu'un avec l'univers, est un concept tiré des Upanishad qui, au fil du temps, se sont superposés par-dessus les enseignements du Bouddha dans la forêt. Mais ce gars, là, Gotama, affirme mon livre, dédaignait tout ce qui était métaphysique, ésotérique, ayant trait à la réincarnation ; ce qu'il prônait, lui, c'était non pas l'illumination mais un simple état de paix qui arrivait naturellement quand on avait abandonné l'habitude de la pensée conceptuelle. Le livre explique aussi clairement que la voie de Gotama n'a rien à voir avec la pureté, qui est un autre concept hindou. Tout ce qu'enseignait Gotama, est-il écrit, était une technique, la manière la plus logique qui soit de remettre au clair vos modes de pensée afin de vous rendre incroyablement serein et super relax, comme le *Pon farr* de Monsieur Spock dans *Star Trek*.

Gotama était comme l'anti-Bouddha, me dis-je, en essayant de comprendre cette énigme et de décider si cette idée précise m'arrêtera de faire pleuvoir des insultes sur les vieilles dames en pleine circulation dominicale. La *paix*, ne cessé-je de penser. Ouais, je vais en prendre un peu. *Paix, paix, paix*, je me répète à l'envi dans ma tête qui fonctionne au ralenti, jusqu'à ce que mon œil ouvert repère un type blanc, cadavérique, au physique de boule de bowling, qui sort de l'hôpital en se dandinant, traînant derrière lui une valise sur roulettes comme s'il s'agissait d'un chien indocile. Je sais immédiatement que c'est mon client, mon destin. Il devrait être en fauteuil roulant, non ? Et où est le brancardier censé l'accompagner ? Oh oh, il se trame quelque chose, là. Je n'ai même pas envie de sortir du taxi pour aider ce type. De grâce, ne m'y obligez pas. Laissez-moi juste assis tranquille, d'accord ?

Quand il frappe à ma vitre, je cache le livre sous mon siège, à côté du flingue, et sors de la voiture pour l'aider à s'installer. Il veut s'asseoir à l'avant, bien sûr, alors je le fais entrer tête en avant sur la banquette, puis positionne ses jambes – ambiance paye-ta-raie – avant de relever son torse ruisselant de bourrelets et de boucler la ceinture de sécurité sur le gras de sa bedaine. Une odeur de bananes chiées envahit la Town Car. Sa respiration est sifflante entre deux râles d'agonie, il essaye d'allumer une cigarette d'une main tremblante.

Après avoir mis sa valise dans le coffre, je m'installe au volant. Il est encore en train d'essayer d'allumer sa cigarette. Je lance *Commodores Live !* mais dès que la musique commence, je me remets à rêvasser, soudain je me retrouve au début du lycée à chiquer du tabac pendant une alerte à la bombe.

— Est-ce qu'on va rester là toute la nuit ? demande David.

Je reprends mes esprits – wow – puis le regarde.

— Interdiction de fumer, dis-je.

Il sort la cigarette de sa bouche et la contemple, comme si c'est elle qui venait de lui parler et non pas moi. Ses mains n'arrêtent pas de trembler, on dirait une électrocution de dessin animé.

— Stella me laisse toujours fumer.

— Est-ce que je ressemble à Stella ?

Il tire une autre bouffée de sa cigarette tremblante, tousse un certain temps, puis demande :

— Est-ce qu'au moins on peut couper la musique de jungle ?

Ma seule réaction consiste à fixer la cigarette, en guise d'avertissement. C'est alors que quelque chose d'horrible se produit. À cet instant, juste au moment où je suis sur le point de le menacer, David tourne son visage vers moi pour la première fois et inévitablement nos regards se croisent et soudain j'ai très peur. Oh putain ! Ses yeux, mec. Ses yeux sont jaune vif. Le blanc de ses yeux, je veux dire. Il n'est pas blanc. Le blanc de ses yeux est d'un démoniaque jaune fluo.

— Qu'est-ce qui vous arrive ? je demande. Comment se fait-il qu'il n'y ait pas de brancardier avec vous ? – pourquoi n'étiez-vous pas dans un truc à roulettes ?

Les yeux radioactifs surplombant son nez à l'extrémité en forme de prune continuent à tourmenter mon âme jusqu'à ce que je détourne le regard. Ce faisant, j'essaye d'en déduire quel organe a été remplacé à l'intérieur de son corps. Nom de Dieu, lui ont-ils refilé les yeux d'un meurtrier exécuté ? Lui ont-ils collé des yeux de babouin nyctalope ? Non mais putain, qu'est-ce qui cloche chez ce gonze ?

— Est-ce que vous pouvez s'il vous plaît démarrer avant qu'ils me courent après ?

— Vous courent après ?

— Ouais. Je devais être opéré mais merde putain, il faisait trop froid dans ma chambre. Cette garce d'infirmière refusait de monter le chauffage. Allons-y, hein, ne restons pas là ! Hé, ça ne vous embêterait pas qu'on s'arrête dans un magasin. Bon Dieu – qu'est-ce que ça sent ?

Je hume l'air.

— Teddy, je réponds au bout d'un moment.

Il tire encore une taf et, d'une pichenette, jette la cigarette dehors. Elle atteint presque un vieux monsieur sur le trottoir.

— Content, maintenant ? demande-t-il.

Je n'hésite pas longtemps avant de m'en aller de l'hôpital. Il y a une petite épicerie au coin de la rue. Je me gare devant et nous restons l'un et l'autre silencieux pendant un moment.

— J'imagine que vous voulez que j'aille vous chercher quelque chose, hein ?

Il dit oui, qu'il apprécierait, puis me demande de lui acheter un pack de six bières, ce qui est en promo.

— S'ils ont de la Coors Light en promo, prenez-en.

Je lui dis qu'il ne peut pas boire de bière dans mon taxi.

— Je perds ma licence si on se fait arrêter.

Normalement, ça me foutrait en rogne que quelqu'un picole, mais là, j'ai le sentiment que le gars peut crever à tout instant, ce qui finirait par me faire calancher, moi aussi. C'est un coup à ce qu'on nous retrouve tous les deux clamsés au restoroute WELCOME TO MISSISSIPPI. Personne ne comprendra comment ça s'est passé.

Une fois que je lui ai dit que je n'irais pas lui chercher de la bière, il me foudroie de ses yeux toxiques jusqu'à ce que je détourne le regard. Le foie ? C'est ça ? Il était censé se faire greffer un foie ? Sauf qu'il a trouvé que ça caillait trop dans sa chambre, alors il... a appelé un taxi. Je me demande si je ne commets pas une infraction. Est-ce que je me rends de nouveau complice d'un crime en le transportant ? Suis-je de facto l'acolyte d'un type décidé à commettre un suicide par taxi ?

— Monsieur, êtes-vous certain qu'on ne devrait pas retourner à l'hôpital ? Je ne vous ferai rien payer. Vous n'avez pas l'air en grande forme.

— Prenez-moi juste de l'eau, d'accord ? Genre, une super grosse bouteille. Et vous pourriez monter le chauffage, s'il vous plaît ?

— Le chauffage ? Vous voulez que je monte le chauffage ?

— S'il vous plaît. Je suis gelé.

Je mets le chauffage, alors qu'il fait plus de vingt-cinq dehors et je sors lui acheter de l'eau. En faisant la queue à la caisse, je contemple par la vitrine la Town Car affaissée, pauvre tacot en sale état. Elle sera bientôt garée dans une casse, ce qui me rend excessivement triste. Une fois dehors, je fais le tour du taxi pour regarder les pneus usés jusqu'à la corde. J'ouvre le coffre et essaye d'appuyer de nouveau sur l'interrupteur, mais les amortisseurs n'émettent qu'un pauvre soupir. Je finis par me remettre au volant, j'ouvre la bouteille d'eau et la lui tends. Je fais tout cela de mauvais gré, pour bien lui faire comprendre qu'il m'emmerde. Et puis, juste au moment de me replonger dans la circulation, je repense à ce qu'a dit le Bouddha à propos de la pensée conceptuelle, comme quoi il faut éviter l'attraction et l'aversion, et puis je repense à ce qu'a dit Bill Hicks à propos d'un choix que nous avons toujours, le choix entre la peur et l'amour. *Les yeux de la peur veulent que vous mettiez des verrous plus gros à vos portes, que vous achetiez des armes à feu, que vous vous enfermiez. Les yeux de l'amour, en revanche, nous voient tous comme une entité unique.* J'arrête le taxi à la limite du parking, sous une enseigne au néon rouge Budweiser, et je me tourne vers l'homme quasi mort à côté de moi. J'ai presque l'impression de me coller un flingue chargé sur la tempe pour me forcer à être gentil avec lui.

— Qu'est-ce que vous aimez comme musique ? je lui demande.

Ça lui fait l'effet d'un direct du gauche, il ne s'y attendait pas, la gentillesse a sur lui cet effet.

— Quoi ? me lance-t-il sèchement.

Je change de ton, et lui demande à nouveau, mais doucement cette fois-ci, ce qu'il aime comme musique.

— J'aime la country, répond-il prudemment.

— Country, je répète. OK.

J'essaye de visualiser la pile de CD à l'intérieur du petit sac de voyage, dans le coffre.

— Skynyrd ou Old 97's ? je lui demande. C'est tout ce que j'ai, en country.

— Skynyrd, répond-il, et il se remet à tousser.

Je ressors de la voiture, m'approche du coffre où se trouve une console 10 CD à côté de la boîte en métal qui enregistre le film de ma vie. J'enlève les Commodores, observe le disque, le penche d'un côté et de l'autre pour augmenter son iridescence. Après un autre laps de temps perdu, j'insère le CD de Skynyrd et remonte dans le taxi.

Je m'éloigne du magasin au crépuscule, avec Dead David sur les bras. J'ai pourtant fait ce trajet une centaine de fois, mais je me retrouve embringué dans la mauvaise file, nous perdons dix minutes et finissons par sortir de la ville via la 278, un itinéraire que j'évite de nuit à cause des cerfs. David n'est pas content que je me sois trompé.

— Je devrais peut-être prendre le volant, non ? dit-il, alors je lève le pied de l'accélérateur et réponds :

— Ou alors je devrais peut-être vous ramener à l'hôpital, dont vous n'auriez jamais dû sortir, non ?

Nos yeux de nouveau se croisent. Pendant un moment j'entre dans un gouffre de peur et de haine qui fait ressembler mon propre gouffre de peur et de haine à une promenade d'agrément.

— D'accord, vous avez gagné. Je suis désolé. Ramenez-moi à la maison, s'il vous plaît.

J'appuie sur l'accélérateur et la voiture redémarre.

— Vous connaissez Kirby ? demande-t-il au bout de plusieurs kilomètres.

— Kirby ? je répète d'une voix épaissie par le dégoût. Ouais, je connais Kirby. Il travaille de nuit, alors je ne le vois plus beaucoup.

— Vous ne travaillez pas la nuit ?

— Non. Avant oui. Mais je me retrouvais constamment dans des bagarres avec des *frat boys* ivres.

— Kirby me laisse tout le temps boire dans son taxi.

— Je ne suis pas Kirby, je chuchote.

Un silence.

— Désolé. C'est juste que je l'attendais depuis tellement longtemps, cette bière. Sans parler de la clope.

— Vous serez bientôt chez vous.

— Pas sûr, vu la vitesse à laquelle on avance.

Nous roulons pendant quinze minutes sans un mot. Je sirote mon Red Bull pour rester éveillé. Pendant ce temps, la chaleur à l'intérieur du taxi booste l'odeur de pisse. Mon esprit se met à divaguer jusqu'à ce que je me souvienne qu'il faut que j'inspire et expire lentement. Puis je m'endors un instant et je suis obligé de donner un grand coup de volant pour revenir sur l'autoroute. David ne dit rien sur le coup. Ça lui brûle la langue mais il préfère attendre. Finalement, il ne peut plus se retenir, se tourne vers moi, me transperçant de ses yeux jaunes laser, et me dit :

— Prévenez-moi si vous devez refaire ça, OK ?

J'éclate de rire malgré moi et une fois encore commence à culpabiliser de traiter David de la sorte. Après tout, il sera sûrement mort avant qu'on arrive à Holly Springs. Ça me tuerait d'être gentil avec lui sur les derniers kilomètres qui lui restent à vivre ? Pourquoi c'est si difficile d'être gentil, bordel ?

— Désolé, mec, j'arrive à dire. La journée a été super longue.

— Ah oui, vous trouvez que la journée a été longue, vous ?

Je ne relève pas, même s'il y a là effectivement matière à réflexion. Samantha m'a dit la même chose, non ? Ou était-ce Abigail ? Je continue à réfléchir à ça, à la probabilité que quelqu'un sur Terre – ils sont peut-être des millions sur Terre – vive actuellement des moments pires que moi. Est-ce possible ? Si c'est le cas, putain, mais qu'est-ce qui déconne avec cette planète ? Entre-temps, une partie de mon cerveau est encore en train de hurler *Stella a éviscéré le père de Tony !* Une autre partie de moi est ligotée sur un lit et fait l'amour avec Samantha au Marriott. Et un lobe plus petit se fait du mouron pour Althea et le vieux fermier tout en se demandant où Miko ira vivre.

— Allez-y, allumez votre clope, dis-je à David. Du moment que vous baissez bien la vitre.

Il allume une cigarette tremblotante et descend sa vitre de deux centimètres. L'air qui s'engouffre dans la voiture chasse au moins un peu l'odeur d'urine. Il fume les bras croisés, parce que maintenant il a froid. À la moitié de sa cigarette, il se met à tousser, la jette et s'empresse de remonter la vitre comme s'il venait de survivre à un blizzard du Vermont.

— Ils m'ont donné une gelée qui n'était pas de la bonne couleur, me dit-il quelques minutes plus tard.

La chaleur me donne des vertiges, et je commence par me dire que j'ai dû mal comprendre.

— Je n'aime pas le vert.

— C'est pour ça que vous avez quitté l'hôpital ?

Il boit une autre gorgée d'eau et observe avec mépris et snobisme l'étiquette.

— Non, pas exactement. J'ai sonné pour faire venir l'infirmière – elle me déteste – on s'est encore disputés à propos de, vous voyez, la bouffe dégueulasse. Ensuite je lui ai demandé de monter le chauffage – elle n'a pas voulu – alors j'ai appelé Stella et lui ai demandé de m'envoyer un taxi. Stella me laisse toujours boire de la bière.

Je souris dans la pénombre et demeure silencieux.

— Mais d'ailleurs, qu'est-ce qui cloche avec cette bagnole ? On dirait que nous sommes des nains.

— Pour elle aussi la journée a été longue.

Nous roulons encore une dizaine de kilomètres sans un mot, puis il montre de son doigt tremblant ma plaque désodorisante en forme d'ovni et me demande :

— Vous y croyez, vous, à ces trucs ?

Je ne réponds pas tout de suite parce que c'est un sujet compliqué pour moi et que je suis fatigué, mais en même temps je me rends bien compte que mon silence peut être perçu comme agressif. Je ne cesse de me rappeler que ce type souffre atrocement. J'ai envie d'être gentil avec lui mais cela paraît impossible. Nous écoutons en silence *Tuesday's Gone*, ce qui me rappelle la fin du film *Génération rebelle*, quand le fût de bière est à sec. Nous sommes à une quinzaine de kilomètres de notre sortie avant la deux voies hantée par les cerfs, un enchaînement de virages dans la nuit jusqu'à Gentry, juste moi et ce type aux yeux fluorescents dont je ne pourrai que constater le décès à l'arrivée.

Les étoiles apparaissent dans le ciel au moment où je réponds à la question de David à propos des soucoupes volantes. Tout le monde pose des questions sur la plaquette désodorisante du Yeti, mais personne n'en pose jamais sur la soucoupe, du moins jusqu'à aujourd'hui – et aujourd'hui on m'a posé la question, quoi, deux, trois fois ? Ce doit être un signe. Nan mais putain ! C'est vrai, quoi, qu'est-ce que ça peut faire si ce connard pense que je suis taré ? Il sera de toute façon bientôt mort.

Alors je lui montre la plaquette désodorisante, et je lui raconte, je lui dis :

— Un soir, je suis allé chercher mon ami Vance et son chef cuistot, Nat, à l'aéroport de Memphis. Ils étaient tous les deux partis en vacances. À l'aéroport, je passe le volant à Vance et on rentre à la maison – en fait, on est exactement là, sur l'autoroute. Il fait nuit, comme maintenant, et soudain Vance montre un point devant nous, du côté des arbres, et dit : « Qu'est-ce que c'est que ça ? »

Histoire de bien insister, je tends le doigt et je répète : « Qu'est-ce que c'est que ça ? »

David fixe le bout de mon doigt, tel un chien atteint de jaunisse.

— Je lève la tête, et là il y a une espèce de truc lumineux au-dessus des arbres, sur la gauche de l'autoroute – une lumière blanche très puissante – mais elle est à plus d'un kilomètre et je me dis que ce doit être un pylône radio, ou un truc dans le genre, vous voyez ? « Ça fait dix minutes que je regarde cette lumière, dit Vance, mais elle reste toujours au loin. » Alors je commence à prêter attention à la lumière. Après tout, Vance a la tête sur les épaules, et c'est moi le gars qui parle tout le temps des soucoupes volantes de Pascagoula et de robots avec sonde anale, bon, bref, je commence à regarder la lumière et, ouais, c'est bizarre – ce n'est pas du tout une lumière normale. Au début, c'est comme Vance l'a dit, ça reste éloigné, mais le plus bizarre c'est la lumière elle-même, elle n'arrête pas de changer de forme, comme si elle ne rayonnait pas à l'extérieur, on la dirait... contenue, comme un sac de lumière. D'abord elle ressemble à un tatou, puis à une biche, elle n'arrête pas de changer de forme, et nous, on roule encore quelques minutes, on la regarde, jusqu'à arriver à trois kilomètres de la sortie – exactement là où on est maintenant – lorsque soudain la lumière se met à bouger au-dessus des arbres et s'approche de nous. Oh la vache, voyez ce que je veux dire ? Elle est toujours sur la gauche de l'autoroute mais maintenant elle grossit de plus en plus.

Je m'interromps, au cas où il voudrait que je la ferme, mais à ma grande surprise, il ne dit rien de sarcastique, alors je lève le bras et de nouveau indique quelque chose devant nous.

— Elle est juste là, maintenant. Et nous, on essaye de comprendre ce qui se passe, vous voyez ? C'est impossible que ce soit un avion – impossible – donc la seule explication c'est que ce soit un hélicoptère qui braque un gros projecteur sur nous, vous voyez ? Eh bien, non. La chose continue à s'approcher et je commence à avoir une sensation que je connais bien. Je suis sur le siège passager, une grande bouteille de Bud à la main, et ce sac de lumière blanche continue de se rapprocher de nous. Putain qu'est-ce que c'est ? Oh putain ! Je ne sais pas ce que c'est, mec, mais le machin se dirige droit sur nous, maintenant il est tout près. L'un après l'autre on répète « Putain, qu'est-ce que c'est ? » On le dit de plus en plus fort jusqu'à, genre, « PUTAIN QU'EST-CE QUE C'EST QUE ÇA ? » Le machin se dirige droit sur nous sur l'autoroute, genre, il nous arrive carrément dessus, il occupe tout le pare-brise. Et je n'entends pas un bruit, alors que, merde, on est dans une Lexus et on roule à cent. En fait, on roule beaucoup moins vite maintenant parce que Vance flippe carrément. Moi je suis content, déjà, qu'il ne leur ait pas fait des appels de phares. Croyez-moi, j'ai lu pas mal de trucs à propos de ce genre de trucs. Ne jamais faire d'appels de phares aux ovnis.

Je m'interromps à nouveau pour permettre à David de se moquer de moi. Mais non, il reste étrangement silencieux, ses yeux jaunes regardent dans le vide, droit devant, comme s'il voyait l'ovni s'approcher de nous.

— Donc cette espèce de volume de lumière – il arrive, mec – on dirait qu'il se prépare à traverser l'autoroute juste au-dessus de nos têtes. Vance et moi, on est tous les deux penchés en avant pour le regarder à travers le pare-brise. Et c'est à ce moment-là que je repère un truc lumineux bleu, un orbe, sur le bord de ce volume de lumière blanche, qui descend dans les arbres. Alors là, je fais : « Mec, t'as vu ça ? » Et puis je vois un autre orbe descendre, je le montre du doigt et je m'écrie : « Y en a un autre ! »

Je heurte de mon majeur tendu la plaquette désodorisante en forme de soucoupe volante.

— Ensuite, juste avant que le machin traverse l'autoroute au-dessus de nous, je dis à Vance de tirer le toit ouvrant et je me mets debout sur le siège, le corps exposé au vent, ce qui me donne une vue extraordinaire sur... sur ce truc, ce drôle de volume de lumière bizarre dans la nuit claire, il y a plein d'étoiles. Tellement proche que j'aurais pu l'atteindre avec un lance-pierre. Et lorsque ce gros volume se trouve juste à l'aplomb de la voiture – boum – soudain nous pouvons voir sa base. Un appareil triangulaire parfait avec une lumière circulaire à chaque pointe – l'espèce de sac de lumière diffuse à partir du sommet du triangle. La base n'est pas si grande – on aurait pu la faire atterrir sur un terrain de base-ball – et en plein centre on voit des cylindres en métal grisâtre. À l'exception de ces cylindres, l'appareil triangulaire dans son ensemble semble émettre de la lumière, comme un tissu de lumière, à la manière de tubes fluorescents, c'est un putain de vaisseau lumineux. Magnifique. Et moi je suis debout, le buste à l'extérieur, avec ma grande bouteille de Bud, je regarde fixement le vaisseau lumineux et je souris, je lui adresse un signe de la main. Pour une fois dans ma vie, je n'ai pas peur. Je fais, genre, « Bienvenue sur Terre, bande de salopes. » C'est bizarre à quel point je suis heureux quand il passe juste au-dessus de nous, et moi je lui fais signe de la main comme un crétin de péquenot dans une réclame Budweiser – *This Bud's for you !* – et en même temps je vois plus ou moins l'air débile que je dois avoir aux yeux des aliens ou des êtres qui se trouvent à l'intérieur. L'appareil passe juste au-dessus de nous jusqu'à être du côté droit de l'autoroute, comme s'il avait pris la bretelle de sortie pour se rendre à Holly Springs – cette bretelle, juste ici – et c'est à ce moment qu'il se passe un truc fou. Ce qu'il a fait ensuite paraît impossible. Genre… Il a pivoté sur place, mais le centre de l'appareil, le compartiment des cylindres, lui n'a pas bougé. Je vous jure, ça donnait l'impression d'un coup de frime. Vous savez, le genre de trucs qu'on fait pour crâner et foutre les jetons. Je suis le seul à voir ça parce que je suis toujours debout, le haut du corps à l'extérieur. Entre-temps, putain, le bidule change de forme et tout et je raconte en hurlant à Vance et Nat ce que je suis en train de voir. Au début je crois que l'engin est en rotation autour de l'axe des cylindres, si bien que la base de l'appareil est devenue son sommet, mais c'est plus compliqué que ça, plus magique, plus… japonais. Et juste au moment où ça se produit, Vance prend la bretelle et sort de l'autoroute. C'est tellement brutal que je me cogne les côtes sur le bord du toit ouvrant, du coup je redescends à l'intérieur pendant que Vance suit l'ovni jusqu'au Walmart, juste là. Vous voyez la station-service ? Attendez, je vous montrerai. C'est là qu'on a finalement arrêté de le pourchasser.

Je m'arrête près de la station-service, à la lisière du parking du Walmart. Le bâtiment principal, qui est éclairé par des lumières jaunes – la même couleur maladive que les yeux de David – ressemble à un avant-poste sinistre sur Mars.

— C'est là qu'il s'est arrêté, juste derrière le grand bâtiment, au-dessus de ce terrain. On distinguait encore ses lumières, mais on voyait pas comment s'en approcher davantage. On l'a regardé encore une dizaine de minutes – il restait là – et puis finalement on s'est dit, « Bon, fait chier, rentrons à la maison. » Et donc c'est ce qu'on a fait – après avoir vérifié qu'on n'était pas cinq heures plus tard, voyez ? Et sur tout le trajet jusqu'à la maison, on n'arrête pas de le chercher, comme si on s'attendait à ce qu'il atterrisse devant nous comme une araignée géante. Mais il n'est pas revenu. Probablement parce qu'on ne lui a pas fait d'appels de phares.

Je me rends compte que ça fait bien longtemps que David n'a pas dit un mot. On est là, tous les deux, assis en silence, à regarder le Walmart. Et je commence à avoir une impression flippante. Peut-être qu'en racontant cette histoire j'ai convoqué les extraterrestres. Je commence à avoir des picotements, un sentiment de déjà-vu.

— À dire vrai, mec, je chuchote au bout d'un moment, ce n'est pas le premier que j'ai vu. Je suis, genre, l'homme qui murmurait à l'oreille des ovnis ou je ne sais quoi – toute ma vie j'en ai vu, je ne sais pas pourquoi, peut-être parce que toute ma vie je les ai cherchés. Et c'est toujours quand je suis en voiture, et ce sont toujours les triangulaires.

Ensuite je me mets à lui parler des autres fois où j'en ai vu. À ce stade, je commence à m'inquiéter d'être en train de baratiner un cadavre. Si je n'arrête pas de causer avec David c'est en partie pour éviter d'avoir à admettre qu'il est mort. Je finis par me taire. Je regarde encore fixement l'endroit derrière le Walmart où l'appareil est resté en suspension cette fameuse nuit. Et je me mets à penser à Mayfern, à me demander si elle n'était pas à l'intérieur de l'ovni. Le sien, était-ce une soucoupe ou un vaisseau triangulaire ? Nous restons encore une minute dans le silence, juste David et moi, jusqu'à ce qu'il demande :

— Vous êtes ivre ? Vous êtes drogué, là, non ? Sérieusement, est-ce que c'est pas dangereux pour moi d'avoir un type comme vous au volant ? Qu'est-ce qu'on fabrique arrêtés ici ?

C'est un tel soulagement qu'il ne soit pas mort ! Je lui en suis soudain vraiment reconnaissant. Sans lui répondre, je sors du taxi et traverse le parking jusqu'à la station-service et reviens quelques minutes plus tard avec une grande cannette de Bud, que je lui tends.

— Joyeux Noël, lui dis-je.

Une fois que nous sommes à nouveau sur la deux voies, David s'éclaircit la gorge et dit merci avant de roter. Le silence s'installe une fois de plus – à l'exception de ses rots, il rote beaucoup – et maintenant je commence à m'inquiéter pour ma conduite. La chaleur me fait tourner la tête – alors que lui tremble de froid – et soudain je ne me sens pas du tout fiable au volant. Il est possible que j'aie bu trop de Red Bull, possible que je sois en train de faire une overdose de Red Bull.

— Donc vous étiez à l'hôpital pour une greffe ou un truc dans le genre ? je lui demande, tâchant de rester alerte.

Il rote une fois encore et répond :

— Le foie.

— Ah, dis-je.

Un kilomètre et demi s'écoule avant que je lui demande combien de temps il a dû attendre avant qu'un foie soit disponible.

— Quatre mois. Ils m'ont dit que si ç'avait été cinq mois, je serais mort.

Voilà de quoi fixer mon attention, me dévier un peu de mon obsession pour les cerfs. Chaque fois que je scrute le bas-côté, j'en vois des troupeaux entiers. Non pas qu'ils soient réels – en tout cas je suis presque sûr qu'ils ne le sont pas – mais je les aperçois chaque fois que je regarde, avec leurs yeux luisants rouges comme autant d'auto-stoppeurs malveillants le long de la route. « Vous n'êtes pas réels, je répète, vous êtes des fantômes de bêtes écrasées ou je ne sais quoi. »

— Qu'est-ce qui n'est pas réel ?

— Rien. Je ne voulais pas dire ça tout haut.

Maintenant je me sens idiot et le silence qui suit ne fait qu'empirer les choses. En plus, je deviens fébrile et je commence à voir d'autres présences, en plus des cerfs. « C'est lugubre, dehors, ce soir », je murmure, histoire de dire quelque chose. Je regrette de lui avoir parlé de tous les ovnis que j'ai vus. Raconter ce genre d'histoires est pire que de leur faire des appels de phares. Je n'arrête pas de jeter des coups d'œil au ciel, ce qui a pour conséquence de me déporter latéralement sur le marquage en relief qui délimite le bord de la chaussée. Nous roulons encore une dizaine de minutes comme ça jusqu'à ce que David se racle la gorge et me dise qu'il a besoin de pisser. Nous sommes sur une deux voies déserte au milieu de nulle part, en pleine nuit, la chaleur est suffocante, il doit faire mille degrés dans la Town Car, et maintenant le macchabée assis à mes côtés a besoin de pisser – manip pour laquelle, j'en suis quasi sûr, il va avoir besoin de mon aide.

— Maintenant ? Vous avez besoin de pisser maintenant ?

— Tout de suite, ça presse. Garez-vous au prochain chemin de terre, hein. Dépêchez-vous. Et vous pourriez baisser le son, ça empire les choses.

Je baisse *Free Bird*, c'est le passage de la chanson où il y a la montée, puis je m'engage sur un sentier de terre, suffisamment loin de la route pour ne pas me faire repérer par un flic. J'arrête le taxi, je laisse tourner le moteur et nous regardons toutes les étoiles à travers le pare-brise. J'ai peur de descendre de voiture. Je sens qu'ils nous regardent. David essaye de bouger sur place jusqu'à ce qu'il soit évident qu'il n'est même pas capable de sortir tout seul. Finalement, comme si je me regardais d'en haut, j'ouvre la portière, me retrouve sur le sentier. Tout en jetant un coup d'œil inquiet aux bois, je fais le tour de la voiture en me massant le bas du dos, j'extirpe David de son siège, puis je l'aide à se tenir droit en le soutenant par-derrière sous les aisselles pendant qu'il tripatouille sa braguette sous un million d'étoiles. Il pisse pendant vraiment super longtemps – un jet faible mais continu qui se répand sur ses jambes de pantalon et ses chaussures de tennis – et j'essaye d'agrandir l'arc en le faisant pencher davantage en arrière lorsque brutalement quelque chose dans ma colonne vertébrale fait *clac-clac-clac* – une scène pas vraiment inédite – et ensuite une douleur électrique. Le seul moyen d'apaiser ces coups de couteau est de m'affaler comme un château de cartes, ce que je fais tandis que le monde entier se tient les côtes et ricane. Eh oui, la bonne vieille blague de la douleur dans le dos, on ne s'en lasse jamais. Il y a tout de même une certaine consolation dans le fait que David ne tombe pas à la renverse et donc ne m'écrase pas ; n'empêche, les dieux du karma ont assurément manqué une occasion, là. Lorsque les piques deviennent moins lancinantes, je tourne la tête, pose la joue contre la terre du sentier, pour constater que David est retourné à la voiture et qu'il a refermé la portière. Les phares éclairent devant nous le sentier où je distingue une étrange forme simiesque qui, avec ses longs bras, avance au loin. En regardant mes pieds, je me rends compte que je gis au bas d'une pente, à un mètre à peu près de la flaque de pisse de David. Un estuaire de pisse scintillante qui progresse entre mes jambes et s'approche de mon scrotum.

— Ça va ? me lance David après avoir descendu sa vitre.

— Ouais, fabuleux, je réponds tandis que le serpent de pisse ondule en direction de mon entrejambe.

— Qu'est-ce qui cloche chez vous ?

Je ne saisis pas tout de suite que c'est une question et non pas une insulte.

— Très mal au dos. Tant que je ne bougerai pas, ça ira.

J'essaye de ramper un peu pour éviter l'arrivée de sa pisse, mais la douleur cuisante revient et c'est alors que je sens son liquide atteindre mon entrejambe. Enfonçant le dos dans la terre du sentier pour faire cesser la sensation de piqûres d'aiguille, je regarde droit au-dessus de moi et à ce moment-là, une soucoupe rayonnante traverse le ciel. Enfin une soucoupe ! Elle plane au-dessus de la Town Car et ne cesse de disparaître et de réapparaître à un autre endroit. Et puis il y a une autre soucoupe, et encore une autre. Tant que je les regarde, j'ai l'impression d'être agréablement électrocuté. Mais quand je ferme les yeux, ça s'arrête. La tête à la fenêtre de la voiture, David s'écrie :

— Hé, c'est Shakespeare ?

La question me déroute et je regarde du côté des bois où je repère un feu de joie derrière les arbres, autour duquel se trouvent des silhouettes sombres parées de djellabas rouges. Je distingue des mots bredouillés, comme un accès de glossolalie. Serait-ce Jason, là-bas ? La forêt grouille-t-elle de satanistes ? David hurle autre chose, à sa fenêtre, mais je ne comprends pas, trop occupé à tortiller mon corps pour l'éloigner de ce serpent électrique de pisse. Des gravillons s'enfoncent dans ma colonne vertébrale.

— Tant qu'on est jeunes, hurle-t-il un instant plus tard.

Je me mets à maudire sa mère en espagnol, mais me souviens ensuite que le moteur tourne et qu'il pourrait se glisser tant bien que mal au volant et me planter là où je serais sacrifié par des satanistes, sondé par des extraterrestres ou violé en série par des cerfs vicieux. Où que je regarde, j'aperçois une foule d'yeux rouges qui se repaissent de moi. Les fantômes des Indiens assassinés sont tapis derrière les arbres. Puis je remarque que le pneu avant droit est dangereusement dégonflé.

Je finis par me rouler sur le côté et je commence à ramper à quatre pattes jusqu'au taxi. Heureusement, j'avais laissé la portière ouverte. J'empoigne le volant et m'en sers pour me hisser sur le siège, comme le ferait un cul-de-jatte. Après cela, nous nous échappons, nous roulons de nouveau sur la route mais je suis encore inquiet. Je n'ai jamais eu ces espèces de coups d'épée dans le dos en conduisant. Ça ne se passerait pas très bien à mon avis si ça arrivait. Tout en y réfléchissant et en imaginant le pire, je prends un Advil retrouvé dans ma poche de chemise, il a survécu à un cycle de lavage, et je l'avale avec les postillons qui restent au fond de la dernière cannette de Red Bull que je boirai de ma vie.

Quelques kilomètres plus loin, David s'endort. Dès qu'il commence à ronfler, et que je n'ai donc plus de témoin pour corroborer mes perceptions, ça devient l'enfer. Des sorcières chevauchent des cerfs à trois pattes qui traversent la route clopin-clopant. Des Zéta-Réticuliens font de l'auto-stop avec Elvis. Un possum albinos saute sur le capot de la voiture et se met à griffer le pare-brise comme pour essayer d'entrer. En regardant dans le rétroviseur, je constate que toute l'équipe est sur la banquette arrière : le vieillard dans sa tenue d'hôpital, la fille gothique, le fermier, le bébé hurlant. Des sauterelles atterrissent dans mes cheveux. En les chassant de la main, je fais une furieuse embardée. William Faulkner se tient de l'autre côté de la route, une pastèque à la main. Au moment où je passe à sa hauteur, nos yeux se croisent et il me fait un doigt d'honneur.

« Vous n'êtes pas vraiment là, me dis-je. Vous êtes uniquement dans ma tête, bande d'enculés. »

— Quoi ? demande David. À qui causez-vous, maintenant ?

— Je chantais, c'est tout, lui dis-je avant de monter le son de *That Smell.*

Il se rendort une minute plus tard et j'envisage de siffler une gorgée de sa Budweiser, mais en prenant la cannette je me rends compte qu'elle est presque vide, pas question que je boive cette écume baveuse de la mort. Sauf que maintenant je suis en train de transpirer comme un dingue, et l'odeur d'urine aspire l'oxygène de l'air. J'attrape mon inhalateur contre l'asthme et j'inhale plusieurs bouffées. Je vois la lueur jaune des yeux de David qui brûle derrière ses paupières tandis qu'il ronfle. Et puis lentement, lentement, la lueur diminue, jusqu'à disparaître complètement. Un rictus envahit son visage, un clown maléfique émerge…

— Hé, monsieur, vous êtes mort ? je hurle.

Je suis quasiment sûr que ma question lui a sauvé la vie. Il remonte à la surface en bafouillant, resurgit des enfers et regarde autour de lui comme si quelqu'un venait de le dévaliser. Il se met même à tapoter ses diverses poches.

— Nan mais putain ! s'écrie-t-il.

— On est presque arrivés. Où est-ce que vous habitez ?

Il me donne une adresse, non loin du campus, une résidence baptisée Windsors.

— Vous savez où c'est ? me demande-t-il et je réponds que ouais, je sais où c'est.

Et puis, juste au moment où nous nous engageons sur la rampe de sortie, David m'annonce qu'il ne retrouve pas sa carte de crédit. Je crispe les mains sur le volant pendant qu'il continue de fouiller dans son portefeuille.

— J'ai dû le laisser sur la table de l'hôpital quand vous m'avez obligé à vous lire au téléphone tous les numéros.

Il présente ça comme si c'était ma faute s'il ne pouvait pas payer. Il fouille à nouveau dans son portefeuille, qu'il finit par jeter sur le tableau de bord.

— Je crois que je devrais appeler l'hôpital.

Nous sommes sur Coleman Road, qui descend en pente raide jusque dans le centre et passe devant le commissariat, devant lequel est garée une voiture de police datant de la préhistoire. Nous n'y sommes pas encore mais je vois déjà la cerise sur le gâteau.

— Comment allez-vous me payer ?

— Vous acceptez les chèques, hein ? Stella est toujours d'accord pour que je règle par chèque.

— Nous n'acceptons pas les chèques. C'est pour ça que je vous ai appelé. Pour être sûr que vous n'alliez pas me refiler un de vos satanés chèques.

Je tourne brutalement à droite, entre sur le parking du commissariat de police et trouve une place en face du bâtiment de briques.

— Continuez à chercher, je dis.

— Vous n'avez pas noté les numéros ?

— Non. Je conduisais, je n'ai pas pu les noter.

— Mais alors pourquoi vous m'avez obligé à vous les lire ?

— Parce que les gens qui n'ont pas de carte de crédit ne savent pas combien de chiffres ils doivent inventer.

— Ah. Et puis merde, j'ai ce chèque et rien d'autre. Je peux le mettre à votre nom. C'est ça ou rien.

— Vous savez où nous sommes, là ?

Il relève la tête, observe le bâtiment de briques mais semble ne pas comprendre, il a l'air perdu.

— C'est quoi, comme voiture, juste à côté ? je demande.

Nous observons tous les deux l'auto préhistorique. Si les flics sortent maintenant, j'ai peur que ce soit moi qu'ils arrêtent. Il y a un récipient de boisson alcoolisée dans le porte-gobelet et sous mon siège un flingue qui a probablement assassiné des milliers de gens. Un coup d'œil dans le rétroviseur me confirme que je ressemble à un évadé de prison avec le coffre arrière rempli de cadavres. Je me rends compte qu'il faut que je fiche le camp. Je viens de commettre une terrible erreur. Un flic sortirait maintenant et me descendrait d'une ou plusieurs balles, on lui décernerait une médaille.

David me présente un chèque avec le nom d'un bénéficiaire qui n'est pas moi. 120 dollars et il a déjà été endossé une fois.

— On ne peut pas modifier le nom du bénéficiaire, dis-je.

— Bien sûr que si. Moi je le fais tout le temps.

— Comment ça, vous le faites tout le temps ?

— Voilà 120 dollars. C'est ce que je vous dois, non ?

— Pour commencer, vous me devez 150. Et je vous ai déjà dit que nous ne prenions pas les chèques. Paiement uniquement en liquide ou par carte. Vous voulez que je vous accompagne jusqu'à un distributeur de billets ?

— Vous êtes débile mental ou quoi ? Je viens de vous dire que je ne retrouvais pas ma carte.

— Il faut peut-être que vous regardiez un peu mieux. Ou alors il va peut-être falloir que j'aille chercher un flic pour vous aider à chercher.

Je bluffe, là. Si je dois entrer dans ce commissariat, ce sera menottes aux poignets.

Une minute plus tard il annonce :

— La voilà. Ouf.

— Ouais, ouf.

Je branche le truc sur le téléphone, insère sa carte et lui tends mon téléphone. Je constate qu'il ne remplit pas la ligne correspondant à mon pourboire. J'ai l'entrejambe imbibé de sa pisse et pourtant il me file zéro pourboire. Je pense au flingue sous mon siège et m'imagine lui coller sur la tempe.

— Signez juste avec le doigt, je lui dis.

Il s'exécute. Et à ma grande surprise le paiement est accepté.

Une fois cette affaire réglée, je l'amène à Windsors, une résidence décatie qui accueille essentiellement des étudiants étrangers. Après m'être garé devant son appartement, je reste assis au volant, pour lui signifier *D'accord, espèce de salopard, monsieur je ne file par de pourboire, eh bah sors de mon taxi et on verra lequel des deux est débile mental, alors, hein, enculé ?* Et puis soudain je me rappelle mes résolutions de ce matin d'être plus gentil avec les gens. Qui était cet homme étrange qui bramait dans le noir ? Que ce gars aille se faire foutre.

— N'oubliez pas votre sac, dis-je cruellement en déclenchant l'ouverture du coffre arrière.

— Vous pourriez me filer un coup de main, s'il vous plaît ?

— Rampez donc tout seul, l'ami. C'est ce que j'ai fait, moi.

Pendant que chacun attend que l'autre sorte, deux couples passent à pied, avec des gamins entre eux et tous se retournent pour regarder la Town Car, qui semble s'enfoncer par l'arrière dans le puits de goudron du temps. Incarnation de la décrépitude, David commence à se tortiller pour sortir de la berline, tâche qui lui est un tantinet facilitée par le fait que le véhicule soit si proche du sol. S'agrippant au toit, il glisse le long de la carrosserie en direction du coffre arrière et je l'observe se traîner lamentablement avec un air qu'on pourrait prendre pour de la zénitude. *Nul Dieu ne me juge*, je me répète tout en laissant David batailler seul avec son bagage, mais finalement je soupire, ouvre ma portière et m'occupe de sa valise, que je fais rouler jusqu'à la porte de son appartement. Sauf qu'au moment où je me retourne, je vois qu'il s'est rassis dans le taxi, en train de crever d'une crise d'asthme.

Je m'approche tant bien que mal de sa portière ouverte, passe le bras devant lui pour attraper mon inhalateur et le regarde prendre cinq longues bouffées de suite. Il ne me rend pas mon inhalateur.

— Allons-y, mon grand, dis-je, une formule qui m'a toujours fait mépriser les hommes qui la prononçaient. On va y aller très doucement, d'accord ?

La première tentative pour l'extraire de la voiture se solde par un échec total, tout se passe de travers, nous abandonnons et je suis obligé de m'allonger sur la chaussée pour me soulager le dos. La deuxième fois, j'arrive à l'aider à se relever. Il s'agrippe à ma clavicule en titane. Je ne vous ennuierai pas avec une description de douleur supplémentaire. Je lui demande s'il est prêt et au bout d'un certain temps il répond :

— On va bien voir.

— D'abord le pied gauche, lui dis-je, et nous avançons d'un pas.

Et puis un autre. Cinq minutes plus tard, nous arrivons à sa porte, où il se met à tripatouiller ses clés. Lorsqu'il finit par ouvrir, la première chose que je remarque, après la déferlante d'odeur d'ammoniaque, c'est qu'il est du genre à ne rien jeter. Des journaux s'entassent jusqu'au plafond. Des magazines et des livres de poche sont empilés sur tous les murs si bien que la salle de séjour sur notre gauche se réduit à un minuscule compartiment d'igloo. Le couloir en face de nous a été lui aussi grignoté par les livres et s'arrête en cul-de-sac sur une salle de bains sans porte où grouillent des dizaines de chats qui nous regardent fixement. Je reste immobile, à observer ce labyrinthe de livres. En outre, ce ne sont pas des livres quelconques. Ce sont des bons livres. Par exemple je repère une première édition d'un Doctorow. Et, oh putain, il y a une pile de Shakespeare, en volumes cartonnés sur un bureau en bois où se trouvent aussi une litière bleue et une machine à écrire électrique verte. Oh mon Dieu, est-ce un poème inachevé ? Suis-je entré dans le monde d'après ma propre mort ?

J'ai soudain une sensation de froid dans les testicules, comme avec un maillot de bain mouillé, et je commence à avoir la tête prise de palpitations hors normes.

À tous les coups je suis en train de faire un AVC. Quand je rouvre les yeux, vingt chats me regardent fixement depuis l'intérieur du couloir.

— Les pauvres, dit David. Ça fait une semaine qu'ils n'ont pas été nourris. C'est pour ça, en réalité, que je suis parti.

— Pour quoi ? je demande, après avoir laissé passer un autre moment de vertige.

— La raison pour laquelle je suis parti de l'hôpital. L'opération était constamment reportée – le gars qui avait le foie voulait pas casser sa pipe, et celui qui donnait à manger à mes chats était obligé de s'en aller, et je savais qu'ils crevaient de faim.

— Vous… vous… oh là là, où se trouve leur nourriture ?

Il me le dit, je le cale contre un mur et j'entre dans le dédale de livres pour donner à manger aux centaines de chats qui hantent cette cuisine d'un type incapable de jeter quoi que ce soit. Je marche dans de la merde de chat. Je patauge dans leur urine. Les chats se pressent contre mes jambes, tentant de me faire trébucher en ronronnant et miaulant d'extase. Quand je ressors de la cuisine, David est toujours appuyé contre le mur du couloir. Il ouvre les yeux très lentement et sans méchanceté jusqu'à me voir.

— Tenez, dit-il en me tendant l'inhalateur.

— Gardez-le. J'en ai un autre à la maison.

— Prenez-le. Il est à vous. J'en veux pas.

Je prends l'objet et commence à passer le bras autour des épaules de David, mais il me repousse.

— Putain, j'ai pas besoin de votre aide.

Alors, s'adressant à ses chats avec un fort accent irlandais, il s'engage en se dandinant dans le dédale qui conduit à un lit recouvert d'un marécage d'excréments.

Seul à nouveau, je me tiens quelques secondes dans l'encadrement de la porte puis je retourne tant bien que mal à la voiture, sauf qu'à cet instant un flic invisible jaillit d'une haie et se met à m'asséner des coups de pistolet à impulsion électrique dans le dos jusqu'à ce que je m'effondre sur le trottoir et reste au sol pendant quelques minutes à me débattre comme un poisson hors de l'eau. Quand l'impression de coups de couteau commence à s'estomper, je ressens une paix extrême et m'apprête à m'endormir à même le trottoir quand cinq femmes indiennes s'approchent pour me dévisager, façon *NWA : Straight Outta Compton.*

L'une d'elles demande si ça va d'une voix dépourvue de toute compassion.

— Ouais. C'est juste... un mal de dos. Hé, vous connaissez le type qui habite là ? David ?

Il n'y a maintenant plus qu'une seule femme à me regarder. J'ignore où sont passées les quatre autres – je les ai peut-être inventées ? J'ai peut-être maintenant une vision éclatée de mouche, conséquence de l'AVC. L'unique femme indienne qui me regarde, je lui donnerais dans les cinquante-cinq ans, a des cheveux noirs grisonnants ramenés en arrière, dégageant son visage pénétrant.

— Il est encore saoul ? demande-t-elle.

— Non. Je viens juste de le ramener de… de l'hôpital. Ils ne lui ont pas fait la… son opération. On devait lui greffer un… foie… mais il fallait qu'il… nourrisse ses… je crois qu'il est en train de mourir.

— Le foie ? Pas étonnant.

— Écoutez, s'il meurt, j'ai peur que… que ses chats… le mangent.

Elle dit quelque chose que je ne comprends pas et ajoute :

— J'ai le numéro de son fils quelque part. Ils se détestent. Vous croyez que je devrais l'appeler ?

— Ils se détestent ? dis-je, désemparé.

Elle fait oui d'un hochement de tête.

— Bon Dieu, oui. Appelez son fils, s'il vous plaît. Dites-lui que les chats sont en train de boulotter son père.

— D'accord. Calmez-vous. Je vais l'appeler. Vous êtes allé à l'intérieur ?

— Ouais.

— Est-ce que par hasard vous auriez vu un chat noir avec une grosse tache blanche ici qui ressemble un peu à la baleine dans *Le Monde de Nemo* ?

En disant cela, elle indique son œil gauche. Sa description m'embrouille un peu.

— Je me souviens pas.

— Je crois qu'il a volé le chat de ma fille. Vous êtes sûr que ça va aller pour vous ?

— Ouais. Je serai parti dans cinq minutes, promis.

Elle sort de mon champ de vision et, l'espace d'une minute ou d'une heure, mon regard se perd dans l'espace, les étoiles en suspension comme des brins de poussière. Je finis par rouler de côté sur le trottoir et me traîner à quatre pattes jusqu'à la Town Car. Tout en me hissant à l'intérieur, j'aperçois un billet de 100 dollars sur le plancher. Je n'ose pas tendre la main pour l'attraper, mais je reste immobile, à me demander d'où il vient. D'un coup je me souviens que c'est le pourboire de Teddy. Ouais, en fait Tiff n'est pas revenue me le piquer. Le billet a dû tomber par terre pendant qu'elle m'agressait sexuellement. Dire que je m'apprêtais à les assassiner. J'allais remplir de sang la baignoire de Teddy et écrire des paroles énigmatiques de chanson sur les murs en me servant de ses membres tranchés. Doux Jésus, David a quitté l'hôpital pour nourrir ses chats. Tony aime Cheryl plus que je n'aie jamais aimé qui que ce soit, à part peut-être Davy Jones. Zeke joue à la balle avec sa fille. Tiff défend courageusement les femmes victimes d'abus sexuels. N'existe-t-il donc pas sur Terre une seule personne qui ne soit pas quelqu'un de bien ? Est-ce que tout le monde à part moi est secrètement un saint ?

J'éteins Skynyrd, mets en marche la climatisation et mets le cap sur la maison.

À cet instant, Horace m'envoie un texto : une course.

Je lis « Reb Motel. »

Comment a-t-il pu savoir ?

Je lui réponds par texto : « Service terminé. »

Il ajoute : « Kirby malade. 6 courses de retard. »

Il ment. Personne ayant six courses de retard n'enverrait des textos aussi cohérents. Non, il est garé quelque part, en train de s'enfiler des côtes de porc, le bâtard. Je ne réponds pas à son texto, mais comme je passe de toute façon devant le motel, je ralentis à l'approche du Rebel. L'opération portes ouvertes bat manifestement son plein, j'entre dans le parking et me gare loin des festivités. Je sais qu'Horace-l'emmerdeur va me pourrir la vie – toutes nos menues batailles, il les remporte – alors je lui envoie un texto pour lui dire que je suis au motel.

Et j'ajoute : « Dernière course. »

J'arrive à peine à garder les yeux ouverts.

Réponse d'Horace deux minutes plus tard : « Annulé. Va immeubl campus bât 4. »

Je n'ai pas l'énergie de lui faire un doigt d'honneur. Je me contente de soupirer. Je suis le Beethoven du soupir.

« No mas », je lui envoie par texto, et immédiatement après j'éteins mon téléphone.

Mais je ne pars pas tout de suite. Je laisse tourner le moteur du côté de l'aile non éclairée du motel, celle non concernée par l'expo éphémère. Il y a des centaines d'insectes morts écrasés sur mon pare-brise. J'essaye les essuie-glaces, mais ils ne font qu'étaler le carnage. Par la vitre côté passager, je vois mon ami Jean Paul qui joue de la guitare à côté du distributeur de Coca – un petit public s'est assemblé autour de lui. Hipsters et bohémiens vont et viennent. Les jumelles junkies carburant à la meth fument des cigarettes avec Cancer Max, près de la machine à glaçons. Un chapiteau a été monté avec une poubelle transformée en fût de bière et plein de gens déambulent d'une pièce à l'autre, un gobelet rouge à la main, d'une mini-expo à l'autre. Tony ne semble pas être dans les parages. Il est peut-être debout dans les herbes, à tendre le pouce quand il voit passer des phares, à moins qu'il dorme encore dans sa chambre, rêvant à Cheryl. Je cherche Moondog. Je ne le vois pas, en revanche j'aperçois une femme qui porte le tableau que je voulais, celui de la Limousine Disco. Espérons que personne n'achètera celui avec la Town Car. Je peux éventuellement négocier un échéancier avec lui plus tard.

Durant un long moment, je reste assis à ma place, à regarder à travers la vitre teintée Jean Paul étrangler son manche de guitare. Le punk rock vous fait vieillir vite mais Jean Paul a encore cette voix comme un crissement sur un tableau noir. Jean Paul a été mon voisin jusqu'à ce que son salopard de propriétaire augmente son loyer, si bien qu'il a dû s'installer à plus de quinze kilomètres du centre, comme à peu près tous les artistes de Gentry. La chanson qu'il est en train de massacrer est *Seasons in the Sun* qu'il a volée au groupe Too Much Joy. C'est devenu le morceau emblématique de Jean Paul, celui que tous ses amis lui réclament à cor et à cri, son *Freebird* à lui. J'abaisse la vitre pour mieux entendre, mais elle se bloque au bout de deux centimètres et se met à faire une espèce de grincement. Je ne peux pas non plus la remonter. Merde. Maintenant, plus une seule vitre ne fonctionne. Je reste assis, à moitié assoupi, tandis que Jean Paul hurle comme s'il souffrait terriblement, tel un païen brûlé vif sur le bûcher : « *BUT THE*

STARS WE / COULD REACH / WERE JUST STARFISH / ON THE BEACH[1] *!*»

Des étoiles de mer, mec… Hawaii… premiers souvenirs, cet instant où tout commence, la façon dont soudain on habite en soi, sans espoir de pouvoir s'échapper, le corps avec lequel on est né, l'esprit dont on hérite. Quand je me réveille, Jean Paul a cessé de jouer, mais il y a encore du monde, les gens admirent les œuvres d'art. J'essuie la bave que j'ai sur le visage d'un revers de manche et m'apprête à enclencher la marche arrière – le moindre geste me demande un effort herculéen – lorsque je me souviens que je ne peux pas rentrer à la maison, que Miko y est et qu'il va falloir que je dorme sur le canapé de Vance, comme j'avais dit. Si je retourne à la maison, il me faudra peut-être des années avant que je puisse rompre à nouveau avec Miko. Sauf que je ne veux pas dormir sur le canapé de Vance. Son chien Archie va s'exciter sur ma jambe. Mon asthme va empirer. Oh, Miko, que faut-il que je fasse ?

Comme pour répondre à ma question, le moteur de la Town Car commence à s'emballer – soit c'est un truc lié au calage de l'allumage, soit la voiture est possédée et va me faire le coup du Killdozer. J'ai toujours la main sur le levier de vitesses, mais je regarde au loin à travers les insectes écrasés, je me demande à quoi tout cela rime. Je continue à observer les gens qui vont d'une chambre à l'autre en quête d'art et de beauté, ou peut-être cherchent-ils juste à rencontrer quelqu'un et à tomber amoureux, ou au moins baiser un coup. Dans une ville

1. Mais les étoiles que nous / pouvions atteindre / n'étaient que des étoiles de mer / sur la plage.

de cette taille, on connaît tout le monde, c'est en tout cas l'impression qu'on a, et on connaît aussi les rumeurs, les rendez-vous galants et autres hontes qui collent à tout un chacun. On connaît les ragots qui courent sur les uns et les autres. On sait que machine était dans un ménage à trois, on est au courant de la fois où machin s'est fait surprendre en train de reluquer par la fenêtre de la chambre, où celle-ci a donné un coup de talon aiguille en plein dans l'œil d'un chien, où il a insulté un musicien de jazz et a essayé de lui piquer son saxophone, de la contravention qu'elle a eue pour conduite en état d'ivresse alors que ses enfants étaient dans la voiture, ou de ce qu'Untel a dit de vous dans votre dos. Chaque personne suscite une réaction, une émotion, que ce soit du désir, de la haine, de la peur, de la jalousie, de l'admiration, de l'amour, même. Regardant à travers ce pare-brise constellé d'insectes, je suis là, à brosser un tableau de chacun à partir des opinions fausses que j'ai d'eux. Rien n'est pertinent, rien n'est tout à fait exact. Ou même si cette rumeur est vraie, vous ne connaissez toujours qu'une fraction de l'histoire. Vous n'étiez pas là. Tu ne connais pas cette nana. Tu ne connais pas ce gars. Pas vraiment. Fichtre, tu te connais à peine toi-même.

Je me rendors, le front enfoncé sur le volant, puis je me réveille brutalement, mort de trouille, ne sachant plus où je suis, voire qui je suis. L'opération portes ouvertes est terminée, le moteur tourne toujours, mais la jauge est à zéro, le voyant rouge est allumé mais il ne clignote pas encore. Le motel est plongé dans l'obscurité, tout est calme. Je finis par me souvenir de mon nom, de ma vie, de là où j'habite, tout ça. Cela me fouette en une vague de dégoût, je grogne et m'y résigne, je suis sur le point de traîner ma pauvre carcasse jusque chez moi, de me glisser comme un voleur sur mon propre canapé lorsque je remarque Tony debout devant le distributeur de Coca, l'accablant de coups de pied. C'est peut-être ça qui m'a tiré de mon sommeil. Je l'observe donner des coups de pied de plus en plus fort – il latte vraiment le distributeur – et soudain, comme sorti de l'intérieur du distributeur, j'entends un cri, suivi d'un coup de feu.

Un instant plus tard, la porte rouge en face de moi s'ouvre, un géant avec une coupe iroquoise d'albinos attire de force une des jumelles junkies jusqu'au minibus gris garé à côté de moi. À un moment donné, elle s'échappe presque – il me semble que c'est la plus jeune, la femme, pas la mère – mais il la rattrape par la queue-de-cheval et commence à la traîner sur le trottoir devant mon taxi, lui érafle le dos sur le bitume, elle se débat, tape des jambes comme une démente.

Tu n'as rien à voir avec ces gens, me dis-je.

Il ouvre la porte latérale à glissière et se met à la pousser à l'intérieur – cela a lieu à moins de deux mètres de ma vitre – il est sur le point de refermer violemment la portière sur une de ses jambes lorsque, surgi de nulle part, Tony saute par-dessus mon capot, bondit sur le dos de Jason, lui passe un bras autour du cou, l'autre autour de son front – je suis presque sûr qu'en catch on appelle ça « la prise du sommeil » –, il éloigne alors Jason du van, et ils viennent s'écraser sur le capot du taxi, si bien que, sans le faire exprès, j'appuie sur le levier des essuie-glaces. En une série de couinements, les essuie-glaces font leurs allers-retours, tandis que les deux hommes continuent de se battre sur mon capot – une chose est sûre, la prise du sommeil n'a pas marché –

mais, à mon grand étonnement, Tony se libère et enchaîne un bon gauche et un direct du droit, mais les coups glissent sur Jason comme l'eau sur les plumes d'un canard, il crache du sang, puis assène à Tony un coup de poing qui s'enfonce dans sa bouche jusqu'au poignet. Il relève Tony étalé par terre et le repousse sur le capot de la voiture. Puis il brandit un casque noir de moto et l'abat sur le front de Tony, l'abat encore et encore.

Je suis quasiment sûr que Tony est déjà mort au moment où, fébrile, je sors du taxi, tenant une serviette avec le flingue enveloppé à l'intérieur. En essayant d'enlever la serviette, je fais tomber le flingue sur le parking, je me précipite pour le ramasser, trébuche et tombe sur mon genou. Jason, qui a commencé à éructer des borborygmes dans une langue qui ressemble au klingon de *Star Trek*, est toujours en train de fracasser le crâne de Tony tandis que je prends le flingue dans mes deux mains et me redresse, visant la tempe de Jason. Je n'hésite qu'un instant avant d'appuyer sur la détente, mais bien entendu il ne se passe rien et, le temps que je comprenne comment débloquer le cran de sûreté, la mère de Jason émerge complètement à poil de la chambre du motel tenant un flingue qui semble être la réplique exacte du mien – ce qui me perturbe un instant – on se dévisage mutuellement, comme si on se retrouvait dans un palais des glaces – et c'est alors qu'un cerf bondit à travers le pare-brise de mon ventre.

Les coups de feu retentissent, je chavire en avant, jusqu'à ce que mon front heurte le sol, puis je me contorsionne, me retrouve sur le dos et perds conscience. Quand je me réveille, Cancer Max me sourit – sa figure énorme comme un char de défilé – et je tente de lui présenter mes excuses à propos de la pizza, mais j'ai l'impression d'avoir la gorge inondée, je n'arrive pas à respirer. Une fois de plus les ténèbres se referment sur moi et quand j'émerge à nouveau le monde s'agite frénétiquement, balayé de lumières bleues qui bégayent. Je suis tellement désorienté que je suppose que les lumières sont fixées à une soucoupe volante en train de me kidnapper. Lorsque les lumières soudain deviennent rouges, les extraterrestres jaillissent et se mettent à découper mes vêtements. Une minute plus tard, je lévite à l'intérieur d'un rayon-tracteur, comme dans *Star Trek*, et puis il y a le long chuintement entêtant d'une sirène et la sensation que je connais si bien d'un véhicule en mouvement. On m'attache quelque chose sur le visage et j'ai le ventre en feu et je ne cesse de bredouiller « Oh bon Dieu oh mon Dieu oh mon Dieu » jusqu'à ce que tout se dissipe et, tout ce que je sais ensuite, c'est que je suis sur un brancard et que je franchis le seuil des Urgences – en tournant la tête j'aperçois Miss Pamela endormie sur le canapé – puis je perds de nouveau connaissance – j'écoute des grenouilles et je contemple un lac recouvert d'une brume blanche – et quand je reviens à moi, je sais que ce sera la dernière fois – je sais ce qui se passe, là, je l'ai vu, ce film – et Chloé est là, elle me regarde de ses immenses yeux marron, tellement immenses que j'ai envie qu'ils me happent, et, perdu dans ces yeux, je n'ai d'autre choix que de lui dire la vérité. Je retire le masque à oxygène de ma bouche et lui chuchote :

— Je suis en train de mourir.

Une fois que j'ai dit cela, le visage de Chloé devient d'une dureté terrible, presque méconnaissable derrière une férocité que je n'avais jusqu'alors jamais soupçonnée et, me surplombant, elle m'impose son sourire, quelqu'un serre ma main – peut-être elle, j'espère que c'est elle – et nous avançons toujours, nous sommes toujours en mouvement, elle replace alors le masque sur mon visage et me dit :

— Pas sous ma responsabilité, Lou. Pas sous ma responsabilité.

REMERCIEMENTS

Le chapitre intitulé « Courses à l'hôpital » a été publié, sous une forme très différente, dans *The Sun Magazine* et contient désormais une citation de *L'Énéide* de John Dryden (p. 32). Le chapitre « Le taxi de Moondog » comporte une citation de *Des mules et des hommes : une enfance, un lieu*, de Harry Crews (p. 72) et celui intitulé « Mississippi ! » cite un passage du titre de David Banner, *Mississippi*, extrait de l'album éponyme (p. 179).

Tous les personnages de ce roman sont fictifs, de même que les événements dépeints. Gentry est une ville imaginaire constituée de rues, de routes, de commerces et d'écoles inventés. Toute ressemblance avec des personnes, des choses ou des lieux réels serait fortuite.

*

Le traducteur tient à remercier Daniel Levin-Becker, a.k.a. Mister Dan the Cab Driver pour son aide amicale.

Cet ouvrage a été mis en page par IGS-CP
à L'Isle-d'Espagnac (16)

CET OUVRAGE
A ÉTÉ ACHEVÉ D'IMPRIMER
SUR ROTO-PAGE
PAR L'IMPRIMERIE FLOCH
À MAYENNE EN MAI 2021

N° d'édition : L.01ELHW000470.N001. N° d'impression : 98437
Dépôt légal : mai 2021
(Imprimé en France)